Legado

ADRIENNE YOUNG

Legado

Tradução
Guilherme Miranda

Rio de Janeiro, 2025

Copyright © 2021 by Adrienne Young. Todos os direitos reservados.
Copyright da tradução © 2025 by Guilherme Miranda por Casa dos Livros Editora LTDA. Todos os direitos reservados.

Publicado mediante acordo com o autor, a/c BAROR INTERNATIONAL, INC., Armonk, Nova York, EUA

Título original: *Namesake*

Todos os direitos desta publicação são reservados à Casa dos Livros Editora LTDA. Nenhuma parte desta obra pode ser apropriada e estocada em sistema de banco de dados ou processo similar, em qualquer forma ou meio, seja eletrônico, de fotocópia, gravação etc., sem a permissão dos detentores do copyright.

COPIDESQUE	Sofia Soter
REVISÃO	João Rodrigues e Dandara Morena
DESIGN DE CAPA	Kerri Resnick
ADAPTAÇÃO DE CAPA	Vitor Castrillo
IMAGENS DE CAPA	Svetlana Belyaeva e Shutterstock
DIAGRAMAÇÃO	Abreu's System

Dados Internacionais de Catalogação na Publicação (CIP)
(Câmara Brasileira do Livro, SP, Brasil)

Young, Adrienne
    Legado / Adrienne Young; tradução Guilherme Miranda. — Rio de Janeiro: Pitaya, 2025. — (Mundo dos Estreitos ; 2)

    Tradução de: Namesake
    ISBN 978-65-83175-41-0

    1. Ficção norte-americana I. Título. II. Série.

25-256735   CDD-813

Índice para catálogo sistemático:
1. Ficção : Literatura norte-americana   813

Bibliotecária responsável: Eliete Marques da Silva – CRB-8/9380

Editora Pitaya é uma marca licenciada à Casa dos Livros Editora Ltda.
Todos os direitos reservados à Casa dos Livros Editora LTDA.

Rua da Quitanda, 86, sala 601A – Centro,
Rio de Janeiro/RJ – CEP 20091-005
Tel.: (21) 3175-1030
www.harpercollins.com.br

PARA MINHA MÃE,
QUE ME ENSINOU A SER FORTE

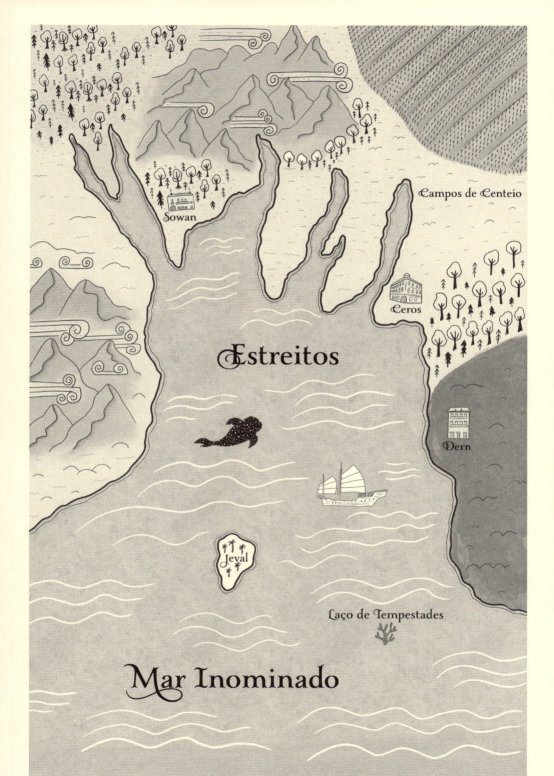

PRÓLOGO

MEU PRIMEIRO MERGULHO FOI ACOMPANHADO POR meu primeiro gole de uísque de centeio.

O mar ecoava o som de pedras preciosas quando nadei atrás da silhueta de minha mãe, na direção da poça de luz que ondulava na superfície da água.

Minhas pernas ardiam, batendo para compensar o peso do cinto de dragagem, que Isolde havia insistido para eu usar mesmo na minha primeira descida para os recifes. Fiz careta, o coração acelerado no peito dolorido, e emergi sob um céu cheio de luz.

A primeira coisa que vi quando meus olhos se focaram foi meu pai espiando a bombordo do *Lark*, com os cotovelos apoiados na amurada. Ele abriu um de seus raros sorrisos. Fazia seus olhos azuis faiscarem como um risco de pederneira.

Minha mãe me puxou pela água, me levantando para alcançar o degrau mais baixo da escada, e eu subi, tremendo de frio. Saint esperava no alto e me envolveu em um abraço assim que pulei a amurada. Ele me carregou pelo convés, água do mar pingando das minhas mãos e do meu cabelo.

Entramos no alojamento do timoneiro e Saint tirou a colcha da cama, me cobrindo com cheiro de verbasco com especiarias. Minha mãe atravessou a porta um momento depois, e vi meu pai encher um dos copos verde-esmeralda com o uísque.

Ele o colocou no centro da escrivaninha e eu o peguei, girando-o para que a luz do sol se refratasse e reluzisse em suas facetas.

Saint esperou, com um lado do bigode erguido em um sorriso, eu levar o copo à boca e tomar o uísque de centeio em um gole só. A queimação se espalhou em minha garganta, descendo até a barriga, e eu chiei, tentando respirar.

Minha mãe olhou para mim com uma expressão que nunca tinha visto. Uma reverência. Como se algo maravilhoso e ao mesmo tempo angustiante tivesse acabado de acontecer. Ela pestanejou, me puxando entre si e Saint, e eu me aconcheguei, o calor deles me fazendo voltar a ser criança.

Mas eu não estava mais no *Lark*.

O BAQUE DE UMA POLIA ACERTANDO O CONVÉS ME SOBRES-
saltou e, de repente, o mundo embaçado ao meu redor
voltou. Passos na madeira. Sombras no tombadilho superior. O estalo de velas ondulando no mastro de proa.

A dor estourou em minha cabeça enquanto eu forçava a vista sob o clarão da luz do sol e contava. A tripulação do *Luna* tinha pelo menos vinte pessoas, provavelmente mais com os pivetes da Orla a bordo. Devia haver um ou dois tripulantes embaixo do convés ou escondidos no alojamento do timoneiro. Eu não via Zola desde que acordara em seu navio, as horas passando devagar enquanto o sol descia pelo céu ocidental em um ritmo excruciante.

Uma porta bateu na passagem e a dor em meu maxilar aumentou quando cerrei os dentes. Os passos pesados de Clove atravessaram o convés a caminho do leme. Suas mãos ásperas encontraram os raios e seu olhar pousou no horizonte incandescente.

Eu não via o navegador de meu pai desde aquele dia em Jeval, quatro anos antes, quando ele e Saint empurraram o barco de apoio para os baixios e me largaram na praia. Porém, eu conhecia seu rosto. Eu o reconheceria em qualquer lugar, porque estava gravado em quase todas as minhas lembranças. Do *Lark*. De meus pais. Ele estava lá, mesmo nos pedaços mais antigos e fragmentados do passado.

Clove não tinha sequer olhado para mim desde que eu o avistara pela primeira vez, mas eu percebia, pelo seu queixo sempre erguido, o olhar passando sobre minha cabeça, que sabia exatamente quem eu era.

Ele era a única família que eu tinha além de meus pais e, na noite em que o *Lark* naufragara no Laço de Tempestades, ele salvara minha vida. Contudo, não olhou para trás em nenhum momento enquanto velejava com meu pai para longe de Jeval, tampouco tinha voltado para me buscar. Quando eu encontrei Saint em Ceros e ele me disse que Clove *se fora*, eu o tinha imaginado como uma pilha de ossos no lodo das profundezas dos Estreitos. Porém, ali estava ele, navegador do *Luna*.

Ele sentia meu olhar enquanto eu o examinava, talvez a mesma lembrança ressuscitando de onde a tinha enterrado. Mantinha a coluna ereta, sua expressão fria um tanto superficial. Entretanto, ele ainda se recusava a olhar para mim, e eu não sabia se isso significava que ele era o Clove de quem me lembrava ou se havia se transformado em algo diferente. A distância entre os dois poderia custar minha vida.

Um par de botas parou diante do mastro e eu ergui os olhos para o rosto de uma mulher que tinha visto pela manhã. O cabelo curto cor de palha soprou sobre sua testa quando deixou um balde de água ao meu lado e tirou a faca do cinto.

Ela se agachou, e o sol cintilou na lâmina em direção às minhas mãos. Encolhi os braços, mas ela puxou as cordas para a frente, encaixando a faca fria sobre a pele em carne viva de meu punho. Estava me soltando.

Fiquei parada, observando o convés ao nosso redor, a mente acelerada enquanto deslizava o pé com cuidado embaixo de mim. Mais um puxão da faca e minhas mãos ficaram livres. Eu as estiquei, os dedos tremendo. Assim que a mulher baixou o olhar, inspirei fundo e me lancei à frente. Ela arregalou os olhos quando me joguei em cima dela e caiu dura no convés, batendo a cabeça na madeira. Prendi seu peso contra o rolo de cordas a estibordo e levei a mão à faca.

Passos correram em nossa direção, e uma voz grave soou atrás de mim:

— Não. Deixem que ela extravase.

A tripulação paralisou e, no segundo que levei para olhar para trás, a mulher saiu de baixo de mim e acertou minha costela com o calcanhar da bota. Rosnei, avançando pelo chão até pegar seu punho. Ela tentou me chutar quando eu o bati contra a manivela de ferro que estivava a âncora. Senti os ossinhos sob a pele dela se quebrarem quando bati o punho de novo com mais força, e a faca escapou de sua mão.

Montei nela e apanhei a faca, girando para apoiar as costas na amurada. Ergui a lâmina trêmula diante de mim. Ao nosso redor, havia apenas água. Nenhuma terra à vista, em nenhuma direção. Senti o peito afundar de repente, o coração apertado.

— Já acabou?

A voz se ergueu de novo, e todas as cabeças se voltaram para a passagem. O timoneiro do *Luna* estava de mão no bolso, sem aparentar qualquer tipo de preocupação ao ver que eu estava diante de um membro de sua tripulação com uma faca na mão.

Zola passou pelos outros com o mesmo deboche que havia brilhado em seus olhos na taverna em Ceros. Seu rosto estava iluminado por um sorriso irônico.

— Eu disse para dar um banho nela, Calla.

Seu olhar pousou sobre a mulher a meus pés.

Ela voltou o olhar furioso para mim, sob a atenção da tripulação. A mão quebrada estava aninhada nas costelas, já inchando.

Zola deu quatro passos lentos antes de tirar a mão do bolso. Ele a estendeu para mim, apontando o queixo para a faca. Como não saí do lugar, seu sorriso se alargou. Um silêncio frio caiu sobre o navio por apenas um momento antes de ele erguer a outra mão e agarrar meu pescoço. Ele apertou os dedos ao me empurrar contra a amurada, me esmagando até eu perder o fôlego.

Ele foi fazendo mais peso até eu acabar inclinada para fora do navio e a ponta das minhas botas sair do convés. Vasculhei as cabeças atrás dele em busca do cabelo loiro desgrenhado de Clove, mas ele não estava lá. Quando quase caí para trás, soltei a faca, que tilintou no convés com um barulho agudo, deslizando pela madeira e escapando do meu alcance.

Calla a pegou e a encaixou de volta no cinto. Zola me soltou no mesmo instante. Caí, tombando sobre as cordas e puxando o ar.

— Dê um banho nela — insistiu ele.

Zola olhou para mim por mais um momento antes de dar meia-volta. Ele passou pelos outros até o timão, onde Clove se apoiava no leme com a mesma expressão indiferente no rosto.

Calla me ergueu pelo braço com a mão boa e me empurrou na direção da proa, onde o balde de água permanecia ao lado do mastro de proa. A tripulação voltou ao trabalho enquanto ela pegava um pano de trás do cinto.

— Tire — ordenou, apontando para minhas roupas. — Agora.

Passei os olhos pelos marinheiros que trabalhavam atrás dela antes de me virar para a proa e tirar a camisa. Calla se agachou ao meu lado, esfregou o pano em um bloco de sabão e o encharcou no balde até fazer espuma. Ela estendeu o pano para mim com impaciência, e eu o peguei, ignorando a atenção da tripulação enquanto passava a espuma nos braços. O sangue seco deixou a água rosa antes de escorrer pela pele e pingar no convés.

O toque trouxe de volta a lembrança de West em seus aposentos, seu calor encostado em mim. Lágrimas arderam em meus olhos de novo e funguei, tentando afastar a visão antes que me afogasse. O aroma da manhã quando acordei em sua cama. Seu rosto sob a luz cinza e a sensação de seu hálito em mim.

Ergui a mão até a curva do pescoço, me lembrando do anel que comprara no gambito. O anel dele.

Tinha sumido.

West acordara sozinho na cabine. Devia ter esperado na proa, observando o porto e, quando não apareci, talvez tenha entrado em Dern para me encontrar.

Eu não sabia se alguém me vira ser arrastada a bordo do *Luna*. Se sim, era improvável que contassem para outra pessoa. Até onde West sabia, eu tinha mudado de ideia e comprado uma passagem de volta a Ceros de algum mercador no cais. Porém, para isso, eu teria que ter levado o dinheiro do tesouro, pensei, tentando descartar todas as outras possibilidades exceto aquela em que eu queria acreditar.

Que West me procuraria. Que viria atrás de mim.

Se viesse, contudo, seria ainda pior. Eu tinha visto o lado sombrio do timoneiro do *Marigold*, e era sinistro. Composto de fumaça e chamas. *Você não o conhece.*

As palavras que Saint dissera na taverna naquela manhã ecoavam dentro de mim.

Talvez West e a tripulação do *Marigold* cortassem laços com Saint e comigo. Zarpassem para seguir o próprio caminho. Talvez eu realmente não conhecesse West. Não para valer.

Mas meu pai eu conhecia. E sabia os jogos que ele preferia.

A água salgada ardeu em minha pele quando esfreguei com mais força e, ao terminar, Calla estava esperando com uma calça nova. Vesti e amarrei os barbantes na cintura para que não escorregassem do quadril, e ela me jogou uma camisa limpa.

Prendi o cabelo em um nó enquanto ela me examinava e, quando se deu por satisfeita, Calla se virou para a passagem embaixo do tombadilho superior. Não esperou que eu seguisse, passando por Clove até o alojamento do timoneiro. Meus passos se detiveram quando entrei sob a sombra dele e ergui o olhar através dos cílios. O último pingo de dúvida que eu tinha de que fosse ele desapareceu quando estudei seu rosto envelhecido pelo sol. A tempestade de tudo o que eu queria dizer ardia na língua, e engoli em seco o impulso desesperado de gritar.

Clove torceu a boca sob o bigode antes de abrir o registro sobre a mesa e passar o dedo calejado pela página. Talvez estivesse tão surpreso em me ver quanto eu. Talvez nós dois tivéssemos sido puxados para dentro da guerra de Zola contra West. O que não encaixava era como ele poderia estar ali, na tripulação da pessoa que meu pai mais odiava.

Clove terminou de escrever e fechou o livro, voltando os olhos para o horizonte enquanto ajustava um pouco o leme. Ou estava envergonhado demais para olhar para mim, ou com medo de que alguém visse. Eu não sabia qual era pior. O Clove que eu conhecia teria cortado o pescoço de Zola por encostar as mãos em mim.

— Venha, dragadora — gritou Calla da passagem, segurando a porta aberta.

Deixei meu olhar pousar sobre Clove por mais uma respiração antes de seguir, deixando o navegador e o sol para trás. Entrei na escuridão fria, pisando nas tábuas de madeira em um ritmo constante apesar do tremor que havia tomado conta de minhas pernas.

Atrás de mim, a vastidão do mar se estendia em um azul infinito. A única forma de sair daquele navio era descobrir o que Zola queria, mas eu não tinha cartas para jogar. Nenhuma embarcação naufragada cheia de joias para negociar, nem moedas ou dinheiro que me tirassem dos apuros em que me metera. E, mesmo se o *Marigold* fosse me resgatar, eu estava sozinha. O peso desse pensamento afundou dentro de mim, minha fúria a única coisa que me impedia de desaparecer. Deixei que ela crescesse, preenchendo meu peito ao olhar mais uma vez para trás, na direção de Clove.

Não importava como ele tinha ido parar no *Luna*. Não havia perdão no coração de Saint para uma traição daquelas. No meu também não. Eu nunca senti tanto do meu pai dentro de mim como naquele momento e, em vez de me assustar, a constatação me inundou com uma nova sensação de poder que me estabilizou. A maré de força ancorou meus pés quando eu lembrei.

Eu não era apenas uma dragadora jevalesa ou um peão na disputa de Zola com West. Eu era filha de Saint. E, antes de sair do *Luna*, todos os canalhas dessa tripulação saberiam disso.

DOIS

A PORTA DO ALOJAMENTO DO TIMONEIRO ERA DE MA-deira cinzenta gravada com o brasão do *Luna*: uma lua crescente aninhada entre três talos curvos de centeio. Calla a empurrou e o cheiro úmido e mofado de papel velho e que-rosene me envolveu quando entrei.

Luz poeirenta cobria o ambiente como um véu, deixando os cantos pintados de sombra. A cor desigual do verniz nas paredes entregava a idade do navio. Era velho e belo, a maestria evidente em cada detalhe da cabine.

O espaço quase vazio estava ocupado apenas por cadeiras co-bertas de cetim ao redor de uma mesa comprida, em cuja cabeceira Zola estava sentado.

Bandejas de prata com comida e castiçais dourados estavam dispostos ordenadamente no centro da mesa. A luz dançava sobre coxas de faisão reluzentes e alcachofras assadas com as peles tostadas, empilhadas em um banquete opulento.

Zola não ergueu os olhos ao pegar um pedaço de queijo de uma das tigelas e o servir na beira do prato. Segui a luz bruxuleante de velas até um candelabro enferrujado que balançava em seu gancho com um rangido baixo, a maioria dos enfeites de cristal ausente. A cena toda era uma tentativa pobre de fingir majestade, embora Zola não parecesse envergonhado por isso. Era o sangue dos Estreitos em suas veias, seu orgulho tão forte que ele preferiria engasgar de soberba a admitir a farsa.

Zola olhou para mim com a expressão dura.

— Acho que ainda não te dei as boas-vindas ao *Luna*, Fable.

Eu ainda sentia a dor na pele do meu pescoço, onde ele me esganara minutos antes.

— Sente-se. — Zola pegou os talheres perolados sobre a mesa e cortou o faisão minuciosamente. — E, por favor, sirva-se. Você deve estar com fome.

O vento que entrava pelas janelas abertas soprou os mapas enrolados em cima da escrivaninha, vibrando suas pontas desgastadas. Olhei pela cabine, tentando encontrar alguma pista do que ele estava tramando. Não era diferente de qualquer outro alojamento de timoneiro que eu tivesse visto. E Zola não estava entregando nada, me observando com expectativa por trás das velas.

Puxei a cadeira bruscamente no outro extremo da mesa, deixando que os pés raspassem no chão, e me sentei. Ele pareceu satisfeito, voltando a atenção para o prato, e desviei os olhos quando a gordura do faisão começou a se acumular no centro. O cheiro salgado da comida estava fazendo a náusea despertar dentro de mim, mas não era nada em comparação com a fome que tomaria minha barriga depois de mais alguns dias.

Ele espetou um pedaço de carne com o garfo, erguendo-o diante de si enquanto dispensava Calla com um olhar. Ela acenou com a cabeça antes de sair do alojamento, fechando a porta ao passar.

— Imagino que você tenha aceitado que estamos longe demais da terra para se arriscar na água.

Ele enfiou a garfada de faisão na boca e mastigou.

A única coisa de que eu tinha certeza era que estávamos velejando a sudoeste. O que eu não entendia era para onde estávamos indo. Dern era o porto mais meridional dos Estreitos.

— Para onde estamos indo? — perguntei, de voz firme, costas eretas.

— Ao mar Inominado — respondeu ele, com tranquilidade demais, como se não lhe custasse nada, o que me deixou nervosa no mesmo instante.

Não consegui esconder a surpresa, e Zola pareceu satisfeito com a reação, espetando um pedaço de queijo e girando o garfo nos dedos.

— Você não pode ir para o mar Inominado — retruquei, apoiando os cotovelos na mesa e me inclinando para a frente.

Ele arqueou a sobrancelha, mastigando sem pressa antes de falar:

— As pessoas ainda contam essa história, então?

Não deixei de notar que ele não havia me corrigido. Zola ainda era um homem procurado naquelas águas, e eu duvidava que ele tivesse licença para negociar nos portos além dos Estreitos.

— O que está pensando? — perguntou ele, com um sorrisinho.

Ele parecia querer saber de verdade.

— Estou tentando entender por que essa briga com West é mais importante para você do que sua própria vida.

Seus ombros sacudiram enquanto sua cabeça baixava e, bem quando pensei que ele estava se engasgando com a garfada de queijo que tinha comido, percebi que estava rindo. Histericamente.

Ele bateu a mão na mesa, semicerrando os olhos enquanto se recostava na cadeira.

— Ah, Fable, você não pode ser tão idiota. Isso não tem nada a ver com West. Nem com aquele desgraçado para quem ele trabalha como sombra.

Zola soltou a faca, que caiu com estrépito no prato, me assustando.

Então ele sabia que West trabalhava para Saint. Talvez fosse esse o início da rixa.

— É isso mesmo. Sei o que o *Marigold* é. Não sou um imbecil.

Ele pousou as mãos nos braços da cadeira, e sua postura relaxada me deixou tensa, como se houvesse alguma ameaça maior ali, uma que eu não enxergava. Zola estava calmo demais. Seguro demais.

— Tem a ver com *você*.

O nervosismo me deixou à flor da pele.

— Como assim?

— Sei quem você é, Fable.

As palavras eram difusas. Apenas um eco no oceano de pânico que se agitou em minhas entranhas. Parei de respirar, sentindo que uma corda se enroscava sob minhas costelas. Ele estava certo. Eu *tinha* sido idiota. Zola sabia que eu era filha de Saint porque seu navegador era uma das três pessoas nos Estreitos que sabiam. Não podia ser coincidência.

Se fosse verdade, Clove não tinha apenas traído Saint, também tinha traído minha mãe. E isso era algo de que nunca pensei que Clove fosse capaz.

— Você é mesmo igualzinha a ela. Isolde.

A familiaridade que pairou em sua voz quando ele falou de minha mãe embrulhou minha barriga. Eu quase não acreditei em meu pai quando ele me contou que Isolde trabalhava na tripulação do *Luna* antes de ser admitida por Saint. Ela nunca me contou daqueles dias, como se o período entre sair de Bastian e entrar para o *Lark* nunca tivesse existido.

Já naquela época, ele e meu pai eram inimigos. A guerra entre mercadores não acabava nunca, mas Zola finalmente tinha encontrado uma arma capaz de mudar a maré.

— Como você soube? — perguntei, observando-o com atenção.

— Vai fingir que não conhece meu navegador? — Ele encarou meu olhar gelado. — Saint queimou muitas pontes, Fable. Vingança é um forte motivador.

Inspirei devagar, enchendo o peito dolorido de ar úmido. Um pedaço de mim queria que ele tivesse negado. Uma parte fragmentada de minha mente tinha esperança de que não tivesse sido Clove quem contara para ele.

— Se sabe quem sou, sabe que Saint vai matar você quando descobrir isso — argumentei, desejando que as palavras fossem verdade.

Zola deu de ombros.

— Ele não vai ser problema meu por muito mais tempo. — Parecia seguro. — O que me traz de volta ao motivo de você estar aqui. Preciso da sua ajuda com uma coisa.

Ele se recostou, pegando o pão e partindo um pedaço.

Eu o observei besuntar a casca com uma camada grossa de manteiga.

— Minha ajuda?

— Isso mesmo — confirmou. — Depois pode voltar para aquela sua tripulação ridícula ou qualquer buraco em Ceros que estivesse planejando fazer de lar.

O mais perturbador era que ele parecia sincero. Não havia nenhuma sombra de falsidade na maneira como me encarava.

Meu olhar voltou à parte fechada da janela, onde frestas do mar azul reluziam através das ripas. Havia um negócio a ser feito ali. Zola precisava de mim.

— O que precisa que eu faça?

— Não é nada de que você não daria conta. — Ele destacou a pétala de uma alcachofra devagar antes de raspar a polpa com os dentes. — Não vai comer?

Encarei seus olhos. Eu teria que estar à beira da morte para aceitar uma refeição, ou qualquer outra coisa, de alguém naquele navio.

— Você sempre alimenta os prisioneiros à sua mesa?

— Você não é prisioneira, Fable. Já disse. Só preciso da sua ajuda.

— Você me sequestrou e me amarrou ao mastro do navio.

— Achei que seria melhor deixar seu fogo se apagar um pouco antes de conversarmos. — O sorriso retornou aos lábios dele, e Zola balançou a cabeça. — Como eu disse, igualzinha a ela. — E soltou outra gargalhada rouca antes de virar o copo de uísque de centeio e o bater na mesa. — Calla!

Passos soaram antes de a porta voltar a se abrir. Ela esperou na passagem.

— Calla vai levar você até sua rede na cabine da tripulação. Se precisar de alguma coisa, peça a ela.

— Uma rede?

Alternei o olhar entre os dois, confusa.

— Suas tarefas vão ser dadas amanhã, e você deve cumprir todas sem questionar. Quem não trabalha neste navio não come. Tampouco costuma voltar para a costa — acrescentou Zola, com a boca amarrada.

Eu não sabia se era uma expressão de loucura ou riso. Talvez fosse os dois.

— Quero minha faca de volta.

— Não vai precisar — disse ele, de boca cheia. — A tripulação foi orientada a deixar você em paz. Enquanto estiver no *Luna*, você estará segura.

— Quero de volta — repeti. — E o anel que você pegou.

Zola pareceu considerar enquanto alcançava o guardanapo de linho em cima da mesa e limpava a gordura dos dedos. Ele se levantou da cadeira entalhada e foi até a escrivaninha na parede oposta, colocando a mão dentro da camisa. Um momento depois, saiu uma corrente de ouro do colarinho e uma chave de ferro preta balançou no ar antes de ele a pegar na palma da mão. Zola a encaixou na fechadura da gaveta e a abriu com um estalo. O anel cintilou sobre o barbante quando ele o ergueu de dentro e o passou para mim.

Zola pegou a faca em seguida, virando-a na mão antes de estendê-la.

— Já vi essa faca antes.

Porque era de West. Ele a tinha dado para mim antes de desembarcarmos do *Marigold* em Dern para trocar o tesouro do *Lark*. Eu a peguei da mão de Zola, a dor em minha garganta se ampliando enquanto eu passava o polegar pelo cabo desgastado. A sensação de West surgiu como um vento soprado sobre os conveses: estava lá um instante para então passar pelas amuradas e seguir mar afora.

Zola segurou a maçaneta da porta, esperando, e guardei a faca no cinto antes de sair para a sombra da passagem.

— Venha — disse Calla, irritada.

Ela desapareceu pela escada que levava ao convés inferior e hesitei antes de seguir, olhando para trás na direção do convés em busca de Clove, mas o leme estava ocupado por outra pessoa. Ele não estava mais lá.

Os degraus rangeram enquanto descíamos para as entranhas do navio e o ar ficava mais gelado sob o brilho fraco das lanternas que cercavam o corredor. Diferente do *Marigold*, aquela era apenas a artéria principal em uma série de passagens que serpenteavam no convés inferior para diferentes quartos e seções do porão de carga.

Parei ao passar por uma das portas abertas, onde um homem se debruçava sobre um conjunto de ferramentas, escrevendo em um caderno. Picaretas, macetes, cinzéis. Franzi a testa quando o aço recém-laminado reluziu na escuridão. Eram ferramentas de dragagem. E, atrás dele, o porão estava escuro.

Forcei a vista enquanto mordia a bochecha. O *Luna* era um navio feito para estoques grandes, mas o casco estava vazio. E devia ter sido descarregado recentemente. Quando eu tinha visto o navio em Ceros, ele estava carregado. Não apenas Zola estava indo para o mar Inominado, como estava indo de mãos vazias.

O homem parou quando sentiu ser observado e ergueu os olhos, que pareciam fragmentos de turmalina preta. Ele levou a mão à porta, fechando-a, e cerrei os punhos, as palmas suadas. Zola estava certo. Eu não fazia ideia do que ele estava tramando.

Calla seguiu o corredor estreito até o fim, onde uma passagem sem porta se abria para um quarto escuro. Entrei, levando a mão à faca por instinto. Redes vazias estavam penduradas em vigas grossas de madeira sobre casacos e cintos pendurados nos ganchos nas paredes. No canto do quarto, um homem adormecido enrolado em uma lona acolchoada roncava, uma mão pendurada para fora.

Calla apontou para uma rede mais baixa na terceira fileira.

— Você fica aqui.

— É a cabine da tripulação — falei.

Ela me olhou sem expressão.

— Não sou da tripulação.

A indignação em minha voz deixou as palavras cortantes. A ideia de me alojar com a tripulação me deixava nervosa. Aquele não era meu lugar. Nunca seria.

— É, sim, até Zola dizer que não. — O fato parecia enfurecê-la. — Ele deu ordens expressas para você ser deixada em paz. Mas fique sabendo... — continuou, e baixou a voz: — Sabemos o que sua cambada fez com Crane. E não vamos esquecer.

Não era um aviso. Era uma ameaça.

Passei o peso de um pé a outro, apertando a faca. Se a tripulação sabia que eu estava no *Marigold* quando West e os outros mataram Crane, todas as pessoas naquele navio eram minhas inimigas.

Calla deixou o silêncio desconfortável se estender entre nós antes de voltar a desaparecer pela abertura. Olhei pelo quarto escuro ao meu redor, soltando uma respiração trêmula. O som de botas ecoou acima, e o navio balançou um pouco quando uma rajada de vento soprou as velas, puxando as redes como as agulhas de uma bússola.

O silêncio sinistro me fez envolver os braços ao meu redor com força. Eu me encolhi em um dos cantos escuros entre os baús para ter uma visão ampla da cabine enquanto me mantinha escondida nas sombras. Não havia como sair do navio até atracarmos, e não havia como saber exatamente aonde estávamos indo. Nem por quê.

O primeiro dia no *Marigold* me voltou à mente, quando parei na passagem com a mão encostada no brasão da porta. Eu já tinha sido uma desconhecida naquele lugar, mas passei a me sentir em casa. E tudo dentro de mim sentia saudade de lá. Um lampejo de calor se acendeu sob minha pele, o ardor de lágrimas se acumulando nos olhos. Porque eu tinha sido idiota. Tinha me permitido acreditar, mesmo que por apenas um momento, que estava segura. Que tinha encontrado um lar e uma família. E, no tempo de uma única respiração, me arrancaram tudo.

TRÊS

RAIOS FRACOS DE LUAR ATRAVESSARAM O ASSOALHO DE madeira ao longo da noite, chegando mais perto de mim até o calor da manhã cobrir o convés superior.

Zola devia ter falado a verdade sobre as ordens à tripulação de não encostar em mim. Mal tinham olhado em minha direção enquanto entravam e saíam da cabine durante a noite, tirando suas horas de descanso em turnos escalonados. Em algum momento da madrugada, eu tinha fechado os olhos, ainda agarrada à faca de West.

Vozes na passagem me tiraram da névoa entre a vigília e o sono. A velocidade do *Luna* diminuiu e me tensionei quando uma garrafa de vidro azul rolou pelo piso ao meu lado. Eu senti o navio desacelerar enquanto esticava as pernas e me levantava.

O som de passos ecoou acima e me encostei à parede, atenta a quaisquer movimentos do outro lado da porta. Mas havia apenas o som do vento descendo pela passagem.

— Arriar velas!

O som estrondoso da voz de Clove me assustou.

Senti um frio na barriga ao observar sombras se mexendo entre as ripas. Estávamos atracando.

Ele gritou as ordens uma após a outra, e outras vozes responderam. Quando o navio rangeu de novo, escorreguei na madeira úmida e estendi a mão para me equilibrar na antepara.

Ou tínhamos ganhado velocidade e saído dos Estreitos em uma única noite, ou estávamos fazendo uma parada.

Passei pela porta, ainda apoiada na parede, atenta aos degraus. Calla não tinha ordenado que eu ficasse na cabine e Zola dissera que eu não era uma prisioneira, mas sair andando sozinha pelo navio me fazia sentir como se estivesse pedindo para enfiarem uma faca nas minhas costas.

O sol atingiu meu rosto quando subi a escada e pisquei furiosamente, tentando focar os olhos sob o clarão. Dois membros da tripulação subiam nos mastros enormes, erguendo a carregadeira em um ritmo constante até a vela estar rizada.

Paralisei quando vi Clove no leme, e logo me escondi sob a sombra do mastro. Cerrei os dentes, uma fúria implacável cobrindo cada centímetro de minha pele enquanto eu o observava. Nunca imaginaria um mundo em que Clove poderia trair Saint. A pior parte, porém, era que ela — minha mãe — havia confiado nele. Amava Clove como um irmão e a ideia de que ele poderia ter traído *minha mãe* era inimaginável. Não poderia existir.

Zola estava na proa, de braços cruzados, a gola do casaco erguida para proteger do vento. Contudo, era o que estava à frente dele que me fez perder todo o ar. Levei a mão à amurada mais próxima, de queixo caído.

Jeval.

A ilha era uma esmeralda resplandecente no mar azul brilhante. As ilhas barreiras emergiram das águas revoltas como dentes podres, e o *Luna* entrou na última doca do cais rudimentar enquanto o sol espreitava sobre a colina familiar ao longe.

Na última vez que tinha visto a ilha, eu estava fugindo para salvar minha vida. Tinha pedido a misericórdia da tripulação do *Marigold* depois de quatro anos mergulhando naqueles recifes para sobreviver. Todos os músculos de meu corpo tensionaram ao redor dos ossos conforme nos aproximávamos.

Um menino descalço familiar correu pela doca para atar os cabos de amarração enquanto o *Luna* se aproximava do afloramento. Um marinheiro passou por cima da amurada ao meu lado, pegando os laços que prendiam a escada na lateral do navio, e puxou as pontas até os nós se soltarem. Ela se desenrolou a estibordo com um estalo.

— O que estamos fazendo aqui? — perguntei, com a voz baixa.

O homem arqueou uma sobrancelha quando ergueu a cabeça para mim, passando o olhar por meu rosto. Ele não respondeu.

— Ryland! Wick!

Dois membros mais jovens da tripulação desceram do tombadilho superior, um alto e magro com a cabeleira clara, o outro largo e musculoso, o cabelo escuro raspado.

O marinheiro jogou um caixote diante deles, e eu sobressaltei com o estrondo de metal. Estava cheio das ferramentas de dragagem que eu tinha visto na noite anterior.

— Vão separando isso aqui.

A julgar pelos seus cintos, eles eram os dragadores de Zola. Ao sentir minha atenção sobre ele, o moreno ergueu a cabeça para mim, seu olhar como o ardor quente de uísque de centeio.

Jeval não era um porto. O único motivo para ir ali era descarregar pequenos excedentes no estoque. Talvez uma caixa de ovos frescos que não vendeu em uma das cidades portuárias ou alguns frangos a mais que a tripulação não tinha comido. E havia pira. Mas pira não era o tipo de pedra que atraísse um grupo como o de Zola, e eu nunca tinha visto seu brasão sobre um navio ali antes.

Se estávamos parando em Jeval, Zola precisava de algo mais. Algo que não poderia conseguir nos Estreitos.

Segui a amurada na direção da proa, ficando atrás do mastro para observar o cais sem ser vista por ninguém que pudesse me reconhecer. Os outros navios ancorados no porto escasso eram todos embarcações pequenas e, de longe, eu via os barquinhos atulhados de gente vindo da ilha para negociar, traçando linhas brancas na água.

Semanas antes, eu estaria entre eles, a caminho das ilhas barreiras quando o *Marigold* atracasse, para vender minhas piras. Eu acordava com um frio na barriga naquelas manhãs, a vozinha dentro de mim com medo de que West não aparecesse quando a névoa se dissipasse. Porém, quando eu olhava da falésia com vista para o mar, as velas do *Marigold* estavam lá. Sempre estavam lá.

Zola ergueu a mão para bater nas costas de Clove antes de ir até a escada e descer. Jeval não tinha um capitão de porto, mas Soren era o homem com quem conversar quando se precisava de alguma coisa, e ele já estava esperando na entrada da doca. Seus óculos embaçados refletiam o sol quando ele ergueu a vista para o *Luna* e, por um momento, pensei que seu olhar pousou em mim.

Mais de uma vez ele me acusara de roubar no cais, e até me fizera pagar uma dívida que eu não tinha com o equivalente a uma semana de peixes. Mas seu olhar seguiu pelo navio, passando por mim tão rapidamente quanto havia me encontrado, e lembrei que eu não era mais a menina que tinha saltado para apanhar a escada do *Marigold*. Que implorara e batalhara para sobreviver por anos em Jeval para procurar o homem que não a quisera. Eu finalmente era alguém que tinha encontrado seu próprio caminho. E também tinha algo a perder.

Meus olhos pousaram em Zola quando ele encostou as botas na doca. Soren andou devagar na direção da escada, erguendo o ouvido bom enquanto Zola falava. Uma sobrancelha peluda se ergueu sobre a borda dos óculos antes de ele assentir.

O compartimento de carga estava vazio, então a única forma de Zola negociar era em dinheiro. Mas não havia nada para comprar na ilha exceto peixe, corda e pira. Nada que valesse vender no mar Inominado.

Soren deixou Zola esperando na ponta da passarela antes de desaparecer entre as pessoas aglomeradas nas tábuas de madeira frágeis. Ele abriu caminho de volta à outra ponta, onde os esquifes da praia estavam diminuindo a velocidade para deixar dragadores descalços negociarem.

Observei Soren atravessar a comoção até desaparecer atrás de um navio.

Ao meu redor, todos estavam cumprindo seus afazeres e, ao que parecia, nenhum membro da tripulação estava surpreso pela parada na ilha de dragadores. Ergui os olhos para o mastro de proa e os conveses superiores, onde os marinheiros estendiam as velas de tempestade. Não as que se usavam nos Estreitos. Aquelas velas eram feitas para os vendavais monstruosos que atormentavam o mar Inominado.

Atrás de mim, a água se estendia em um azul insondável, até Dern. Eu sabia sobreviver em Jeval. Se saísse do *Luna*, se encontrasse uma forma de... meus pensamentos saltaram de um a outro. Se o *Marigold* estivesse procurando por mim, era mais provável que seguissem a rota de Zola de volta a Sowan. Cedo ou tarde, acabariam em Jeval.

Contudo, parte de mim ainda se perguntava se o *Marigold* decidira que não valia a pena. Eles tinham o tesouro do *Lark*. Poderiam comprar de Saint a liberdade e começar o próprio comércio. Um sussurro ainda mais baixo soou no fundo de minha mente:

Talvez eles nem fossem me procurar.

Rangi os dentes, os olhos fixos nas botas. Eu tinha jurado que nunca mais voltaria a Jeval, mas talvez fosse minha única chance de continuar nos Estreitos. Apertei a amurada e espiei a água além dela. Se pulasse, conseguiria dar a volta pelas ilhas barreiras antes de qualquer outra pessoa no navio. Poderia me esconder na floresta de algas na angra. Depois de um tempo, desistiriam de procurar por mim.

Quando a sensação de olhos sobre mim arrepiou minha pele, voltei minha atenção para trás. Clove estava do outro lado do leme, me observando como se soubesse exatamente o que se passava pela minha cabeça. Era a primeira vez que seus olhos encontravam os meus e não desviavam. Sua expressão tempestuosa era como a corrente da água profunda embaixo de nós.

Meus dedos saíram da amurada e me debrucei nela, retribuindo o olhar. Ele estava mais velho. Havia tufos de fios grisalhos em sua barba loira e a pele tinha perdido parte do dourado caloroso sob as tatuagens que cobriam os braços. Mas ainda era Clove. Ainda era o homem que tinha cantado para mim as velhas canções de taverna quando eu adormecia no *Lark*. Que tinha me ensinado a bater carteiras quando atracávamos e comprado laranjas vermelhas para mim no cais de Dern.

De novo, ele pareceu ler meus pensamentos, e tensionou o maxilar.

Achei bom. Eu nunca tinha odiado ninguém tanto quanto odiava Clove naquele momento. Nunca tinha desejado tanto a morte de alguém. Os músculos em seus ombros tensionados conforme as palavras passavam por minha cabeça, imaginando-o naquele caixote que West jogara no mar preto. Fantasiei seu grito gutural. A contração no canto de minha boca encheu meus olhos de lágrimas, meu lábio rachado ardendo.

O olhar morto dele encontrou o meu por apenas mais um momento antes de Clove voltar ao trabalho, desaparecendo sob o arco que levava ao alojamento do timoneiro.

A ardência nos meus olhos vinha acompanhada da raiva que ainda fervia em meu peito. Se Clove tinha se voltado contra Saint, Zola provavelmente estava certo. Clove queria vingança por alguma coisa e estava me usando para conseguir.

Vozes gritaram lá embaixo e me virei para a doca, onde Soren tinha retornado com um pergaminho. Ele o desenrolou diante de Zola, que o examinou atentamente. Quando terminou, pegou a pena da mão de Soren e assinou. Ao lado dele, um garotinho entornou uma poça de cera no canto e Zola apertou seu anel de mercador nele antes que esfriasse. Ele estava fechando um acordo.

Um momento depois, vários dragadores formaram fila lado a lado atrás deles. Franzi a testa enquanto observava Zola descer a fileira devagar, inspecionando cada um. Ele parou quando viu o mais jovem esconder a mão atrás das costas. Zola passou o braço por trás dele e a puxou para revelar que os dedos do menino estavam envoltos por um curativo.

Zola a soltou antes de dispensar o dragador, cujo lugar foi ocupado por outro que esperava à beira da doca.

Foi só nesse momento que entendi o que estava acontecendo. Não paramos em Jeval para buscar suprimentos ou negociar. Zola não estava ali para comprar pira. Estava atrás de dragadores.

— Preparar! — gritou Clove.

Um marinheiro me empurrou para trás da amurada.

— Sai da frente — rosnou.

Dei a volta nele, tentando ver, mas a tripulação já estava levantando âncora. Calla subiu os degraus para o tombadilho superior e segui atrás dela, espiando detrás de uma pilha de caixotes enquanto Zola voltava a subir pela amurada do navio.

Os dragadores do cais entraram no convés atrás dele e a tripulação do *Luna* parou seu trabalho, todos os olhos pousando nas criaturas de pele dourada que subiam por sobre a amurada.

Era por isso que Zola precisava de mim. Ele estava a caminho de um mergulho. Mas já tinha pelo menos dois outros dragadores na tripulação, três comigo. Havia no mínimo oito jevaleses embarcando a bordo do *Luna*, e outros ainda subiam pela escada.

Ao longe, a superfície da água se encrespava, as ondas se agitando sob o vento frio que vinha do norte. Um calafrio subiu pelas minhas costas enquanto os cabos de amarração eram erguidos e eu me voltava para o convés. Os últimos dragadores subiram a bordo do navio e congelei quando o sol atingiu um rosto que eu conhecia. Um que eu havia temido quase todos os dias em que estivera em Jeval.

Koy era tão alto que sua cabeça se destacava entre os outros dragadores enquanto ele assumia seu lugar na fila. E, quando sua atenção pousou em mim, eu vi nele o mesmo olhar arregalado de reconhecimento que eu sabia que estava em meu rosto.

Minha voz saiu rouca e cavernosa, em um suspiro longo:

— Merda.

QUATRO

IQUEI DE OLHO NELE.

Apoiado nos caixotes amarrados ao longo da popa, Koy manteve o olhar fixo nas velas abertas. O *Luna* já estava se distanciando das ilhas barreiras e Jeval ia ficando cada vez menor atrás de nós. Aonde quer que estivéssemos indo, Zola não perdia tempo.

Koy não desviou a atenção, mas eu sabia que ele sentia meu olhar. Eu queria que sentisse.

Na última vez que tinha visto Koy, ele estava correndo pelo cais na escuridão, gritando meu nome. Eu ainda me lembrava de sua imagem sob a superfície da água, o sangue escorrendo em fios tortuosos. Não sabia o que tinha me feito voltar a mergulhar atrás dele. Eu me perguntara isso centenas de vezes e não encontrei nenhuma resposta que fizesse sentido. Se fosse eu, Koy não teria hesitado em me deixar afogar.

Entretanto, por mais que o odiasse, havia algo que eu tinha entendido sobre Koy desde o começo: ele estava disposto a fazer o que fosse preciso. Fosse o que fosse, custasse o que custasse. E ele me fizera uma promessa naquela primeira noite em que eu pisara no convés do *Marigold*. Se um dia eu voltasse a Jeval, ele me amarraria ao recife e deixaria que a carne de meus ossos fosse devorada pelas criaturas das profundezas.

Meu olhar passou por seu corpo, medindo altura e peso. Ele tinha vantagem sobre mim em quase todos os sentidos, mas eu não viraria as costas para ele nem lhe daria nenhuma chance de cumprir essa promessa.

Só voltei a piscar quando Clove subiu a escada com seus passos pesados, passando as mãos no cabelo ondulado para tirá-lo do rosto. As mangas de sua camisa estavam arregaçadas até os cotovelos, e o movimento familiar fez a dor em meu peito voltar à vida.

— Dragadores! — gritou.

Os jevaleses formaram fila a estibordo, onde os dragadores da tripulação de Zola, Ryland e Wick, esperavam. Carregavam os caixotes de ferramentas nas mãos e, pela cara deles, não gostavam do que estava para acontecer.

Koy pendurou o cinto sobre o ombro, assumindo seu lugar sobre o convés diante de Clove. Era típico de Koy, encontrar o homem mais assustador do navio e fazer questão de mostrar que não tinha medo dele. Mas, quando ergui os olhos para Clove, sua atenção estava em mim.

O brilho gélido em sua expressão era firme, me dando um frio na barriga.

— *Todos* vocês — resmungou.

Mordi o lábio inferior para que não tremesse. Naquele único olhar, os anos voltaram, em um instante eu era a menininha a bordo do *Lark* com quem ele ralhava por dar um nó errado. Minha expressão endureceu enquanto eu dava um único passo à frente, ficando alguns metros atrás do fim da fila.

— Enquanto estiverem a bordo deste navio, vocês não vão sair da linha! — gritou ele. — Vão fazer o que mandarmos. Vão manter os bolsos vazios.

Ele fez uma pausa, lançando um olhar silencioso a cada um dos jevaleses antes de continuar. Eu tinha visto Clove dar dezenas de discursos como aquele no navio de meu pai. Outra coisa terrivelmente familiar.

— Vão receber duas rações de refeição por dia enquanto estiverem empregados no *Luna* e devem manter seus alojamentos limpos.

Ele provavelmente estava repetindo os termos no pergaminho em suas mãos, o que Zola assinara com o capitão do porto, e não havia como negar que era um acordo generoso. Duas rações por dia era uma vida luxuosa para qualquer jevalês no convés além de mim, e era provável que eles voltassem para casa com mais dinheiro do que a maioria poderia ganhar em meses.

— O primeiro de vocês a quebrar essas regras vai voltar *nadando* a Jeval. Perguntas?

Koy foi o primeiro a falar, ditando seus próprios termos:

— Ficamos juntos.

Ele estava se referindo ao alojamento, e desconfiei que fosse para garantir que não virassem alvos da tripulação do *Luna*. Era cada dragador por si em Jeval, mas ali era diferente. A união fazia a força no navio.

— Tudo bem. — Clove acenou para Ryland e Wick, que pareciam prontos para sacar suas facas. Eles deram um passo à frente, cada um deixando um caixote diante da fila. — Peguem o que precisarem para um mergulho de dois dias. Considerem parte do pagamento.

Os dragadores avançaram antes mesmo que Clove terminasse, agachando-se ao redor dos caixotes para tirar picaretas e encostar os dedos calejados nas pontas afiadas. Reviraram a pilha em busca de cinzéis e monóculos para pendurarem nos cintos, e Ryland e Wick observaram, revoltados pela maneira como remexiam as ferramentas.

Não fui a única a notar. Koy ficou atrás dos outros, encarando os dragadores de Zola. Quando seus olhos se encontraram, a tensão silenciosa que encheu o convés era palpável. Eu me senti um pouco mais invisível naquele momento, pensando que talvez a presença dos dragadores jevaleses fosse positiva. Tirava a atenção de mim, ao menos um pouco.

— Fable.

Fiquei tensa ao ouvir meu nome na voz de Clove.

Ele deu três passos lentos em minha direção, e recuei, os dedos encontrando o cabo da faca de West.

Suas botas pararam pouco antes de me alcançar e observei a naturalidade com que me olhava. As rugas ao redor de seus olhos eram mais profundas; os cílios, claros como fios de ouro. Havia uma cicatriz que eu nunca tinha visto abaixo de sua orelha, envolvendo o pescoço e desaparecendo dentro da camisa. Tentei não imaginar como foi feita.

— Precisamos nos preocupar com algum deles? — perguntou, e apontou com o queixo para os dragadores no convés.

Fechei a cara, sem saber se acreditava que ele estava mesmo falando comigo. Mais que isso, pedindo informações, como se estivéssemos do mesmo lado.

— Acho que você vai descobrir, não?

— Entendi. — Ele levou a mão ao bolso do colete, tirando uma bolsinha. — Quanto vai me custar?

— Quatro anos — respondi, dura.

Ele franziu a testa sem entender.

Dei um passo na direção dele, que apertou a bolsa.

— Me devolva os quatros anos que passei naquela ilha, e eu direi qual desses dragadores tem mais chances de cortar sua garganta.

Ele me encarou, todos os pensamentos que eu não conseguia ouvir reluzindo em seus olhos.

— Não que isso importe — acrescentei.

Virei a cabeça para o lado.

— Como assim?

— Nunca se conhece uma pessoa *de verdade*, não é?

Deixei o sentido se desdobrar sob as palavras, observando-o com atenção. Nenhuma sombra passou por seu rosto. Nenhum sinal de em que ele estava pensando.

— Todos temos um trabalho a fazer, não? — Foi a única resposta que ele deu.

— Você mais do que ninguém. Navegador, informante... traidor.

— Não arranje problemas, Fay — disse ele, e baixou a voz: — Faça o que pedirmos e você vai ser paga como todos os outros.

— Quanto Zola está pagando a *você*? — rosnei.

Ele não respondeu.

— O que Zola está fazendo no mar Inominado? — insisti.

Clove me encarou até a argola de ilhós zunindo nas cordas altas quebrar o silêncio entre nós. Uma vela se desfraldou sobre o convés, projetando a sombra sobre mim e Clove. Ergui os olhos para a silhueta dela sob o sol, um quadrado preto contra o céu azul.

O brasão pintado na lona não tinha a curva da lua crescente que cercava a insígnia de Zola. Forcei a vista, tentando enxergar. Os contornos claros de três aves marinhas com as asas estendidas formavam um triângulo inclinado. Era um brasão que eu nunca tinha visto.

Se eles estavam içando um brasão novo, significava que Zola não queria ser reconhecido quando entrasse nas águas do mar Inominado.

Olhei para trás, mas Clove já estava desaparecendo dentro do alojamento do timoneiro, deixando a porta bater atrás de si. Eu via o ondular de sua camisa branca atrás do vidro tremido da janela que dava para o convés.

Mordi o lábio de novo, toda a calma dentro de mim se esvaindo. Eu sabia que, na noite em que o *Lark* naufragara, tinha perdido minha mãe. Mas não sabia que também tinha perdido Clove.

CINCO

RÊS RECIFES! — A VOZ DE ZOLA RESSOOU PELO navio antes mesmo que ele chegasse ao arco.

Ele desabotoou o casaco, deixando que caísse de seus ombros, e o jogou para um dos pivetes da Orla ao pé do mastro. Ele apanhou os cabos ancorados que se estendiam da proa e se ergueu sobre as cordas, olhando para o mar.

Meus olhos, porém, se concentravam em Ryland e Wick. Os dois estavam na fileira de jevaleses, cada gota de fúria pela humilhação deixando seus músculos tensos. Eles não estavam nada contentes por Zola ter admitido dragadores a mais. Pelo contrário, estavam fervendo de raiva.

— Ali, ali e ali.

Zola seguiu a linha dos topos de recifes com o dedo, traçando-os sobre a superfície da água.

Ao longe, um ilhéu curvo estava visível, flutuando como um círculo meio submerso.

— Fable vai liderar o mergulho.

Pisquei, voltando-me para o convés, onde os olhares duros dos dragadores estavam fixos em mim.

— Como é que é? — esbravejou Ryland, baixando as mãos que estavam enfiadas embaixo dos braços.

Zola o ignorou, olhando para o ilhéu. O vento soprava seu cabelo prateado e preto sobre o rosto áspero enquanto eu tentava entender sua intenção. Ele dissera que tinha orientado a tripulação a me deixar em paz, mas estava dando motivos de sobra para virem atrás de mim.

— O quarto recife está esgotado, mas há muita turmalina, paladina e heliotrópio nos outros. Talvez uma ou duas esmeraldas. — Zola saltou de volta ao convés, passando pela fileira de dragadores. — Seus carregamentos vão ser conferidos quando emergirem. O primeiro dragador a atingir vinte quilates de pedras ganha um bônus para dobrar suas moedas.

Koy se empertigou um pouco mais quando Zola disse aquelas palavras. Os outros dragadores jevaleses ergueram os olhos para o timoneiro com as sobrancelhas arqueadas, e Wick apertou o cinto, torcendo a boca para o lado.

— Preciso de pelo menos trezentos quilates de pedra. Vocês têm até o pôr do sol de amanhã.

Koy deu um passo à frente, a voz cortante.

— É o quê?

— Navios têm hora para zarpar. — Zola o encarou. — Algum problema?

— Ele tem razão — interferi. Koy pareceu surpreso por eu concordar com ele, mas era verdade. — Teríamos que mergulhar sem parar enquanto ainda há luz do dia se quisermos dragar joias suficientes para bater essa meta.

Zola pareceu considerar antes de tirar o relógio do bolso do colete. Então o abriu.

— Sendo assim, acho melhor irem rápido. — Ele guardou o relógio no bolso e ergueu os olhos para mim. — Agora, o que você vê?

Ele abriu um espaço à amurada ao seu lado, mas eu não saí do lugar. Zola estava jogando um jogo, mas pensei que ninguém naquele navio sabia qual era. Não gostei da sensação. A situação claramente o entretinha, e me deu vontade de jogá-lo ao mar.

— O que você *vê*? — perguntou de novo.

Cerrei os punhos e encaixei os polegares no bolso enquanto olhava para a água. Estava se mexendo suavemente dentro da crista do ilhéu, quase tão parada em alguns lugares que refletia os contornos das nuvens.

— Parece bom. Nenhuma contracorrente que eu veja daqui, mas é óbvio que só vamos saber quando estivermos lá embaixo.

Analisei a água do outro lado da saliência. O formato da depressão tinha o ângulo perfeito para proteger o interior da corrente.

Zola encontrou meus olhos antes de dar a volta por mim.

— Então leve todos para baixo.

O menino que segurava seu casaco o estendeu para ele voltar a vesti-lo, e Zola atravessou o convés de novo sem nem olhar para nós. A porta bateu atrás dele e, no instante seguinte, os dragadores se voltaram para mim. O rosto de Ryland estava vermelho; o olhar, tenso.

Do outro lado do mastro de proa, Clove estava em silêncio.

Éramos catorze ao todo, então a única coisa que fazia sentido era colocar quatro ou cinco dragadores em cada recife. Dei um passo à frente, estudando os jevaleses. Eram de uma variedade de tamanhos e comprimentos de braços e pernas, mas, só de olhar, dava para ver quem eram os nadadores mais velozes. Eu também teria que dividir os dragadores do *Luna* para impedir que eles aprontassem alguma coisa embaixo d'água.

O mais inteligente seria deixar Koy liderar um dos grupos. Gostando dele ou não, era um dos dragadores mais hábeis que eu conhecia. Entendia de joias e de recifes. Mas eu tinha cometido o erro de perdê-lo de vista antes, e não faria isso de novo.

Parei diante de Ryland, erguendo o queixo para ele e o jevalês ao lado.

— Vocês dois comigo e com Koy.

Koy arqueou uma sobrancelha para mim, desconfiado. Eu também não queria mergulhar com ele, mas, enquanto estivesse no navio, eu precisava saber exatamente onde ele estava e o que fazia a todo momento.

Distribuí o restante, juntando nadadores de tamanhos variados na esperança de que, o que um não tivesse, os outros pudessem compensar. Quando se agruparam no convés, eu me voltei para o ilhéu, desabotoando o topo da camisa para tirá-la sobre a cabeça. O braço de Koy roçou no meu quando veio ficar ao meu lado e paralisei, colocando mais espaço entre nós.

— Aquele desgraçado não faz ideia do que está fazendo — murmurou, passando o polegar sobre as picaretas em seu quadril e contando-as em silêncio.

As ferramentas que ele tinha tirado do caixote brilhavam entre as enferrujadas que usava em Jeval.

Não respondi, fazendo o mesmo em meu cinto. Eu e Koy não éramos amigos. Não éramos nem aliados. Se estava sendo simpático, havia um porquê, e era um de que eu não gostaria.

— Que foi? Não vai falar comigo?

Quando ergui os olhos para seu rosto, estremeci ao ver o sorriso sinistro que se abriu em seus lábios.

— O que veio fazer aqui, Koy?

Ele se apoiou na amurada com as mãos, e os músculos de seus braços se desenharam sob sua pele.

— Vim mergulhar.

— Que mais?

— Só isso.

Ele deu de ombros.

Estreitei os olhos enquanto o examinava. Koy tinha um esquife e um negócio de transporte em Jeval que colocava dinheiro em seu bolso todo santo dia. Devia ser o dragador mais bem de vida da ilha e, desde que o conhecia, nunca tinha saído de Jeval. Estava atrás de alguma coisa.

— Não esquenta, Fay. Nós, jevaleses, somos unidos.

Ele sorriu.

Endireitei os ombros para ele, chegando tão perto que precisei erguer a cabeça para encará-lo nos olhos.

— Não sou jevalesa. Agora, entre na água.

— Fedelhos — resmungou Wick, dando a volta por nós.

Ryland seguiu atrás, erguendo-se diante de mim para pendurar a camisa no mastro. Precisei dar um passo para trás para impedir que encostasse em mim. Eu sabia exatamente o que ele estava fazendo. Mesmo que eu tivesse o comando de Zola, Ryland queria que eu soubesse quem detinha o poder entre nós. Eu não era páreo para ele. Para nenhum deles, na verdade. E ninguém no navio me defenderia se algo acontecesse.

Eu me senti pequena embaixo dele, e a sensação fez meu estômago se revirar.

— Melhor tomar cuidado lá embaixo. As marés são imprevisíveis.

A expressão de Ryland não mudou ao falar. Ele subiu na amurada e pulou, segurando as ferramentas enquanto descia pelo ar. Um momento depois, Wick pulou atrás dele, e os dois desapareceram sob o azul cintilante.

Koy observou a superfície, inexpressivo.

— Não vai tirar os olhos de mim, vai?

O humor sombrio transpareceu em suas palavras enquanto ele subia, e fiz o mesmo.

Esperei que ele se jogasse antes de inspirar fundo e pular, entrando na água fria ao seu lado. A corrente de bolhas passou sobre minha pele na direção da superfície e meus olhos arderam por causa do sal enquanto eu girava, tentando me localizar. O recife embaixo serpenteava em um labirinto emaranhado, aprofundando-se à medida que se distanciava do ilhéu.

Cardumes de peixes de todas as cores se aglomeravam pelas cristas, refletindo a luz com escamas iridescentes e barbatanas ondulantes. O coral estava cheio deles, que lembravam os domos de um palácio sobrenatural, alguns dos quais eu nunca tinha visto antes.

Definitivamente não estávamos mais nos Estreitos, mas eu conhecia as canções das pedras preciosas. Elas se misturavam na água ao meu redor e, assim que eu começasse a separar uma da outra, poderíamos partir para o trabalho.

Voltei à superfície, inspirando o ar e esfregando o sal dos olhos. Eu sentia arder até o fundo da garganta.

— Comecem na ponta mais profunda de cada saliência. Vamos usar nossa força na primeira metade do dia para trabalhar nas cristas mais rasas à tarde. Amanhã a mesma coisa, então marquem seu progresso. E cuidado com aquele lado sul. Parece que a corrente dá a volta pela ponta do recife lá.

Dois dos dragadores jevaleses responderam com um aceno de cabeça e começaram sua respiração, puxando ar para encher os peitos e voltando a soltar. Koy fez o mesmo, prendendo o cabelo para trás, e eu bati as pernas contra o peso do cinto enquanto preparava os pulmões.

A distensão familiar sob as costelas, cercada pelo som da respiração dos dragadores, me deu um arrepio. Lembrava demais minhas recordações de mergulhar nos recifes em Jeval e o medo paralisante que me acompanhava naqueles anos.

Foi só quando pisei no *Marigold* que o senti sair de minhas costas.

Passei os dedos por dentro da faixa que envolvia meus seios e puxei o anel de West. Recaiu no centro da palma de minha mão, cintilando sob o sol. Estávamos longe dos Estreitos, e eu sentia a distância como uma corda esticada entre mim e o *Marigold*.

Soltei o ar do peito, a luz âmbar do alojamento de West iluminando o fundo da memória. Ele tinha gosto de uísque de centeio e maresia, e o som que despertou em seu peito quando meus dedos traçaram suas costelas naquela noite voltou à vida dentro de mim.

Prendi o fôlego enquanto guardava o anel e ergui a cabeça, tomando o último trago de ar. E, antes que a lembrança de West esmagasse meu peito como um soco, mergulhei.

SEIS

CONVÉS DO *LUNA* TREMELUZIA SOB O LUAR ENQUANTO esperávamos lado a lado sob o vento, pingando água salgada. Clove estava sentado em um banquinho com nossos carregamentos organizados diante dele, pesando as pedras uma a uma e anunciando os pesos para o mestre de moedas de Zola, que os registrou no caderno aberto diante do colo.

Clove pôs um pedaço bruto e bulboso de granada na balança de bronze, inclinando-se para a frente e estreitando os olhos para ler o medidor sob a luz da lanterna.

— Metade.

Ao meu lado, Koy soltou um grunhido satisfeito.

Não fiquei surpresa com seu carregamento. Sempre me perguntei se ele tinha sido treinado por um sábio das pedras, porque sabia ler o contorno da rocha sob o coral e encontrar as cristas com as pedras mais puras. Eu estaria mentindo se dissesse que não me tornara uma dragadora melhor observando-o nos recifes.

Porém, depois de começar o negócio de transporte para as ilhas barreiras, quase dois anos antes, ele não tinha precisado mergulhar como o resto de nós.

Ryland abanou a cabeça com inveja, o maxilar tenso. Seu carregamento não tinha ficado nem entre os cinco maiores. Nem o de Wick. Não admirava que Zola estivesse buscando um dragador novo no dia em que o conhecera em Dern.

Koy passou de sete quilates e era provável que passasse de novo no dia seguinte. Ele era mais forte do que eu e dava macetadas mais pesadas, o que significava que precisava de menos mergulhos para soltar as joias. Não que eu estivesse reclamando. Por mim, ele poderia ficar com todo o dinheiro extra. Quanto antes trouxéssemos o carregamento, mais rápido eu poderia voltar aos Estreitos e encontrar o *Marigold*.

— Sequem seus equipamentos. A janta está pronta. — Clove se levantou do banco, entregando a balança para o mestre de moedas. — Fable — disse, sem olhar para mim, mas seu queixo apontou para o arco, fazendo sinal para eu seguir.

Pendurei o cinto no ombro enquanto o acompanhava pela passagem coberta. Era duas vezes mais larga do que a do *Marigold*. Bancadas estavam parafusadas ao convés e às paredes, onde três taifeiros limpavam peixe. O cheiro era lavado pelo ar esfumaçado que saía do alojamento do timoneiro.

Lá dentro, Zola sentava-se à escrivaninha diante de uma pilha de mapas, sem se incomodar em erguer os olhos quando Clove pousou o livro de registro diante dele. O aroma perfumado do verbasco do cachimbo pairava nas vigas sobre nós, espiralando no ar. A cena quase me fez sentir que Saint estava na cabine conosco.

Zola terminou o que estava escrevendo antes de pousar a pena e começar a ler os registros do mestre de moedas.

— E então? — perguntou, voltando a atenção da página para mim. Eu o encarei.

— Então o quê?

— Preciso de um relatório sobre o mergulho.

Sua cadeira rangeu quando ele se recostou, tirando o cachimbo de entre os dentes. Zola estendeu o cachimbo, e as folhas arderam no fornilho, lançando outro fio fraco de fumaça no ar.

— Está tudo aí — falei, a voz mais fina, enquanto meus olhos pousavam no livro aberto.

Ele sorriu.

— *Você* liderou o mergulho. — Ele empurrou o caderno para mim. — Quero saber o que achou.

Olhei para Clove, sem entender o que Zola queria. Ele apenas me encarou como se estivesse esperando pela mesma resposta. Inspirei fundo entre dentes, dando poucos passos até a escrivaninha antes de deixar meu cinto de ferramentas deslizar do ombro e cair com estrépito no chão.

— Certo. — Peguei o livro de registro, erguendo-o diante de mim. — Vinte e quatro quilates de esmeralda, trinta e dois de turmalina, vinte e um de granada. Vinte e cinco e meio de abalone verde, trinta e seis de quartzo e vinte e oito de heliotrópio. Também tem três de pedaços de opala, mas não são rentáveis. Podem valer algo em trocas, mas não em dinheiro.

Fechei o livro com força, deixando que caísse em cima da mesa.

Zola me observou através da fumaça que subia do cachimbo de osso de baleia.

— Como eles se saíram?

Franzi a testa.

— Os dragadores?

Ele fez que sim.

— Acabei de falar.

Ele bateu os cotovelos na escrivaninha e se apoiou.

— Quis dizer, como *se saíram*. Algum problema?

Fechei a cara, irritada.

— Você está me pagando para liderar mergulhos, não delatar os dragadores.

Zola torceu a boca, pensando. Depois de um momento, ele abriu a gaveta da escrivaninha e colocou uma bolsinha em cima dos mapas. Tirou cinco de cobre e as empilhou diante de mim.

— Agora estou pagando pelas duas coisas.

Observei a curva de sua boca. O aguçamento de seus olhos. Ele ainda estava jogando. Mas eu não sabia quais eram as regras.

Delatar os outros dragadores era a melhor maneira de ser arrancada da rede e lançada ao mar no meio da noite.

— Não, obrigada — respondi, categórica.

Pelo canto do olho, pensei ver Clove se ajeitar, mas suas duas botas estavam plantadas lado a lado no chão, imóveis.

— Certo — cedeu Zola, puxando a cadeira. — Precisamos dobrar esses números amanhã.

— Dobrar? — A palavra saltou de minha boca alta demais.

Isso chamou a atenção dele. Zola ergueu as duas sobrancelhas enquanto me estudava.

— Dobrar — repetiu.

— Não era esse o combinado. É impossível.

— Isso foi antes de saber que tinha uma dragadora tão competente liderando o mergulho. Não esperava que você atingisse esses números num só dia.

Ele deu de ombros, satisfeito consigo mesmo.

— Não é possível — insisti.

— Então nenhum de vocês vai voltar aos Estreitos.

Cerrei o maxilar, tentando manter o rosto calmo. O pior erro que eu poderia cometer com Zola era deixar que ele me abalasse. Eu *precisava* voltar para meu navio. Era tudo o que importava.

Hesitei. Quando tinha começado a pensar no *Marigold* como meu? Minha casa.

Mas, se eu não conseguisse uma vantagem, isso nunca aconteceria.

— Eu sei o que você está fazendo.

— Sabe?

— Você me deixou sozinha na cabine da tripulação quando todos sabiam o que aconteceu com Crane. Me colocou no comando do mergulho em vez de seus próprios dragadores. Quer que outra pessoa se livre de mim antes mesmo de atracarmos.

— Então, você estava *mesmo* lá quando West matou Crane. — Zola ergueu as sobrancelhas com a revelação. — Eu não tomaria você por assassina. E não foi ideia minha colocar você no comando.

No mesmo instante, ele voltou a atenção a Clove.

Eu me virei para olhar para ele, mas a expressão de Clove era impossível de interpretar. Seus olhos eram vazios como um céu noturno enquanto olhavam no fundo dos meus. E era um tipo diferente de ameaça.

Ele e Zola estavam com um cronograma apertado. Um que não podiam se dar ao luxo de quebrar. Eu era filha de Saint, sim. Mas, se quisessem me usar contra meu pai, por que me tirar dos Estreitos? Havia algo mais valioso em mim do que isso.

Clove sabia o que eu fazia com as pedras e, pela primeira vez, considerei que fosse *aquele* o motivo para eu estar ali. Não apenas para dragar, mas para encontrar as pedras de que precisavam para seja lá o que estivessem planejando.

— O que você vai fazer com elas? — perguntei a Zola, embora meu olhar ainda estivesse fixo em Clove.

Zola entreabriu um sorriso.

— Com o quê?

— Por que um navio licenciado para negociar nos Estreitos está navegando sob um brasão falso e dragando recifes no mar Inominado sem autorização?

Ele inclinou a cabeça para o lado, me examinando.

— Você descarregou seu estoque, abandonou sua rota, e todos sabem que aquela grande joalheira de Bastian quer sua cabeça — continuei.

— E?

— E isso leva à pergunta: o que você vai fazer com trezentos quilates de pedras preciosas?

Zola virou o cachimbo e bateu as cinzas sobre a tigela de bronze no canto da mesa.

— Entre para minha tripulação e quem sabe eu conto.

Então se levantou, enrolando os mapas.

Eu o fulminei com o olhar.

— Por que não? — continuou. — Você estaria trocando um timoneiro filho da puta por outro.

— West não é nada parecido com você.

Zola quase riu.

— Parece que você não conhece seu timoneiro tão bem, afinal.

Ele estalou a língua.

Um calafrio desceu por minha coluna. Era o que Saint dissera quando eu o encontrara em Dern.

— Desculpa ser o portador de más notícias, Fable, mas West derramou sangue suficiente para pintar o *Marigold* de vermelho.

— Você é um mentiroso.

Zola ergueu as mãos fingindo rendição enquanto dava a volta pela escrivaninha e se sentava à mesa.

— Tem certeza de que não quer jantar comigo?

A ponta do garfo bateu na borda do prato quando ele o pegou, e aquele sorriso macabro e mórbido retornou a seu rosto.

Peguei meu cinto e comecei a me dirigir à porta. Clove só saiu do meu caminho quando parei na frente dele, chegando tão perto que poderia tocá-lo. Não abri a boca, mas projetei todo o ódio dentro de mim contra ele. Deixei que emanasse em ondas até a firmeza de sua expressão vacilar. Ele deu um passo para o lado e levei a mão ao trinco, abrindo a porta e deixando que batesse contra a parede quando saí.

Encaixei o cinto de volta ao redor da cintura e apertei, subindo os degraus para o tombadilho superior, onde Koy estava sentado com as pernas penduradas para fora da popa. Uma tigela de ensopado fumegante estava em suas mãos, seu cabelo secando em ondas que caíam pelas costas. Ao me ver, franziu a testa.

Eu não sabia o que havia trazido Koy ao *Luna* e não me importava. Mas havia uma coisa sobre ele com a qual eu podia contar. Pisei no calcanhar das botas para descalçá-las.

Ele deixou a colher cair na tigela.

— O que está fazendo?

Conferi minhas ferramentas de novo, o dedo fisgando na ponta do cinzel.

— Precisamos dobrar o carregamento de hoje antes do pôr do sol de amanhã para receber.

Ele se enrijeceu, voltando o olhar de mim para a água.

— Você vai entrar de novo?

A lua estava quase cheia e sua luz pálida ondulava sobre a água calma ao nosso redor. Desde que não nublasse, eu poderia ficar nos baixios e minerar a rocha mais próxima da superfície. Demoraria, mas não havia horas de luz de sol suficientes para bater a meta que Zola havia definido.

Como ele não saiu do lugar, tentei de novo.

— Acho que consigo bater aqueles vinte quilates antes do amanhecer.

Ele considerou por um momento, os olhos pretos reluzindo antes de resmungar e pegar o cinto que havia largado sobre o convés. Um momento depois, estávamos os dois de volta à amurada. Sobre o convés principal, Ryland nos observava.

Koy o analisou por cima de mim.

— Está de olho naquele ali? — murmurou.

— Ah, sim — sussurrei.

Nas horas antes de ancorarmos, eu tinha sentido a atenção de Ryland em mim quase o tempo todo que estivera no convés, e estava ficando menos convencida de que as ordens de Zola para a tripulação durariam tempo suficiente para eu sair viva de seu navio.

Pulei, e o ar frio correu ao meu redor até eu mergulhar na água, todos os músculos de minhas pernas ardendo de fadiga. Koy emergiu atrás de mim quando voltei à superfície e não falamos enquanto enchíamos os pulmões de ar. A luz branca como leite pairava sobre o horizonte, onde subia em um ritmo lento e constante.

— Pensei que você tinha dito que não era jevalesa — acusou ele, quebrando o silêncio entre nós.

— Não sou — disparei.

Ele arqueou uma sobrancelha com astúcia, um sorriso irônico mudando a composição de seu rosto. Eu nunca admitiria, mas a parte mais honesta de mim sabia o que ele queria dizer. Voltar à água escura depois de um dia inteiro de mergulho era loucura. Era algo que um jevalês faria. Era por isso que eu sabia que Koy viria comigo.

Gostando ou não, havia partes de mim que tinham sido talhadas por aqueles anos em Jeval. Eles me mudaram. De certa forma, me fizeram ser quem eu era.

O sorriso de Koy se alargou, lendo meus pensamentos, e ele me deu uma piscadinha antes de voltar a mergulhar. Depois de mais uma respiração, fiz o mesmo.

SETE

RGUI O MACETE DENTRO DA ÁGUA E BATI, ACERTANDO EM cheio a ponta do cinzel enquanto a sombra de Koy se movia sobre mim. Eu mal sentia a ardência no peito, minha mente se entregando à divagação. Lembranças se costuravam e se desfaziam enquanto minhas mãos mineravam a rocha iluminada pelo sol em um ritmo familiar.

Eu estava mergulhando nas águas salgadas do mar Inominado, mas em pensamento estava descalça sobre o convés quente do *Marigold*. Auster no alto do mastro de proa com uma nuvem de albatrozes ao redor. Os fios de luzes douradas no cabelo de Willa.

West.

De novo e de novo, minha mente voltava a ele.

Foi só quando o macete escorregou de meus dedos dormentes que pisquei e o recife voltou diante de mim. O azul devorou a visão, um aperto sob minhas costelas ameaçando me puxar para o escuro. Encontrei uma das âncoras de ferro cravadas no recife e me segurei, fechando bem os olhos. O barulho da picareta de Koy mais adiante me acordou o suficiente para eu me dar conta de que precisava de ar. Ele parou, erguendo os olhos para mim sobre as frondes ondulantes de coral vermelho por apenas um momento antes de voltar ao trabalho. Não devia haver nada que Koy gostaria mais do que me ver morta naquele recife.

Coloquei o macete de volta no cinto e empurrei a saliência, batendo as pernas na direção da luz. O recife e os dragadores sobre ele foram ficando pequenos até eu chegar à superfície com uma inspiração ofegante, minha visão banhada de branco sob o clarão do sol. Pairava no meio do céu sobre mim, mas eu não sentia seu calor enquanto inspirava o ar úmido. Minha pele estava gelada, o sangue correndo devagar nas veias.

O rosto de Clove apareceu sobre a amurada do *Luna* e, assim que seus olhos pousaram em mim, ele desapareceu de novo. Forcei a vista, pensando que talvez eu o tivesse imaginado ali. A luz era forte demais, lançando raios ofuscantes que se refratavam e ardiam, fazendo minha cabeça doer.

Tinha sido uma noite longa, dragando sob o luar até estar escuro demais para enxergar o recife. Eu tinha conseguido dormir uma ou duas horas antes de o sino no convés tocar de novo, e voltei para a água quando o sol apareceu no horizonte.

Encaixei o braço no degrau mais baixo da escada de corda e desamarrei a bolsa do cinto com a mão trêmula. Assim que ela caiu na cesta pendurada contra o casco, um pivete da Orla lá em cima a puxou para a contagem de Clove.

Fiquei ali e respirei, esperando a sensação voltar a meus braços. Eu precisava esquentar o corpo para continuar mergulhando, mas o pedaço de heliotrópio em que eu estava trabalhando estava quase solto. Mais três macetadas e eu o libertaria.

Ouvi a água respingar atrás de mim e voltei o olhar para ver Ryland emergir, o som de seu peito largo tomando ar como o uivo do vento. Ele arfou, inspirando e expirando até se acalmar, o rosto erguido para o sol.

Eu o observei nadar até o navio e colocar a bolsa na cesta seguinte. Ela foi içada no mesmo instante, pingando enquanto subia. Quando o marinheiro na amurada tirou o carregamento, ele o jogou no ar e o pegou de novo, sentindo seu peso.

— Está meio leve, Ryland — provocou, rindo.

Ryland abriu um sorriso tenso para o outro, o vermelho brotando sob a pele. Uma coisa era saber que alguns dragadores eram melhores do que você. Outra era sua tripulação saber. Eu me perguntei se a posição de Ryland a bordo do *Luna* estava se tornando tão precária quanto a minha.

Seu olhar ardente me encontrou, e virei a cara, gritando para o navio:

— Preciso de uma corda!

Minha voz estava rouca, queimada de sal.

O pivete da Orla voltou a aparecer sobre a amurada do *Luna*, dando um aceno, e apoiei a testa nas cordas molhadas, fechando os olhos. Estava enjoada de tanto engolir água salgada, e as bolhas nas minhas mãos já tinham reaberto. Porém, para voltar aos Estreitos, eu não poderia me dar ao luxo de o carregamento ficar nem um quilate abaixo.

A corda caiu ao meu lado na água e a enrosquei no ombro enquanto soltava a escada. Meu peito estava dolorido quando voltei a inspirar, meus ossos machucados ardendo. Mais um. Depois eu descansaria. Depois subiria ao convés aquecido pelo sol e deixaria o tremor em meus membros passar.

Fiz uma última respiração completa e voltei a mergulhar, permanecendo imóvel para me deixar afundar devagar e poupar o máximo possível de energia. Koy estava subindo de novo, batendo as pernas rumo à superfície para tomar ar, e um fio de bolhas subiu enquanto ele passava por mim. Quando meus pés voltaram a tocar o recife, ele era uma silhueta fugaz contra a luz do sol.

Ramos flutuantes de coral rosa se retraíram em suas tocas e peixes se dispersaram freneticamente no azul enquanto eu descia para encontrar a âncora de ferro. Sentia, pela pressão no centro da garganta, que o ar não duraria muito. Meu corpo estava cansado demais para regular bem o ar, mas eu conseguiria poupar um pouco da força, deixando que a corda me amarrasse ao recife. Era exatamente o momento em que minha mãe teria me mandado sair da água. E eu sairia. Assim que estivesse com o heliotrópio na mão.

Enrosquei a ponta da corda na alça e a amarrei ao redor da cintura. A corda estava dura de sal, tornando mais improvável que escorregasse.

A joia semidragada era da cor de algas desidratadas pelo sol da praia, reluzindo de onde estava exposta sob a rocha. A voz do heliotrópio foi uma das primeiras que aprendi a reconhecer quando minha mãe começou a me ensinar. Como o zumbido baixo de uma melodia conhecida.

Ela dizia que pedras como aquela precisavam ser convencidas a sair do recife. Que não atendiam a qualquer um.

Peguei o macete do cinto e escolhi a picareta maior. Se não tivesse pouco tempo, eu seria mais cuidadosa, usando as ferramentas menores para não danificar os cantos, mas Zola teria que se contentar com o que tinha.

Ajustei o ângulo, trabalhando no canto com batidas rápidas, e, quando a raspagem de rocha reverberou ao meu redor, me virei, erguendo os olhos para o recife. O dragador que trabalhava na outra ponta com Ryland tinha subido da saliência, nadando para a superfície.

Bati o cinzel de novo, e a crosta de basalto rachou e formou uma nuvem ao meu redor enquanto caía para o fundo do mar. Esperei que se dissipasse antes de chegar perto, examinando os contornos da pedra. Era maior do que eu imaginava, a coloração marcada por listras brutas de carmesim vivo.

A rachadura soou de novo, e me ergui sobre a saliência, observando o recife. Estava vazio. Eu sentia apenas vagamente o formigamento que se espelhava sobre minha pele, o eco de um pensamento no fundo da mente antes de a sensação de peso me puxar pelo quadril.

Girei, o cinzel seguro na mão como uma faca diante de mim, e entreabri os lábios quando senti o calor dele atravessar a água. Ryland. Ele me puxou com força pelo cinto, passando a faca entre minhas ferramentas e meu quadril, cortando. Bati as pernas quando o cinto se soltou e caiu no fundo do mar, tentando empurrar Ryland para trás. Porém, ele me imobilizou com uma mão no pescoço, me prendendo contra o recife.

Arranhei seus dedos, gritando embaixo d'água, e a bancada afiada de coral cortou minha pele enquanto eu me debatia. Ryland olhou para meu rosto, observando o ar borbulhar de meus lábios. Um laivo cortante de medo atravessou meu corpo, despertando a pele fria e trazendo o calor de volta à minha face.

Ryland estava esperando meus pulmões esvaziarem. Estava tentando me afogar.

Apertei os lábios, tentando acalmar o coração antes de esgotar o último resquício de ar. Ele tinha se encaixado na rocha, me imobilizando com seu peso. Por mais que eu chutasse, Ryland não sairia. Busquei alguma sombra em cima. Qualquer pessoa que pudesse nos ver. Mas havia apenas o vislumbre de luz sobre a superfície.

Observei, sem poder fazer nada enquanto minhas mãos o soltavam, e um grito desesperado escapou do meu peito. Eu não conseguia mexer as mãos. Mal conseguia dobrar os dedos.

Ryland ergueu os olhos sobre minha cabeça para o recife. Ele me apertou com mais força antes de me soltar de repente e saiu nadando da saliência. Eu o observei desaparecer sobre mim e me lancei para longe da rocha, atravessando a água o mais rápido que conseguia. Bati as pernas, observando a luz sobre a superfície se espalhar enquanto a escuridão da mente avançava.

Mais doze metros.

Meus braços perderam a velocidade, a resistência da água mais pesada a cada vez que meu coração batia no peito.

Nove metros.

Um puxão brusco me parou, lançando meus braços e pernas para a frente, e minha boca se abriu, deixando a água fria entrar na garganta.

A corda. Ainda estava amarrada ao redor da cintura. Ancorada ao recife embaixo.

Gritei, em pânico. O resto do ar subiu em uma linha de bolhas enquanto meus dedos desciam para o nó, puxando sem força as fibras tensas. Como não cedeu, levei a mão às costas para sacar a faca. Mas ela não estava mais lá. Meu cinto estava no fundo do recife.

Escuridão absoluta inundou minha mente enquanto meu peito se encovava, minha barriga se revirando. Tentei ajeitar a corda sobre o quadril, mas não adiantou. Embaixo, uma cabeleira morena se ergueu sobre o recife, e os olhos pretos de Koy me encontraram.

Rios de sangue escorriam diante de mim, flutuando como fios de fumaça e, de repente, me senti mais leve. Vazia. A dor em meu peito desapareceu, deixando minhas entranhas ocas.

Havia apenas a pulsação latejando em meus ouvidos quando baixei os olhos para minha perna, cortada em um único risco de sangue. As sombras me cercaram, envolvendo minha mente, e, quando vieram, deixei que me engolissem.

OITO

ESPIRE!

— A voz estrondosa me tirou das profundezas. Uma dor se acendeu em minha bochecha e um som crepitou em minha garganta.

— Respire!

Abri os olhos apenas o bastante para ver o rosto de um homem diante de mim, escurecido à sombra do casco do navio ao nosso lado. Um rosto que provocava o mais vago reconhecimento. Um marinheiro. Seus olhos cinza me perpassaram, mas eu não conseguia me mexer. Não conseguia respirar.

Sua mão saiu da água, erguendo-se no ar, e desceu de novo. Ele me deu um tapa na cara e meu peito explodiu de dor quando arfei, engolindo o ar e me engasgando com a água morna do mar na boca. Os contornos turvos de minha visão tomaram forma, e o mundo ao redor se focou, me enchendo de pânico. Saltei para apanhar a corda ao meu lado, encaixando o braço ao redor dela para me manter sobre a água.

— Puxem para cima!

A voz do marinheiro ecoou dolorosamente nas minhas orelhas.

E então eu estava em movimento. A manivela em cima do convés do *Luna* rangeu e estalou, me puxando consigo, e o peso de meu corpo me fez escorregar pela corda molhada até eu enroscar as pernas ao redor dela.

Quando olhei para cima, Clove observava do tombadilho superior, e pisquei quando ele tremulou, o mundo caindo de lado. Tossi até meus pulmões doerem e ele desceu dois degraus por vez, pulando ao meu lado no convés.

— O que aconteceu?

Eu não conseguia falar. Caí de joelhos, vomitando a água salgada da barriga até não restar nada. Uma piscina de vermelho quente escorreu pelas ripas de madeira, tocando minha mão, e baixei os olhos para a perna, me lembrando do sangue na água. O corte do coral ainda estava vazando.

Eu me joguei para trás para sentar, abrindo a pele rasgada com os dedos para examinar o ferimento. Não era tão profundo a ponto de ver o osso, mas precisava ser fechado. Outra onda de náusea tomou conta de mim e me deixei cair no convés quente, passando as mãos no cabelo e tentando lembrar o que tinha acabado de acontecer.

A tripulação do *Luna* estava ao meu redor, encarando, mas Ryland não estava em lugar algum, provavelmente ainda escondido no recife e esperando para descobrir se eu o deduraria.

Koy subiu pela amurada um momento depois, pisando com força ao lado do mastro de proa.

— O que aconteceu? — repetiu Clove, dando um passo na direção dele.

Koy estava olhando para mim, e entendi a pergunta em seus olhos. Ele estava jogando pelas regras de Jeval, esperando para ver o que eu diria antes de responder.

— Fiquei sem ar — respondi, rouca. Minha garganta estava pegando fogo. — Perdi o cinto e não consegui cortar a corda que ancorei ao recife.

Voltei o olhar para Koy. Clove seguiu meu olhar para ele, o bigode se contraindo.

— Quem viu?

Ele se virou fazendo um círculo, observando os rostos dos outros dragadores sobre o convés. Ninguém respondeu.

— Por que importa? — disparei, voltando a me levantar.

Eu me apoiei no mastro da mezena, respirando até a vontade de vomitar passar.

A corda amarrada ainda pesava em meu quadril, sua extensão seguindo pela amurada e desaparecendo na água. Puxei, trazendo para cima até a ponta cair sobre o convés, e me agachei para pegá-la. As fibras estavam cortadas com precisão, não desfiadas.

Era o trabalho de uma lâmina.

Eu me levantei, a corda enrolada na mão enquanto olhava para a proa. Koy baixou os olhos para o convés e virou as costas, ajeitando o cinto ao redor de si. A última coisa que eu tinha visto antes de apagar foi o rosto dele, espiando do recife. Se não o conhecesse, pensaria que havia me soltado.

Apanhei a faca do cinto de um dragador perto de mim e serrei a corda ao redor da cintura. Um dos taifeiros subiu a escada do convés inferior com uma lata de linha e agulha e, na outra mão, uma garrafa de uísque de centeio.

Ele estendeu a mão para me segurar, mas me desvencilhei.

— Não encosta em mim — rosnei, tirando os objetos das mãos dele ao passar, a caminho do arco.

Sentia os olhares da tripulação fixos em minhas costas enquanto seguia a passagem até chegar ao porão de carga, as lágrimas brotando em meus olhos assim que fiquei envolta pela escuridão. Funguei, desejando que a dor no peito parasse. Eu não deixaria ninguém me ouvir chorar.

Minha perna doía, mas não era nada que alguns pontos não pudessem resolver e, mais importante, não me impediria de mergulhar. Eu tinha visto coisa pior.

Fechei a porta e me sentei sobre um caixote vazio, trazendo a lanterna para perto de mim antes de desarrolhar o uísque de centeio. Puxei o ar e soltei antes de despejar a bebida sobre a ferida. Um grunhido estourou em minha garganta enquanto eu cerrava os dentes. A queimação subiu por minha perna, encontrando a barriga, e a vontade de vomitar retornou, me deixando zonza.

Levei a garrafa aos lábios e bebi, grata pelo calor em meu peito. Mais um segundo ou dois embaixo d'água e eu não teria respirado mais. Não teria acordado.

A passagem do outro lado da porta estava silenciosa e escura. Observei o chão, tentando lembrar o que tinha visto. As duas únicas pessoas naquele recife eram Koy e Ryland. E o olhar de Ryland quando me pegou pelo pescoço tinha sido bem claro. Ele me queria morta.

Isso significava que Koy tinha cortado a corda. Que ele tinha salvado minha vida. Mas não podia ser verdade.

Passei a agulha com as mãos trêmulas e belisquei a parte mais profunda do corte. A agulha atravessou a pele sem que eu mal sentisse a picada, e fiquei grata por ainda estar com o corpo tão frio que mal tinha sensibilidade.

— Passa e puxa. Passa de novo.

Senti meus lábios formando as palavras em silêncio, as lágrimas escorrendo pela ponta do nariz enquanto eu dava os pontos.

Clove tinha me ensinado a suturar uma ferida quando eu era pequena. Ele tinha se cortado em um gancho e, quando me flagrou espiando sobre o tombadilho superior, mandou que me sentasse para aprender.

— Passa de novo — sussurrei.

O largo porão de carga pareceu se fechar, fazendo com que me sentisse pequena no escuro, enquanto surgia uma lembrança cristalina atrás da outra. Meu pai à escrivaninha. Minha mãe alinhando as pedras preciosas em cima da mesa à minha frente.

Quais são falsas?

Na primeira vez que acertei, ela me levou ao topo do mastro de proa e gritamos ao vento.

Encarei o nada, observando a imagem dela se contorcer nas sombras. O vulto de minha mãe se mexia com uma curva de luz que vinha do convés, cintilando como uma chama de lanterna. Ela era um fantasma. E, por um momento, pensei que talvez eu também fosse. Que estivesse existindo em algum espaço intermediário onde Isolde vinha esperando por mim. Que talvez eu não tivesse saído da água. Que tinha morrido com o mar frio nos pulmões.

Naquele momento, quis minha mãe. Eu a quis como a queria quando era pequena, acordando de um pesadelo. Em todos os anos em Jeval e desde então, eu tinha me fortalecido como Saint queria. Tinha virado alguém que não se quebrava facilmente. Mas, enquanto dava pontos na perna, um grito silencioso escapando dos lábios, eu me senti jovem. Frágil. Mais do que isso, me senti sozinha.

Sequei a bochecha molhada com o dorso da mão ensanguentada e dei outro ponto. Ouvi o rangido das tábuas do assoalho e ergui a lanterna. Sob a porta fechada, a sombra de dois pés atravessou a luz. Observei o trinco, esperando que se levantasse, mas, um momento depois, a sombra desapareceu.

Fiz algumas inspirações para me acalmar, pegando o anel de West na mão e apertando. Fazia seis dias desde a manhã em que eu descera a escada do *Marigold* em Dern. Cinco noites desde que dormira na cama dele. Willa, Paj, Auster, Hamish. Seus rostos se iluminaram vagamente em minha cabeça. Depois veio o de Saint. Engoli em seco, lembrando-me dele na taverna em Dern, uma xícara de chá na mão. Eu teria dado qualquer coisa para vê-lo naquele momento. Mesmo que fosse frio. Mesmo que fosse cruel.

Suturei o último ponto e despejei o resto do uísque de centeio sobre a ferida, examinando meu trabalho. Não estava perfeito, e deixaria uma cicatriz feia, mas tudo bem.

Eu me levantei, largando a garrafa, que rolou pelo porão de carga enquanto eu pegava a lanterna e voltava para a porta. Ergui a cabeça ao abri-la e entrei na passagem vazia. Quando voltei a subir para o convés, o marinheiro cuja voz tinha me despertado me observava com os olhos arregalados de trás do leme.

Coloquei a lanterna em suas mãos.

— Preciso de um cinto novo.

Ele pareceu confuso.

— Um cinto — repeti, impaciente.

Ele hesitou, olhando para Clove, que ainda estava sentado no banquinho, pesando pedras. Eu poderia jurar que o vi sorrir antes de acenar um sim para o marinheiro.

O rapaz desceu para o convés inferior, me deixando tremendo sob o vento. Água do mar ainda pingava de meu cabelo, caindo no convés ao lado dos meus pés. Quando ergui os olhos, Koy me observava da proa, onde estava pegando uma picareta nova do caixote.

Marchei na direção dele, tentando esconder o passo manco.

— Por que fez aquilo?

— Fiz o quê?

Ele pendurou a picareta no cinto.

— Você... — comecei, as palavras enroladas. — Você cortou a corda.

Koy riu, mas era superficial.

— Não sei do que você está falando.

Dei um passo para perto dele, baixando a voz:

— Sabe, sim.

Koy observou o convés ao redor. Ele se agigantou diante de mim enquanto olhava na minha cara, os olhos pretos encontrando os meus.

— Não cortei.

E passou por mim quando o menino voltou com um cinto cheio de ferramentas. Eu o enrolei ao redor do corpo, apertando as fivelas com firmeza. Um silêncio caiu sobre o convés quando subi na manivela da âncora e me equilibrei sobre a amurada do navio com um pé só. Parei contra o vento, baixando os olhos para o azul ondulante embaixo. E, antes que eu pudesse pensar duas vezes, pulei.

NOVE

O TOQUE DISTANTE DO SINO DE UM PORTO ME ENCONTROU nas profundezas de um sonho pintado com navios ouro--mel, velas de asa e o som de pedras de serpente tilintando ao vento.

Abri os olhos no breu.

A cabine da tripulação estava em silêncio, exceto pela sinfonia de roncos e pelo rangido dos baús enquanto o *Luna* diminuía velocidade. Busquei a faca freneticamente enquanto eu me sentava, descruzando as pernas do tecido e deixando que meus pés tocassem o piso frio.

Não pretendia cair no sono. Vigiei a rede de Ryland em cima de mim no escuro até ele ficar imóvel e, embora meus olhos estivessem pesados e meus ossos doessem, eu estava determinada a ficar acordada para o caso de ele decidir terminar o que começou.

Do outro lado da cabine, Koy ainda dormia, com uma das mãos pendurada para fora da lona, quase tocando o chão. Eu me levantei, respirando fundo para aguentar a dor na perna, e tateei o chão em busca das botas. Quando as calcei, abri a porta para a passagem.

Segui a parede com a mão até chegar à escada, erguendo os olhos para o pedaço de céu cinza.

A voz de Zola já bradava ordens quando saí para o convés. Abracei meu corpo quando o ar frio me arrepiou. O *Luna* estava envolto por um nevoeiro branco luminoso tão denso que dava para sentir sua carícia no rosto.

— Devagar, devagar! — gritaram vozes na neblina, e Clove inclinou a cabeça, ouvindo antes de virar um pouquinho o leme.

Fui até a amurada, observando o nevoeiro. Eu escutava os estivadores, mas a doca só foi aparecer quando estávamos a poucos metros de distância. Ao menos uma dezena de pares de mãos se estendiam, prontas para pegar o casco antes que raspasse.

— Pronto! — gritou a voz de novo quando o navio parou, as duas âncoras caindo na água com uma pancada titubeante.

Clove deu a volta por mim para estender a corda e Zola apareceu um momento depois, seguido por seu mestre de moedas.

Apenas o topo preto elevado dos telhados estava visível, despontando do nevoeiro como juncos em um lago. Mas nenhum deles me parecia familiar.

— Onde estamos? — perguntei, esperando Zola olhar para mim.

Ele calçou as luvas metodicamente, puxando até o couro apertar os dedos.

— Sagsay Holm.

— Sagsay Holm? — ergui a voz e o encarei, boquiaberta. — Você disse que voltaríamos para os Estreitos.

— Não disse, não.

— Disse, sim.

Ele se apoiou no mastro da mezena, me observando com paciência.

— Eu disse que precisava da sua ajuda. E ainda não acabamos.

— Consegui aquele carregamento em dois dias — rosnei. — Batemos a meta.

— Você conseguiu o carregamento e agora é hora de fazer a entrega — respondeu ele, simplesmente.

Murmurei um palavrão. Era por isso que estávamos em Sagsay Holm. Entregar o carregamento significava contratar um joalheiro para limpar e lapidar as pedras e deixá-las prontas para a venda.

— Não concordei com isso.

— Você não *concordou* com nada. Você está no meu navio e vai me obedecer se quiser voltar para Ceros.

Ele se aproximou, me desafiando a discutir.

— Desgraçado — resmunguei, rangendo os dentes.

Zola passou a perna por cima da amurada e pegou a escada com a bota, descendo.

— Venha comigo — disse Clove ao meu lado, a voz áspera.

Virei para ele.

— Como assim?

Ele me entregou um baú trancado, erguendo a mão para apontar para a amurada.

— Venha comigo — repetiu.

— Não vou a lugar nenhum com você.

— Pode ficar no navio com eles, se preferir. — Ele apontou com o queixo para o tombadilho superior, onde alguns membros da tripulação estavam me observando. — Você que sabe.

Suspirei, olhando fundo para o nevoeiro. Se não houvesse ninguém no navio para garantir que as ordens de Zola fossem seguidas, não havia como saber o que aconteceria. Koy tinha salvado minha pele uma vez, mas algo me dizia que ele não faria isso de novo se fôssemos eu e ele contra toda uma tripulação.

Eu via nos olhos de Clove que ele sabia que eu não tinha escolha.

— Aonde vamos?

— Preciso que você se certifique de que o mercador não vai tentar aprontar nada com o carregamento. Não confio nesses Sangues Salgados.

Balancei a cabeça, sorrindo com incredulidade. Ele queria uma sábia das pedras para garantir que os mercadores não trocassem nenhum produto.

— Não sou minha mãe.

Isolde tinha começado a me ensinar a arte de sábios das pedras antes de morrer, mas eu precisaria de muito mais anos de aprendizado para chegar aos pés dela.

Algo mudou no rosto de Clove naquele momento, e apertei as alças do baú com mais força.

— Melhor do que nada.

O tom de sua voz também tinha mudado, e me perguntei se a menção à minha mãe havia mexido com ele.

Aproveitei a chance para dizer:

— Sabe que Isolde odiaria você, certo?

Dei um passo na direção dele.

Clove não piscou enquanto eu encarava seus olhos, mas a coragem que eu tinha vacilou assim que invoquei o nome dela. Ele não era o único que não era imune à memória de Isolde. Ela se enrolou ao meu redor e apertou.

Clove meteu as mãos nos bolsos do casaco.

— Para a doca. Já.

Olhei para ele por mais um momento antes de devolver o baú e erguer o capuz do casaco. Não disse nada ao passar por cima da amurada e descer a escada em meio ao monte de estivadores na doca. Zola estava na ponta diante do capitão do porto, desdobrando um pergaminho com o brasão falso estampado no canto. Observei o homem com atenção, querendo saber se ele notaria. Velejar sob um brasão falso era um crime que faria você ser proibido de pôr os pés em outro navio pelo resto da vida.

O capitão do porto escreveu em seu livro, conferindo o documento de novo antes de fechá-lo.

— Não gosto de navios não programados nesta doca — resmungou.

— Vamos entrar e sair. Só precisamos de alguns materiais antes de irmos a Bastian — disse Zola, o ar cortês e frio.

O capitão do porto estava prestes a discutir, mas, um momento depois, Zola tirou uma bolsinha do casaco, segurando-a entre eles. O homem olhou para trás, para o convés principal, antes de pegá-la sem dizer mais uma palavra.

Clove desceu para a doca ao meu lado, e Zola deu um aceno antes de começar a seguir na direção da vila. Segui atrás de Clove, desviando de mascates e carpinteiros navais até chegarmos à rua.

Os paralelepípedos eram largos e planos, diferentes dos redondos de Ceros, porém, mais do que isso, eram limpos. Nenhuma mancha de lama ou mesmo pilha de equipamentos portuários descartados na rua, e as janelas de todos os prédios cintilava.

A névoa estava começando a se dissipar sob o sol nascente, e ergui os olhos para os prédios de tijolinhos vermelhos. Janelas redondas estavam instaladas em seus rostos, refletindo Clove e eu ao passarmos. Era uma cena familiar, nós dois. Uma para a qual não queria olhar.

Eu não tinha ouvido falar quase nada sobre a cidade portuária de Sagsay Holm exceto que meu pai esteve ali algumas vezes quando o Conselho de Comércio dos Estreitos se reunia com o Conselho de Comércio do mar Inominado. Na época, ele jogava uma cartada após a outra para obter licença para negociar nessas águas. O que quer que tivesse feito para finalmente conseguir não devia ter sido lícito, mas, no fim, ele conseguira o que queria.

Clove foi atravessando a multidão e me mantive perto, seguindo atrás no encalço de seus passos. Ele parecia saber exatamente aonde estava indo, fazendo uma curva após a outra sem olhar para as placas pintadas à mão que marcavam as ruas e vielas. Quando enfim parou, estávamos sob uma janela circular facetada. Os vidros eram encaixados como um quebra-cabeça, refletindo o azul-escuro do céu atrás de nós.

Clove ajeitou o baú embaixo do braço e ergueu a mão para bater a aldrava de latão. O som ecoou com um toque ao nosso redor, mas estava um silêncio atrás da porta, a janela escura. Quando ele bateu de novo, a porta se abriu de repente.

Uma mulher baixa usando um avental de couro surrado surgiu diante de nós. O rosto dela estava corado, um pouco de cabelo escuro colado à testa larga.

— Pois não?

— Entrega — informou Clove, sem medir as palavras.

— Certo. — Ela abriu a porta, tirando uma pilha de papéis do bolso do avental. Franziu o nariz até os óculos descerem. — Estamos um pouco apertados esta semana.

— Preciso hoje.

As mãos dela pararam, e ela olhou para ele sobre a armação dos óculos antes de rir.

— Impossível. — Como ele não respondeu, ela pôs uma mão na cintura. — Olha, a gente tem um *cronograma*...

— Entendo. — Clove já estava colocando a mão dentro do casaco. Ele tirou uma bolsa considerável, estendendo-a em silêncio. — Pelo transtorno. — Quando os olhos da mulher se estreitaram, ele a entregou para ela. — Além dos honorários, claro.

A atendente pareceu pensar, torcendo a boca para o lado.

Era uma das muitas bolsas que eu tinha visto Zola e Clove tirar dos bolsos, e eu estava começando a me questionar se Zola tinha apostado toda a sua fortuna naquela empreitada. Estava claramente com pressa e disposto a correr riscos. O que exigia um mergulho de dois dias e uma entrega urgente em Sagsay Holm? Ele havia hasteado um brasão falso sobre o *Luna* e quaisquer documentos que usou para atracar deviam ser falsificados. O que poderia valer o risco de perder sua licença de comércio?

A mulher hesitou por mais um momento antes de finalmente pegar a bolsa e desaparecer pela entrada. Clove subiu os degraus, indo atrás dela, e fechei a porta atrás de nós.

Imediatamente, o zunido de pedras preciosas despertou no ar. A reverberação profunda de cornalina e a canção aguda de âmbar. O zumbido baixo e constante de ônix. Os sons me envolveram como a pressão da água em um mergulho.

Ela nos guiou até uma salinha de estar iluminada por uma janela grande.

— Chá? — A mulher tirou o avental e o pendurou na parede. — Vai demorar um pouco.

Clove aceitou com um aceno e ela abriu a porta corrediça da oficina, onde um homem estava sentado a uma mesa de madeira.

— É uma urgência.

Ela deixou a bolsa em cima da mesa de madeira e ele ergueu os olhos, observando-nos pela porta aberta.

A mulher se debruçou sobre a mesa, falando baixo demais para ouvirmos, e o homem colocou o pedaço de quartzo em que estava trabalhando dentro da caixa na frente dele. A pedra em seu anel de mercador reluziu. O metal estava desgastado e riscado, o que significava que fazia um tempo que possuía o título.

Eu me sentei ao lado da lareira apagada para ter uma boa visão dele. Não era incomum joalheiros de baixos níveis trocarem uma pedra por outra enquanto limpavam e lapidavam carregamentos. Era uma das maneiras como imitações entravam no comércio de joias.

O homem limpou a mesa rapidamente, olhando para nós de cima a baixo.

— Vocês acabaram de chegar dos Estreitos?

A tampa de uma chaleira tilintou do outro lado da parede.

— Sim — respondeu Clove, claramente desconfiado.

— É melhor não trazerem nenhuma daquelas confusões para cá — resmungou o homem.

— Que confusões? — perguntei, mas Clove me lançou um olhar cortante como se tentasse me silenciar.

— Aquela história de queimar navios — contou o homem. — Só falavam disso ontem na casa de comércio.

Clove voltou o olhar para mim.

— Algum mercador nos Estreitos está indo de porto em porto, ateando fogo em embarcações. Buscando um navio chamado *Luna*.

Congelei, meu coração saltando na garganta.

Saint. Ou West. Só podia ser.

West e a tripulação do *Marigold* não conseguiriam fazer nada tão ousado sem sofrer represálias do Conselho de Comércio. Se estivessem procurando por mim, fariam isso discretamente. Mas navios queimando em todos os portos dos Estreitos... era algo que meu pai faria.

Soltei uma respiração vacilante. Um sorriso tímido se abriu em meus lábios trêmulos, e virei para a janela para secar uma lágrima do canto do olho antes que Clove visse. Não seria nenhuma surpresa para ele. Clove conhecia meu pai melhor do que ninguém.

Eu nem tinha me permitido ter aquela esperança, mas, de algum modo, sabia no fundo que ele viria atrás de mim.

O homem à mesa abriu o baú e arregalou os olhos antes de pegar a primeira pedra, um pedaço de turmalina negra. Não perdeu tempo, baixando o monóculo e colocando mãos à obra com uma picareta delicada.

Clove se afundou em uma cadeira ao lado da lareira de tijolos do outro lado da sala, cruzando um pé em cima do joelho.

— Vai me contar o que aconteceu naquele mergulho ontem?

Mantive a voz baixa, sem tirar os olhos do mercador:

— Vai me contar o que Saint fez para levar você a se bandear para o lado de Zola? — Eu senti os olhos de Clove em mim se estreitarem. — Foi o que aconteceu, certo? Saint te traiu de alguma forma e você pensou em se vingar. Ninguém conhece a operação de Saint como você, e ninguém mais sabe da filha que ele teve. Isso faz de você um achado e tanto para Zola.

A mulher voltou à sala com uma bandeja de chá, deixando-a em cima da mesa baixa com o tinido dos pires. Ela encheu a xícara de Clove antes de encher a minha, mas apenas a olhei, observando a ondulação de luz sobre a superfície.

— Mais alguma coisa?

Clove a dispensou com um gesto, e a mulher pegou o avental do gancho antes de entrar na oficina. Ela se sentou à mesa do outro lado do homem, pegando a pedra seguinte na pilha.

— Vi Saint. Em Ceros — confessei. — Ele me disse que você *se foi.*

Clove levou a xícara aos lábios, dando um gole brusco.

— Pensei que significava que você estava morto.

As palavras caíram pesadas na sala silenciosa.

— Bom, não estou.

Peguei a xícara, traçando a trepadeira florida pintada à mão ao longo da borda com a ponta do dedo.

— Não consigo deixar de pensar — comecei, levando-a aos lábios e encontrando seus olhos através do fio de vapor que se curvava no ar entre nós — que talvez esteja, sim.

DEZ

O CONVÉS DO *LUNA* ESTAVA BANHADO PELA LUZ DE LANternas quando voltamos ao navio.

Clove me fez conferir as joias duas vezes antes de sairmos do joalheiro, fazendo com que retornássemos bem depois do pôr do sol. Eles tinham feito um bom serviço no tempo limitado, então não comentei que algumas das bordas e pontas não estavam tão afiadas quanto deveriam. Joias eram joias. Desde que pesassem, eu não dava a mínima para sua aparência.

— Aprontar!

Sagsay Holm reluzia atrás de nós enquanto Zola dava ordens e a tripulação entrava no ritmo, lançando o navio para fora do porto.

Três vultos subiram pelos mastros em sincronia, desenrolando as cordas para soltar as velas e, antes mesmo de sairmos da doca, o vento as encheu em arcos brancos perfeitos contra o céu preto. As velas do *Luna* faziam as do *Marigold* parecerem pequenas e, assim que pensei isso, expulsei da mente a visão do navio dourado, ignorando a sensação que se contorcia dentro de mim.

Quando o navio saiu da baía, Zola murmurou algo para seu navegador, e Clove tirou as mãos do leme e seguiu Zola para o alojamento. A porta se fechou atrás deles, e estudei a série de estrelas se erguendo sobre o horizonte. Estávamos seguindo para o norte, não para o sul.

Observei as sombras passarem sob a porta do alojamento do timoneiro, refletindo. Estávamos mais longe dos Estreitos do que eu jamais tinha estado. O mar Inominado era pintado em minha mente nas cores vivas das histórias de minha mãe, mas, como os Estreitos, estava cheio de comerciantes cruéis, mercadores desonestos e guildas poderosas. Ao continuar o que estava fazendo, era provável que Zola acabasse morto. E, quando o preço por seus pecados fosse cobrado, eu não queria estar nem perto do *Luna*.

Subi os degraus para o tombadilho superior e me debrucei na popa. O navio traçava uma esteira suave no mar, cortando a água escura na espuma branca. Calla estivava as cordas, me observando com desconfiança enquanto as enrolava. Ao terminar, ela desceu os degraus para o convés principal, e eu olhei ao redor antes de passar uma perna sobre a amurada.

Os entalhes ornamentados no casco de madeira do *Luna* subiam e desciam em ondas ao redor da janela do alojamento do timoneiro. Segui seu contorno com a ponta das botas, deslizando pela popa até ver a luz da cabine de Zola que cortava a escuridão entre as ripas da janela fechada.

Ergui a mão, encontrando o parapeito, e me segurei ao navio para me apoiar contra a madeira. A sala à luz de velas apareceu, e forcei a vista, observando o espelho pendurado ao lado da porta. Pelo reflexo, eu via Clove ao lado da mesinha de madeira no canto, um copo verde de uísque de centeio em sua mão grande.

Zola estava sentado à mesa diante dele, examinando os registros com atenção.

— É suficiente.

— Como você sabe? — perguntou Clove, a voz cansada quase inaudível pelo som da água correndo.

— Porque tem que ser.

Clove respondeu com um aceno silencioso, levando o uísque de centeio aos lábios. A luz cintilou no vidro como uma pedra sob uma lamparina de joias.

Zola pegou a garrafa.

— Que mais? — quis saber.

Demorei um momento para entender que Clove estava hesitante, o olhar fixo no canto da sala antes de falar:

— Havia boatos na vila.

— É?

Zola subiu o tom de voz e, quando encontrei seu reflexo no espelho de novo, seu rosto estava iluminado por um humor ardiloso.

— Chegaram notícias em Sagsay Holm ontem de que alguém está indo de porto em porto nos Estreitos. — Clove fez uma pausa. — Queimando navios.

Zola empalideceu, e eu não sabia ao certo por quê. Ele devia saber que não era seguro abandonar sua frota nos Estreitos. Fosse lá o que o tivesse levado para o mar Inominado devia valer a pena para ele. Sua mão tremeu um pouco, a ponto de derramar um tantinho do uísque de centeio sobre a escrivaninha, mas ele não ergueu os olhos.

— Os *seus* navios, imagino — acrescentou Clove.

Apertei o parapeito da janela.

— Saint? — arriscou Zola.

— West — murmurou Clove.

Prendi a respiração, o rompante rápido de medo me deixando paralisada. Se West estava queimando navios nos Estreitos, estava colocando o *Marigold* e sua tripulação em risco. Diferente de Saint, ele não conseguiria esconder algo assim do Conselho de Comércio.

— Pelo menos seis navios destruídos — disse Clove. — Vários tripulantes mortos. Provavelmente mais a esta altura.

Respirei até o ardor nos olhos passar. Zola dissera naquela noite em seus aposentos que West tinha sangue suficiente nas mãos para pintar o *Marigold* de vermelho. Eu não queria acreditar, mas parte de mim já sabia.

— Não importa. — Zola estava fazendo um péssimo trabalho em controlar sua fúria. — Nosso futuro e nossa fortuna estão em Bastian.

— Bastian — murmurei.

Não estávamos rumando para o sul porque não levávamos o carregamento de volta aos Estreitos. O *Luna* estava indo para Bastian.

— Quero cada centímetro deste navio limpo e lustrado antes de atracarmos, entendido? Todas as mãos precisam trabalhar do nascer do sol até o momento em que eu vir terra no horizonte. Me recuso a atracar em Bastian parecendo um pivete da Orla — murmurou Zola, tomando o uísque de centeio de um gole só e servindo outro.

Clove olhou fundo para o próprio copo, girando o que restava da aguardente âmbar.

— Ela vai saber assim que atracarmos. Sabe tudo o que acontece naquele ancoradouro.

— Ótimo. — Zola sorriu. — Vai estar esperando por nós.

Estudei o rosto de Zola, confusa. Mas, devagar, as peças começaram a se encaixar, os pensamentos rodando em minha mente antes de se assentarem.

Holland.

Ele não estava usando o carregamento para começar um novo negócio fora dos Estreitos. Zola estava pagando uma dívida. Por anos, ele não pudera velejar por aquelas águas sem que Holland cortasse seu pescoço. Ele finalmente tinha encontrado uma maneira de se acertar com ela, mas como? Trezentos quilates de pedras preciosas não eram nada para a joalheira mais poderosa do mar Inominado.

Zola não estava mentindo quando dissera que não se tratava de mim ou West. Não se tratava nem de Saint.

Meus dedos escorregaram na moldura molhada pelo orvalho e me segurei para não cair do casco.

Quando voltei a erguer os olhos, os de Clove estavam na janela, e prendi a respiração, escondida no escuro. Ele encarava o breu como se me visse. No momento seguinte, ele estava atravessando a cabine, e balancei para trás, segurando-me ao entalhe ao lado da janela. A janela se abriu, batendo na madeira, e observei sua mão aparecer no peitoril, o luar se refletindo no anel dourado. Tentei não me mexer, a dor na perna latejando enquanto apertava o calcanhar na borda para me manter imóvel.

Um momento depois, a janela se fechou, travando.

Ele não tinha me visto. Não poderia ter me visto. Mas a batida de meu coração vacilou, meu sangue ficou quente.

Ergui a mão, me puxando de volta para a amurada, e me joguei sobre o tombadilho superior. Corri até os degraus e pulei sobre eles, caindo de pé no convés. Os pontos em minha coxa repuxaram, ardendo. Os homens ao leme ergueram os olhos arregalados para mim enquanto eu andava até a passagem e entrava na escuridão.

A porta do alojamento do timoneiro já estava aberta, e dei a volta pela luz pintada no convés antes de descer. Passos soaram acima enquanto eu seguia em disparada pelo corredor até a cabine da tripulação, contornando as redes até encontrar a terceira fileira. Ryland estava dormindo e me joguei embaixo dele, sem nem descalçar as botas, enquanto me afundava no tecido acolchoado de minha rede. Puxei os joelhos junto ao peito, tremendo.

As sombras no vão escuro da porta se mexeram, e peguei a faca no cinto, esperando. Zola tinha tomado muito cuidado para esconder o que estava fazendo no mar Inominado e, se achasse que eu tinha descoberto, nunca me deixaria sair viva do navio.

Olhei fundo para a escuridão, apertando a faca junto ao peito quando um vulto tomou forma sob a antepara. Forcei a vista, tentando distinguir. Quando um feixe de luz reluziu sobre um cabelo loiro prateado, engoli em seco para não gritar.

Clove. Ele tinha, *sim*, me visto.

Sua sombra passou devagar pelas redes, seus passos silenciosos conforme se aproximava e, quando chegou à fileira seguinte, tampei a boca, tentando ficar quieta. Se eu fosse rápida, poderia atacar primeiro. Enfiar a faca na barriga dele antes que ele colocasse as mãos em mim. Mas o pensamento fazia minhas entranhas se revirarem, uma única lágrima descendo pelo canto de meu olho.

Ele era um desgraçado e um traidor. Mas ainda era Clove.

Sufoquei um grito quando ele parou à rede ao lado da minha. Mais um passo, e suas pernas estavam ao meu lado enquanto espiava dentro da rede de Ryland. Clove parou, e ergui a faca, medindo o ângulo. Se eu o esfaqueasse sob as costelas, acertando um pulmão, seria o suficiente para impedir que corresse atrás de mim. Essa era minha esperança.

A lâmina tremeu quando a posicionei, esperando que ele se abaixasse, mas Clove não se mexeu. O brilho de uma faca reluziu no escuro quando Clove ergueu as mãos para a rede de Ryland. Fiquei parada, observando seu rosto por baixo e tentando prender a respiração. Mas os olhos de Clove eram inexpressivos, sua boca fria e relaxada, os olhos suaves.

A rede tremeu sobre mim e algo quente atingiu meu rosto. Eu me encolhi, erguendo a mão para secá-lo, e outra gota caiu, atingindo meu braço. Quando ergui os dedos à luz, congelei.

Era sangue.

A rede balançou em silêncio sobre mim, e Clove embainhou a faca antes de voltar a erguer as mãos e tirar Ryland de dentro. Observei horrorizada enquanto ele o jogava sobre o ombro e suas mãos inertes caíam ao lado de meu rosto, balançando.

Ele estava morto.

Não me mexi enquanto o som de passos seguia para a porta. Clove saiu, deixando a cabine silenciosamente. Assim que a luz parou de se mexer, me sentei, encarando a passagem escura com olhos arregalados.

Não havia nenhum som além das respirações profundas e adormecidas e do rangido de corda balançando. O burburinho baixo da água contra o casco. Por um momento, pensei que talvez eu tivesse sonhado. Que tinha sido obra dos espíritos no escuro. Olhei para trás, vasculhando a cabine, e congelei quando o vi.

Koy ainda estava na rede, os olhos abertos e fixos em mim.

ONZE

SPEREI OS OUTROS ACORDAREM ANTES DE CRIAR CORAGEM para me mexer. Fiquei acordada por horas no escuro, tentando ouvir os sons de passos da passagem, mas o navio tinha ficado em silêncio até o amanhecer convocar o primeiro turno da tripulação.

Eu nem sentia o cansaço que havia pesado sobre mim no dia anterior. Mal sentia a dor na perna, onde minha pele estava franzida e vermelha ao redor dos pontos. Ryland estava morto, e o consolo do alívio relaxou a tensão ao meu redor. Eu não estava segura no *Luna*, mas Ryland não estava mais lá, e eu não achava que seria Koy quem me mataria durante o sono.

A verdadeira pergunta era o que havia acontecido na noite anterior e por quê.

Passei os olhos pelo convés antes de subir os últimos degraus, buscando Ryland por instinto, para ter certeza de que eu não havia sonhado. Wick estava no alto do mastro da mezena, substituindo um ilhó no canto de uma vela, o vento soprando seu cabelo sobre a testa. Mas não havia nem sinal de Ryland.

Na proa, Clove estava anotando números no registro, e estudei a calma e a despreocupação com que ele olhava para as páginas. Era o mesmo semblante que tinha na noite anterior, quando o observei enfiar a faca em Ryland e carregar o corpo dele para fora da cabine.

— Chamada de tripulação! — gritou o contramestre com a voz ecoante.

Todos sobre o convés obedeceram, relutantes, deixando seu trabalho para formar uma fileira a bombordo. Os últimos marinheiros e dragadores subiram dos conveses inferiores, o sono ainda estampado nos rostos. Assumi meu lugar na ponta, observando o contramestre erguer os olhos do livro, marcando os nomes conforme passava.

— Cadê o Ryland?

Ele colocou as mãos na cintura, analisando cada rosto.

Encontrei os olhos de Koy do outro lado do convés. Ele não reagiu.

— O safado não voltou para o navio ontem à noite — resmungou Clove atrás dele, a atenção ainda nos registros.

Cruzei as mãos atrás das costas, os dedos se entrelaçando. Havia apenas um motivo em que eu conseguia pensar pelo qual Clove atacaria Ryland, mas não fazia sentido. Tinha sido ele quem contara a Zola quem eu era. Ele tinha me jogado contra a tripulação. Por que tentaria me proteger?

Lágrimas brotaram e tentei piscar para engoli-las, secando o canto do olho antes que uma pudesse cair. Eu tinha medo de acreditar.

Observei Wick em busca de algum sinal de protesto; ele devia ter visto o sangue na rede de Ryland ao acordar de manhã. Mas, mesmo sem saber quem poderia ter deixado aquilo lá, não queria contrariá-los. Manteve a boca fechada.

O contramestre fez outra marcação no livro, dispensando toda a tripulação, e alguns minutos depois todos a bordo do *Luna* estavam de volta ao trabalho.

Clove não olhou para mim quando fui até o leme, seus ombros se curvando quando me aproximei. Ergui os olhos para seu rosto, estudando as rugas que cercavam seus olhos fundos, e ele passou o olhar nervoso por sobre minha cabeça por uma fração de segundo, na direção do convés. Estava se certificando de que ninguém nos observava, e era a única resposta de que eu precisava.

Ele levou a mão à cavilha no mastro ao nosso lado, inclinando-se sobre mim.

— Aqui, não.

Sua voz rangeu, me fazendo engolir em seco.

Se Clove estivesse cuidando de mim, não tinha se voltado contra Saint. Não tinha se voltado contra *mim*. E isso só poderia significar uma coisa. Zola não era o único que estava tramando algo.

Meu pai também estava.

— Dragadora! — gritou o contramestre, mais alto do que o vento, suas mãos em forma de concha ao redor da boca. — O timoneiro quer ver você! Agora!

Tentei encontrar os olhos de Clove, mas ele fechou o livro, cruzando o convés. Entrou pela porta aberta do alojamento do timoneiro e parei diante dela, observando Zola. Ele estava à janela, as mãos entrelaçadas atrás das costas.

Clove se sentou à cabeceira da mesa, cruzando as pernas e se recostando na cadeira ao lado de uma bacia cheia de espuma.

Zola olhou para mim por sobre o ombro quando não saí do lugar.

— Bom. Entre.

Alternei o olhar entre eles, buscando algum indício do que estava por vir. Clove parecia despreocupado. Ele tinha feito um bom trabalho convencendo Zola, mas aquela confiança devia ter um preço. Clove nunca tinha sido um homem inocente, mas me perguntei o que ele tinha feito para embarcar naquele navio.

— O carregamento?

Zola ergueu a cauda do casaco para se sentar no banco ao lado da janela.

— Separado e especificado com a carta de autenticidade do mercador de Sagsay Holm — informou Clove, mecanicamente. — Ele colocou um valor total de cerca de seis mil cobres.

Eu me espantei com o número. Seis mil cobres em uma única transação. Era o tipo de quantia que abria rotas comerciais inteiras.

— E você conferiu? — perguntou Zola, e ergueu os olhos para mim.

— Duas vezes — respondeu Clove.

Zola ainda estava olhando para mim.

— Quero ouvir de você. Conferiu as pedras?

— Duas vezes — repeti, irritada.

— A pessoa para quem essas pedras vão vai perceber se você tiver deixado escapar alguma coisa. E não acho que preciso explicar o que vai acontecer se ela notar.

— Acho que vocês vão ter que esperar para ver — respondi, seca.

— Acho que sim — disse Zola. — Quero que tome banho e esteja pronta antes de atracarmos.

Ele fez sinal para a bacia.

Desencostei das paredes, descruzando os braços.

— Pronta para quê?

— Você tem negócios em Bastian.

— Não tenho, não. Trouxe seu carregamento. Conferi suas pedras. Trabalhei três vezes mais do que o combinado.

— Quase — disse Zola.

Eu o encarei.

— Cansei deste jogo. Quando vou voltar para os Estreitos?

— Em breve.

— Me dê em dias — levantei a voz.

Zola ergueu o queixo, olhando para mim de cima a baixo.

— Dois dias.

Cerrei os punhos ao lado do corpo. Soltei uma respiração frustrada.

— Preciso de mais uma coisa de você. Depois disso, seu destino está em suas mãos.

Mas eu não confiaria no *Luna* para me levar para casa. Eu teria mais chances com praticamente qualquer outro navio no ancoradouro de Bastian. Poderia comprar passagem de outro timoneiro e velejar de volta aos Estreitos com menos inimigos do que tinha ali.

— Me dê meu dinheiro agora e faço o que você quer.

— Justo. — Zola deu de ombros. — Mas você só vai receber metade. O resto, vai receber amanhã à noite.

— O que tem amanhã à noite?

— É surpresa.

Ele abriu a gaveta da escrivaninha e tirou uma bolsa, contando vinte e cinco moedas rapidamente. Ao terminar, cobriu a pilha com a mão e a empurrou sobre os mapas em minha direção.

Clove voltou a se levantar.

— Preciso que você esteja pronta naquela doca quando Bastian estiver à vista — disse Zola.

Ele fechou a gaveta e se levantou, dando a volta pela escrivaninha para me encarar.

— Botas — disse Clove, e estendeu a mão, esperando.

Baixei os olhos para os pés. O couro das botas ainda estava raspado e enlameado das ruas de Dern. Murmurei um palavrão, descalçando os pés e deixando-as no chão para que ele mesmo as pegasse. A curva de um sorriso se contraiu no canto de sua boca antes de Clove se agachar para apanhá-las.

Zola abriu a porta e esperou que Calla entrasse antes de ele e Clove saírem. Ela trazia uma muda de roupas pendurada nos braços, e olhei indignada para os babados na manga da camisa.

— Não pode ser — sussurrei.

Calla inclinou a cabeça para o lado com impaciência.

Tirei a camisa e desabotoei a calça antes de ir até a bacia. As bolhas em meus dedos arderam quando mergulhei as mãos devagar na água quente. O banho cheirava a ervas, e passei a água nos braços, esfregando antes de ir para o rosto e o pescoço. Quando terminei, fui até o espelho, limpando com o canto de um pano os lugares que tinha pulado.

Contorci a boca quando olhei para meu reflexo no vidro. Um dia, minha mãe poderia ter estado diante desse espelho. Isolde não devia ser muito mais velha do que eu quando Zola a admitira, e me perguntei quanto tempo ela devia ter demorado para descobrir que tipo de homem ele era. Ela nunca falava de seus dias a bordo do *Luna*, e parte de mim não queria saber nada deles. Em minha mente, seu espírito vivia a bordo do *Lark*. Eu não gostava da ideia de algum pedaço dela ter restado ali.

Passei os dedos pelo cabelo para desembaraçar o máximo possível, e enrolei o comprimento para cima até conseguir dobrar a ponta embaixo e dar um nó apertado. Não me preocupei em tentar domar os fios ondulados soltos que caíram ao redor de meu rosto. Zola podia precisar de alguém para representar o papel de um Sangue Salgado, mas teria que se contentar comigo.

Calla jogou a camisa em cima da cama e a peguei, examinando o tecido. Não era uma que os comerciantes costumassem usar. O linho era recém-fiado e fino, caindo suavemente pelos braços até os punhos. A calça também era nova, feita de uma lã preta grossa com botões de osso de baleia. Zola obviamente estava preparado quando entrei naquele beco em Dern. Ele tinha um plano muito detalhado. O pensamento fez um calafrio subir pela minha espinha.

Dois dias, eu disse a mim mesma. Dois dias e eu estaria de volta ao *Marigold*.

Houve uma batida à porta antes mesmo que eu terminasse de colocar a camisa para dentro do cós da calça, e Calla a abriu, dando de cara com um dos pivetes da Orla. Ele segurava minhas botas nas mãozinhas. Estavam limpas e engraxadas, os cadarços substituídos por novos feitos de um cordão bem enrolado. Eu as encarei, e uma emoção entupiu minha garganta, lembrando a noite em que West as tinha dado para mim.

Eu estava na chuva diante do gambito da vila, observando-o com Willa no beco. A luz dos postes esculpia os ângulos do rosto dele, e sua voz tinha mudado ao dizer meu nome. Foi a primeira vez que eu vi por baixo da máscara que ele usava, mesmo que por apenas um momento. E eu sentia tanta saudade que mal conseguia respirar.

Eu não podia deixar de pensar no que meu pai e Zola haviam dito. Que havia uma escuridão em West que era mais profunda do que eu imaginava. Parte de mim não queria saber. Queria acreditar que não importava. Todos que sobreviviam nos Estreitos tinham aquela mesma escuridão. Era a única forma de continuar vivos.

Mas naquela noite em Dern, quando dissemos que não mentiríamos um para o outro, ele não tinha me contado toda a verdade. E eu tinha medo do que poderia encontrar se ele contasse. Que, quando o visse de novo, ele me pareceria diferente. Que se pareceria com Saint.

DOZE

O BRILHO TÊNUE DAS LUZES ESPALHADAS ARDIA COMO estrelas na costa adiante.

Bastian.

Eu estava na proa do *Luna*, observando a cidade se aproximar. Era um lugar que eu conhecia apenas de histórias. Ruas e luzes e cores que formavam lembranças que não eram minhas.

Minha mãe amava Bastian. As ruas molhadas que resplandeciam sob o luar. Os prédios que subiam a colina e o cheiro dos mercados. Mas, no fim, ela partiu e não voltou nunca mais.

Os estivadores lá embaixo diminuíram o ritmo de suas tarefas quando o *Luna* atracou e a tripulação amainou as velas, recolhendo-as com cuidado aos mastros. O barco estava lindo à noite, a madeira escura reluzente e lustrada. Mas não havia limpeza ou camisas de babados capazes de esconder de onde tínhamos vindo. Éramos comerciantes dos Estreitos da cabeça aos pés e, pelo semblante de todos no porto, eles sabiam.

Todos os outros navios ancorados nas baías pareciam esculpidos em raios de sol, limpos e impecáveis sob o céu aberto. As cidades do mar Inominado se orgulhavam de sua opulência, e nenhuma mais do que Bastian. Minha mãe nunca tivera a mesma afetação, mas ainda estava lá nas pequenas coisas. Como mantinha suas ferramentas de dragagem impecáveis no cinto ou como suas unhas pareciam estar sempre limpas.

Certas coisas não podem ser tiradas de uma pessoa, por mais longe que ela tivesse velejado.

O capitão do porto apareceu ao longe, acompanhado por uma multidão de estivadores atrás dele. Suas sobrancelhas severas faziam os olhos parecerem estreitados e os pergaminhos em sua mão esvoaçaram quando ele balançou os braços no alto. Mas Zola não demorou para se sentir à vontade. Nem esperou por aprovação antes de mandar a tripulação prender os cabos de amarração.

— Quem está aí?! — gritou o capitão do porto, parando para olhar para cima e estudar o brasão do traquete.

Zola encarou Clove antes de descer a escada, e a tripulação do *Luna* observou sobre a amurada do navio enquanto ele avançava pela doca para encontrar o homem.

— Hora de ir.

Clove enfiou mais uma faca no cinto.

Eu o observei, desconfiada. Ele mal tinha olhado para mim desde que estivemos no alojamento de Zola e me dei conta de que sua posição a bordo do *Luna* ia muito além do que Zola sabia. Porém, ele não tinha me dado nenhum indício do que estava acontecendo ou de que papel eu estava representando. Foi tudo uma corrida contra o tempo desde que saímos de Dern, e eu queria saber o que aconteceria quando esse tempo enfim acabasse. Jeval. O mergulho. Sagsay Holm. Zola estava realizando cada movimento com precisão meticulosa. Eu sabia que tinha a ver com Holland, mas era aí que minhas revelações acabavam.

Koy me observava do tombadilho superior enquanto eu desaparecia pela amurada do navio. A tripulação tinha recebido instruções de não deixar o *Luna* por nenhum motivo, e os dragadores jevaleses não pareciam se importar nem um pouco. Seus olhos estudavam a cidade sobre a colina com desconfiança, como se algo nela os assustasse. Bastian por si só era maior do que toda a ilha de Jeval.

Zola ainda falava com o capitão do porto com um sorriso tranquilo quando eu e Clove demos a volta por eles, a caminho da escadaria de pedra que levava à casa de comércio. Ela não era nada parecida com a estrutura enferrujada em que os mercadores dos Estreitos negociavam. Era feita de pedras brancas limpas, os cantos decorados com estátuas ornamentadas de aves marinhas que desdobravam suas asas sobre as ruas.

Parei quando chegamos ao degrau mais alto, e a rua se alargou para revelar a vastidão da cidade grande. Girei, tentando assimilar tudo, mas Bastian era imensa. Impressionante. Eu nunca tinha visto nada parecido.

Clove virou na esquina da casa de comércio assim que me voltei para a rua. Quando entrei no beco, ele já estava esperando. Estava recostado no tijolo, o brilho dos candeeiros iluminando parte do rosto. Mesmo no meio da rua, cercado por prédios que escondiam quase todo o céu, ele parecia um gigante.

A frieza dura que tinha dominado seus olhos desde que o vira pela primeira vez a bordo do *Luna* se suavizou quando ele ergueu o rosto para mim sob a aba do chapéu. Era um olhar tão familiar que meus ombros relaxaram, a tensão que me deixara à flor da pele nos últimos dez dias escapando de mim. Em um instante, senti que estava desabando. Um lado de seu bigode se ergueu devagar e um sorriso de viés iluminou seus olhos com uma faísca.

Dei os quatro passos entre nós, as botas pisando nos paralelepípedos com um eco, e o abracei. O choro que estava preso em minha garganta finalmente escapou, e o apertei mais forte, meus dedos agarrando seu casaco. Não liguei se era fraqueza. Se era uma admissão de medo. Eu só queria sentir por um momento que não estava sozinha.

Clove ficou rígido, vigiando o nosso redor com cautela, mas, depois de um momento, seus braços enormes me envolveram, apertando.

— Tudo bem, Fay — disse, acariciando minhas costas.

Dobrei os braços no peito e deixei que ele me abraçasse com mais força, fechando os olhos.

— Ele sabe onde estou?

Eu não conseguiria dizer o nome do meu pai sem que minha voz embargasse completamente.

Clove me empurrou para trás para que eu o olhasse, e secou as lágrimas de minha bochecha corada com a mão áspera.

— Ele sabe exatamente onde você está.

Se Saint estava metido naquilo, ele sabia na manhã em que o vira em Dern. Ele bebera seu chá na minha frente sem dar nenhum sinal do que estava esperando por mim no beco.

Rangi os dentes. Eu estava tão cansada dos jogos de meu pai. Mas a raiva que senti foi imediatamente substituída por desespero. Apertei o casaco de Clove, puxando-o na minha direção.

— Preciso sair daqui. Preciso voltar aos Estreitos.

— Você não vai a lugar nenhum até terminarmos isto.

Clove deu um beijo no topo da minha cabeça antes de voltar a subir a rua, as mãos nos bolsos.

— Terminarmos o quê? — Minha voz se ergueu enquanto eu o seguia. — Você não me contou nada.

— Faz muito tempo que estamos trabalhando nisto, Fay. E não temos como terminar sem você.

Parei, olhando fixamente para ele.

Quando ele não ouviu meus passos, os de Clove diminuíram e ele parou também, olhando para trás.

— Me conte o que está acontecendo ou vou comprar uma passagem de volta aos Estreitos no primeiro navio do porto — alertei, com a voz cansada.

Ele parou sob a placa desbotada de uma peixaria, suspirando.

— Em menos de um dia, você vai saber de tudo.

Dava para ver que eu não o convenceria. Se era obra de meu pai, havia muitas peças em movimento e eu era uma delas.

— Jura?

Dei um passo para perto, desafiando-o a mentir para mim.

— Juro.

Vasculhei seu rosto, querendo acreditar nele.

— Pela alma de minha mãe?

As palavras o fizeram vacilar e seus lábios se apertaram em uma linha fina antes de responder.

— Juro. — Ele abanou a cabeça com um sorrisinho irritado. — Tão teimosa quanto ela — murmurou.

A gola de seu casaco estava erguida ao redor do pescoço e seu cabelo claro escapava embaixo do chapéu. Pela primeira vez desde Dern, eu sentia que podia respirar. Sua presença fazia com que me sentisse em casa. Enquanto eu estivesse com Clove, ele não deixaria nada acontecer comigo. E a verdade era que, se ele e meu pai estavam tentando derrotar Zola, eu estava dentro.

Andamos até a rua se abrir abruptamente em uma praça de lojas, todas com janelas enormes e limpas. Decoradas com floreiras e tinta fresca em cores vivas. Clove parou diante do primeiro estabelecimento da esquina, endireitando o chapéu. A placa pendurada sobre a rua dizia Vestidos & Librés.

Ele abriu a porta e o segui para dentro da loja aconchegante, onde uma mulher estava agachada ao lado de um manequim, uma agulha na mão.

Ela ergueu a cabeça inclinada para o lado, passando os olhos por nós de cima a baixo.

— Posso ajudar?

A pergunta mais parecia uma acusação.

Clove pigarreou.

— Precisamos de um vestido. Digno de um baile de gala. — Eu o encarei, atordoada, mas, antes que pudesse protestar, ele continuou falando: — E precisamos para amanhã.

A mulher se levantou, espetando a agulha em uma almofada em seu punho com um estalido.

— Então é bom ter o dinheiro para me pagar para costurar a noite toda.

— Não é problema — respondeu Clove.

Ela pareceu considerar por um momento antes de passar pelos rolos de tecido empilhados em cima do longo balcão de madeira.

— Chegaram sedas novas ontem. Ninguém em Bastian tem nada parecido.

Clove ignorou meu olhar gelado, seguindo-a até a janela com vista para a rua.

— Para que isso? — sussurrei, puxando a manga de seu casaco.

— Você vai ter que confiar em mim.

Eu estava tão brava comigo mesma quanto estava com ele. Deveria ter imaginado assim que vi Clove no navio de Zola que Saint estava tramando algo. Agora, eu estava envolvida em qualquer que fosse o plano que eles haviam maquinado e era improvável que saísse ilesa.

Ele passou a mão com cuidado por tecidos diferentes, torcendo a boca antes de pegar um.

— Este.

Era o azul mais intenso, a cor do alto-mar em dias ensolarados quando não dava para ver o fundo. O tecido escuro tremeluziu ao refletir a luz. Eu não conseguia imaginar um plano que justificasse um vestido feito de algo tão refinado, mas eu tinha um pressentimento de que não iria gostar.

— Certo, vai subindo. Tira tudo.

A mulher colocou os braços ao redor do manequim, virando-o para trás para apoiá-lo na parede.

A cortina na frente do espelho se fechou com um silvo, e ela me encarou, as duas mãos na cintura.

— Então? Vamos.

Resmunguei antes de tirar a camisa e soltar a faixa ao redor dos seios. Ela a pendurou, estalando a língua enquanto passava a mão na calça e alisava os vincos na lã.

— Agora, vamos dar uma olhada em você. — Seus olhos perpassaram meu corpo nu, e ela franziu a testa ao ver a cicatriz em meu braço e os pontos em minha perna. Não eram minhas únicas marcas. — Bom, acho que dá para cobrir. Vire.

Obedeci, relutante, virando as costas para ela e, quando encontrei os olhos de Clove sobre a cortina, ele estava rindo de novo. Estremeci quando as mãos frias dela pegaram minha cintura, subindo por minhas costelas.

— Certo — disse.

A costureira empurrou a cortina e voltou segurando um rolo de tecido branco rígido. Senti um arrepio.

— É um...?

— Espartilho, querida. — Ela sorriu com doçura. — Braços para cima.

Mordi o lábio para não soltar um palavrão e virei de novo para ela encaixá-lo ao meu redor. A mulher puxou os laços até minhas costelas doloridas estarem gritando e empurrei as mãos contra a parede para me equilibrar.

— Nunca usou um espartilho?

O tom da mulher ficou mais alto.

— Não — retruquei.

Minha mãe nunca tinha me colocado em um, e eu não precisava daquilo em Jeval.

A costureira encaixou as anquinhas na sequência, amarrando os barbantes de modo que a forma dos aros ficasse saliente nos lados do quadril. Ela começou a trabalhar na seda, cortando e dobrando e fixando até a forma de um vestido tomar corpo. Foi só quando abriu a cortina que me virou e vi o que estava fazendo.

Meu reflexo apareceu no espelho de moldura dourada e inspirei fundo, dando um passo para trás.

A peça era justa no corpete, envolvendo a parte da frente de modo que a pele entre os seios formava uma ponta afiada sob as dobras do tecido. As mangas não passavam de seda azul desfiada esperando para ser alfinetada, mas a saia era volumosa, encrespando-se como ondas ao meu redor.

— Vou precisar de bolsos — falei, engolindo em seco.

— Bolsos? — A mulher bufou. — Por que você precisaria de bolsos?

Não respondi. Não poderia contar que era para minha faca nem explicar por que precisaria de uma arma em um baile.

— Apenas faça — gritou Clove atrás dela.

— Espere aqui.

A mulher suspirou antes de desaparecer nos fundos da loja.

Clove estava sentado na cadeira, contemplando minha imagem. Quando viu meu rosto, tentou não rir.

— Está se divertindo? — murmurei.

Um lado de sua boca se contorceu para cima de novo.

— Nem morta que sua mãe usaria um negócio desses.

Fiquei impressionada pela naturalidade com que voltamos ao velho ritmo entre nós, sendo que horas antes eu estava disposta a matá-lo. Quando eu era criança, não havia um dia em que não estivesse colada a Clove no navio ou no porto. Olhando para ele, senti que tinha 10 anos de novo. E essa sensação me deu saudade de minha mãe.

— O que aconteceu entre Zola e Isolde? — perguntei, baixo, sem saber se queria mesmo a resposta.

Clove se empertigou, ajeitando a gola da camisa.

— Como assim?

— Saint me contou que eles tinham um passado. Que tipo de passado?

Ele revelou mais do que imaginava quando se recusou a olhar em meus olhos.

— Acho que você deveria conversar com Saint a respeito disso.

— Estou perguntando a você.

Clove passou as mãos no rosto, soltando um longo suspiro. Quando se recostou na cadeira, olhou para mim por um longo momento.

— Zola tinha acabado de estabelecer comércio em Bastian quando conheceu Isolde. Ela estava na casa de comércio, e acho que viu uma saída.

— Saída do quê?

— Do que quer que ela estivesse fugindo. — Clove cerrou o maxilar. — Ela fez um acordo com Zola e assumiu um lugar na tripulação dele como uma de suas dragadoras. Mas ele queria mais dela do que sua habilidade com joias. Não sei o que aconteceu entre os dois, mas o que quer que tenha sido foi grave o bastante para ela pagar para ele tudo o que economizara, apenas para se livrar do *Luna*.

Estremeci, tentando não imaginar o que poderia ter sido.

— E então ela conheceu Saint — arrisquei.

— Então ela conheceu Saint — confirmou ele. — E tudo mudou.

— Como ela conseguiu fazer com que ele a admitisse?

— Não acho que ele tenha tido muita escolha. Saint ficou caidinho por Isolde assim que ela se sentou ao lado dele na taverna de Griff.

Griff. Não consegui deixar de sorrir com isso.

— Eles viraram amigos. Depois viraram algo mais — contou Clove, os olhos vagando como se estivesse perdido em pensamentos. — Depois veio você.

Sorri com tristeza. Minhas lembranças mais antigas eram deles, Saint e Isolde. E estavam iluminados por uma luz dourada calorosa. Intocados por tudo o que viria depois. Tinham encontrado um ao outro.

Puxei o anel de West do pescoço, segurando-o diante de mim. Eu tinha me sentido assim quando ele me beijara no Laço de Tempestades. Como se estivéssemos em um mundo só nosso. Naquele momento, estávamos.

Se os rumores em Sagsay Holm fossem verdade, West estava disposto a abrir mão do *Marigold* e de todo o resto. Eu precisava terminar o que meu pai havia começado para impedir que isso acontecesse.

— Ele não teria como ter planejado isso — falei, quase comigo mesma.

— Como é?

— Saint. Ele só soube que eu tinha saído de Jeval quando o vi em Ceros. — Comecei a juntar as peças devagar. — Eu não era parte do plano dele até West me acolher.

Clove me encarou.

— Certo?

Eu não precisava de uma resposta. A confirmação estava em seu silêncio.

— Quando apareci no posto dele, Saint não queria nada comigo — continuei. — Mas, quando me viu saindo do porto a bordo do *Marigold* naquela noite, ele queria me tirar daquele navio. E viu uma maneira de me usar.

Abanei a cabeça, rindo do absurdo que era aquilo. Havia muito mais na história do que eu sabia.

— O que Zola quis dizer quando falou que West é como Saint? Clove deu de ombros.

— Você sabe o que isso quer dizer.

— Se soubesse, não estaria perguntando.

— Ele tem muitos demônios, Fay.

Lancei um olhar incisivo para Clove.

— Todos temos.

— Acho que é verdade.

Cruzei os braços, ignorando como as costuras da seda ameaçavam se abrir. Eu estava cansada de segredos. Cansada de mentiras.

— Estou aqui, Clove. Por você e por Saint. Você me deve muito mais do que isso.

Seus olhos se estreitaram.

— *Devo?*

Arqueei as duas sobrancelhas, olhando para ele de cabeça erguida.

— Saint não foi o único que me largou naquela praia.

Seu maxilar ficou tenso.

— Fay, eu...

— Não quero um pedido de desculpa. Quero a verdade.

Seus olhos baixaram para o anel de West por um momento, pendurado ao redor do meu pescoço.

— Estava desconfiado que vocês estivessem... — Ele não terminou, hesitando antes de continuar: — West faz o que Saint precisa que seja feito. O que quer que seja. E normalmente é um trabalho muito sujo.

— Como Sowan? — perguntei, com a voz baixa.

— É — respondeu ele. — Como Sowan. Faz muito tempo que ele é o capanga de Saint.

— É por isso que Saint deixou que ele ficasse com o *Marigold* — murmurei.

Ele tinha *merecido*.

Clove se inclinou para a frente para apoiar os cotovelos sobre os joelhos.

— Ele é perigoso, Fay — disse Clove, com mais ternura. — Você precisa tomar cuidado com ele.

Eu disse a mim mesma que não era nada que eu já não soubesse. O *Marigold* era um navio-sombra, e isso fazia parte do trabalho de sombra. Mas eu tinha a impressão de que nem a tripulação sabia tudo que West fazia em nome do meu pai.

Na noite em que West disse que me amava, ele também tinha me contado sobre Sowan. Sobre um mercador cuja operação ele tinha afundado a mando de Saint. O que ele não tinha dito era que essa era uma dentre muitas histórias parecidas, ou que as ações de meu pai eram os mais pesados dos fardos que ele carregava.

Não minta para mim, e não vou mentir para você. Nunca.

A única promessa que tínhamos feito um ao outro, West já tinha quebrado.

TREZE

BSERVEI A GOTA D'ÁGUA CAIR NA BACIA EM QUE MEU reflexo reverberava. O azul-escuro do vestido deixava o vermelho de meu cabelo em chamas, minhas bochechas incandescendo pelo ruge.

Minha pele estava quente demais sob o vestido. O quarto em que Zola tinha me colocado na taverna tinha uma lareira acesa com um calor ardente e uma cama estofada de penugem na qual eu não tinha conseguido dormir.

Eu não sabia quem ele estava tentando impressionar. Não havia luxo capaz de lavar quem Zola era. Se tivesse que adivinhar, eu diria que a cicatriz no rosto de Willa e as velas cortadas do *Marigold* deviam ser os menores de seus pecados.

A seda apertava meu corpo, as saias farfalhando enquanto eu descia a escada para a taverna. Clove e Zola estavam sentados a uma mesa no canto oposto, tomando uísque de centeio. Os dois vestiam casacas refinadas, costuradas sob medida, com botões de brasão reluzentes, o cabelo desgrenhado cortado e penteado para trás dos rostos fustigados pelo vento. Um lampejo de reconhecimento passou diante de meus olhos. Clove sempre tinha sido rústico, mas parecia mais jovem de lã verde cara, o cabelo loiro brilhando.

Ele se empertigou ao me ver, deixando na mesa o copo de uísque de centeio que tomava, e senti vergonha no mesmo instante, notando meu reflexo pela janela. Meus cachos estavam presos de modo a formar uma auréola ao redor do topo da cabeça, e a luz cintilava no vestido.

Eu estava totalmente ridícula.

— Ora, ora... — Os olhos de Zola passaram por mim da cabeça aos pés. — O que acha?

Ele se levantou da cadeira, exibindo a casaca com um floreio de mão.

Lancei um olhar fulminante para ele.

— Acho que estou pronta para acabar logo com isso e dar o fora daqui.

Clove virou o copo antes de se levantar e abrir a porta da taverna. O vento frio entrou, me deixando arrepiada. Eu tinha decidido deixar a capa que Clove comprou para mim no quarto porque, quando a coloquei sobre os ombros, senti que estava sufocando sob seu peso. Mesmo assim, o frio era um alívio bem-vindo do calor que fervia sob minha pele.

Clove tinha me dado sua palavra de que, em algumas horas, ele me contaria a verdade. No dia seguinte, eu estaria a caminho de volta aos Estreitos. Localizaria o *Marigold* antes que West causasse ainda mais estragos.

Os saltos de meus sapatos soavam enquanto eu andava logo atrás de Zola. Apesar de sua fachada de arrogância, dava para ver que ele estava nervoso. Estava sem o balanço habitual nos passos, a boca cerrada em uma expressão dura enquanto descia a rua. Ele olhava para baixo, pensando. Medindo. Calculando.

Zola nos conduziu pela cidade e, quanto mais longe andávamos, mais bonita ela ficava. O crepúsculo pintava Bastian em rosas e roxos suaves, e os prédios de pedra caiada refletiam suas tonalidades, fazendo tudo parecer saído de um sonho.

Os paralelepípedos passaram de retângulos acidentados para quadrados de granito polido quando fizemos uma curva, e Zola parou, contemplando a fachada de mármore resplandecente de um prédio grandioso ao longe.

Uma série de arcos enormes se elevava sobre uma escadaria larga e reluzente, onde três pares de portas estavam abertos para a noite. A luz de lanternas se derramava sobre a rua, afugentando as sombras.

A placa ornamentada sobre as portas centrais dizia Casa Azimute.

Eu conhecia a segunda palavra. Era um termo usado em navegação celestial para descrever o ângulo do sol, da lua ou das estrelas em relação à posição do observador. Mas *casa* não chegava nem perto de descrever o que era aquilo. Esculturas em pedra cobriam cada centímetro do edifício de flores e trepadeiras e, acima de tudo, a vastidão do céu noturno era adornada por uma lua perolada.

Zola estava quieto, baixando os olhos dos arcos para as botas.

Franzi a testa quando percebi que ele estava criando coragem, e um sorriso maldoso forçou minha bochecha. Eu gostava daquela versão de Zola. Ele estava inseguro. Com medo.

— Prontos?

Ele olhou de esguelha para mim, mas não esperou resposta. Começou a subir os degraus sem nós.

Olhei para Clove, que não carregava a mesma hesitação que dominava Zola. Isso só podia significar uma coisa. Estava tudo correndo de acordo com seu plano.

Ele ergueu a mão, fazendo sinal para eu subir primeiro, e peguei as saias pesadas, subindo os degraus para as portas. Uma rajada de ar passou por mim, puxando alguns fios de cabelo que estavam presos e, por um momento, senti como se estivesse no alto do mastro do *Lark*, sob o vento forte. Mas eu nunca estivera tão distante do *Lark*.

Passamos pelas portas abertas e o calor do salão me envolveu enquanto meus olhos subiam para o teto. Inúmeros murais incrustados de pedras preciosas nos olhavam de cima, envoltos por janelas de vitral em um caleidoscópio de cores que absorvia a luz do salão com matizes saturados. As pessoas reunidas embaixo refletiam seus tons brilhantes, usando tecidos coloridos e resplandecentes. Casacas nos vermelhos e dourados mais intensos e vestidos drapeados com primor se moviam como tinta escorrendo sobre o piso em mosaico. Baixei os olhos para as pontas dos sapatos. Sob meus pés, lascas de ametista, quartzo rosa e celestita se encaixavam no formato de uma flor.

— Que lugar é esse? — sussurrei para Clove.

Ele falou baixo ao meu lado, passando os olhos pelo salão:

— A casa de Holland.

— Ela *mora* aqui?

Apertei as saias de seda. Candelabros grandes estavam acesos por todo o salão, onde bandejas de taças cintilantes flutuavam através da multidão nos dedos de garçons vestidos de branco. Os convidados do baile enchiam o ambiente, cercando mostruários de vidro com armação em bronze escovado. Dentro da mais próxima de nós, um lampejo chamou minha atenção.

Eu senti a pedra preciosa antes de ao menos olhá-la. Sua reverberação intensa retumbou no centro de meu peito, meus lábios se entreabrindo enquanto eu me dirigia ao mostruário e me debruçava sobre o vidro. Era um pedaço de berilo vermelho quase do tamanho de minha mão.

— Mas que...

As palavras se dissolveram.

Eu nunca tinha visto nada assim. Era vermelho-clara e lapidada em facetas detalhadas de modo que meu reflexo se repartiu em pedaços na pedra. Não dava nem para imaginar seu valor.

O salão era algum tipo de exposição, destinada a ostentar a ampla coleção de joias. Parecia um museu.

— Encontre-a — murmurou Zola, olhando para Clove.

Clove me encarou por um momento antes de obedecer, passando entre as pessoas aglomeradas entre os mostruários seguintes.

Zola ficou em silêncio, estudando o salão.

— Você parece nervoso.

Entrelacei as mãos atrás das costas, deixando a cabeça tombar para o lado.

Ele abriu um sorriso fraco.

— Pareço?

— Na verdade, parece apavorado — acrescentei, com ternura.

Seu maxilar se cerrou enquanto uma bandeja prateada aparecia ao meu lado. Estava servida com taças jateadas delicadamente cheias de um líquido claro borbulhante.

— Pegue uma — disse Zola, erguendo uma taça pela borda.

Desentrelacei os dedos para levantar a mão e pegar uma das bebidas, dando uma cheirada.

— É *cava*. — Ele sorriu. — Sangues Salgados não bebem uísque de centeio.

Dei um gole, fazendo careta pela maneira como efervescia em minha língua.

— Quando você vai me contar o que estamos fazendo aqui?

— Estamos esperando a estrela da noite. — Zola balançou sobre os calcanhares. — Deve chegar a qualquer minuto.

Observei enquanto ele virava a taça de um só gole e pegava outra. A luz deu à pele dele um tom caloroso de marrom que tornava seu rosto quase bonito, e não consegui deixar de pensar que ele não parecia um monstro. Talvez fosse por isso que Isolde subira a bordo do *Luna* naquele dia. Eu me perguntei quanto tempo ela demorara para descobrir que estava errada.

— Quero fazer uma pergunta — falei, envolvendo a taça estreita com as mãos.

— Diga.

Eu o observei com atenção.

— O que você era para minha mãe?

Um brilho se acendeu em seus olhos enquanto Zola me observava.

— Ah. Depende de para quem você perguntar. — Sua voz baixou, conspiratória: — Um timoneiro. Um salvador. — Ele pausou. — Um vilão. Qual versão da história você quer ouvir?

Tomei outro longo gole, e o *cava* desceu queimando por minha garganta.

— Por que ela deixou o *Luna*?

— Se ela não tivesse morrido, você poderia perguntar à própria — respondeu. — Embora não dê para saber qual história ela teria contado. Eu nunca devia ter confiado nela.

— O que isso quer dizer?

— Isolde não tomou as rédeas apenas do próprio destino quando deixou Bastian. Tomou do meu também. Deixar que ela entrasse em minha tripulação foi o pior erro que já cometi.

Franzi a testa. Saint dissera o mesmo sobre ela, mas por motivos diferentes.

— Mas, hoje, vou corrigir isso. Graças a você.

Havia um vago eco no fundo de minha mente, tentando juntar as palavras. Nenhuma delas fazia sentido.

— Como minha mãe pode ter a ver com isso?

— Isolde é o motivo por que Holland colocou uma recompensa por minha cabeça todos esses anos. Ela é o motivo por que perdi quaisquer chances que tinha de negociar no mar Inominado e o motivo por que não volto desde então.

— Como assim?

— Quando ajudei a filha de Holland a escapar de Bastian, saí das graças dela.

A seda do vestido apertou meu peito quando inspirei fundo, minha cabeça rodando.

— Você está mentindo — retruquei.

Zola deu de ombros.

— Não preciso que acredite em mim.

Apertei a mão nas costelas, sentindo como se não houvesse espaço para meus pulmões sob os ossos. O que ele estava dizendo não podia ser verdade. Se Isolde era filha de Holland...

Um grupo de mulheres passou por nós de braços dados, falando em sussurros enquanto se dirigiam ao fundo do salão. Zola virou a taça, deixando-a em cima do mostruário entre nós, e sequei a testa com o dorso da mão, tonta. Tudo de repente parecia estar embaixo d'água. Eu precisava de ar.

Quando tentei passar por ele, Zola segurou meu braço, apertando.

— O que pensa que está fazendo?

O homem ao nosso lado olhou para trás por apenas um momento, concentrando-se na mão de Zola na manga de meu vestido.

— Tire a mão de mim — rosnei, entre dentes, desafiando-o a fazer um escândalo.

Desvencilhei o braço e abri um sorriso tímido para o homem antes de entrar na fileira de mostruário, o olhar abrasador de Zola cravado em minhas costas. Ele era um mentiroso. Disso eu sabia. Mas certo desconforto se instalou dentro de mim quando ele proferiu aquelas palavras. Vasculhei as lembranças à luz de velas que eu tinha de minha mãe. De suas histórias. Ela nunca tinha me contado nada dos pais. Nada de casa.

Mas por que minha mãe deixaria *isso* para trás?

Olhei ao redor do salão, mordendo o lábio. Em todas as direções, pessoas riam e conversavam, à vontade em suas roupas chiques. Ninguém parecia notar o quanto eu não combinava com aquele vestido ou aquele ambiente. O salão estava cheio das canções das joias, ressoando tão alto que me fazia perder o equilíbrio. Ninguém parecia notar isso também.

Vaguei pelos mostruários, os olhos passando sobre o topo dos vidros, e parei quando a melodia da pedra na vitrine seguinte chamou minha atenção. Era a única que eu só tinha ouvido uma vez.

Larimar. Parei, escutando. Como o chamando vibrante de pássaros ou o assobio do vento em uma caverna. Era uma das joias mais raras que existiam. E era para ser assim. O baile não era apenas uma festa. Era uma ostentação de riqueza e poder.

Um toque deslizou em meu quadril, envolvendo minha cintura, e levei os dedos imediatamente à faca sob as saias. *Cava* espirrou da taça quando me virei e apertei a ponta da lâmina contra a camisa branca imaculada diante de mim, marcando um peito largo.

Mas um cheiro que eu conhecia invadiu meus pulmões quando inspirei e ergui a cabeça para encontrar seus olhos verdes, a taça tremendo furiosamente em minha mão.

West.

CATORZE

NSPIREI FUNDO, SUFOCANDO UM GRITO NA GARGANTA enquanto erguia os olhos para ele. Seu cabelo com mechas douradas estava penteado para trás do rosto, a cor da pele luminosa sob a luz de velas. Até o som das joias se aquietou, abafado pelo vento violento que uivava dentro de mim.

West ergueu o braço entre nós, segurando a faca em minha mão, e o vi engolir em seco, os olhos mudando. Estavam pesados por olheiras escuras, fazendo-o parecer abatido e magro.

Agarrei sua casaca, amassando o tecido fino enquanto o puxava para mim e apertava o rosto em seu peito. Naquele instante, senti que minhas pernas cederiam sob o vestido pesado. Que ia cair no chão.

— Fable.

O som de sua voz provocou a dor sob minhas costelas de novo, e meu coração acelerou, o sangue correndo mais quente nas veias.

Algo no fundo de minha mente sussurrava em alerta. Me dizendo para procurar por Zola. Erguer as saias e fugir. Mas eu não conseguia me mexer, encostada ao calor de West, com medo de que ele desaparecesse. Que o tinha imaginado ali.

— Você está bem? — murmurou ele, erguendo meu rosto para encará-lo.

Respondi com um aceno fraco de cabeça.

Ele pegou a taça de minha mão e a deixou em cima do mostruário ao nosso lado.

— Vamos.

E começamos a andar. Os olhos no salão vagaram em nossa direção enquanto passávamos, e os dedos de West se entrelaçaram nos meus. Deixei que ele me puxasse pela multidão, na direção do céu noturno do lado de fora. Eu não ligava mais para qualquer que fosse o plano de Saint e Clove. Não ligava se Zola estava vendo ou se era verdade o que ele tinha dito sobre minha mãe.

— O *Marigold*? — sussurrei, frenética, apertando a mão de West com tanta força que meus dedos doeram.

— No porto — respondeu ele, andando mais rápido.

— Fable! — A voz grave de Zola ecoou sobre o barulho das conversas.

Avistei Clove na parede oposta, Zola ao seu lado enquanto passavam pela multidão em nossa direção. Mas foi o som brusco de vidro se estilhaçando que fez meu coração parar, e congelei, a mão de West escapando da minha.

Centenas de pensamentos explodiram em caos em minha mente quando meus olhos pousaram em uma mulher. Uma senhora. Seu rosto estava em choque, os olhos arregalados sob o cabelo prateado e trançado em um labirinto elaborado no topo da cabeça. Estava cravejado com um pente largo de turmalina rosa que combinava com os anéis que cobriam seus dedos. Aos pés dela, os cacos quebrados de uma taça de cristal estavam espalhados ao redor do vestido violeta.

A ressonância grave e aspirada de sua voz fez tremer o salão ao nosso redor quando ela disse:

— Isolde?

A mão de West encontrou a minha de novo, me puxando para longe. Cambaleei ao lado dele, olhando para trás para vê-la, franzindo a testa em reconhecimento.

As portas se fecharam e os homens de casaca azul-escura entraram em formação ao longo da parede, gritando ordens. O salão foi tomado por vozes enquanto os convidados recuavam, levando West e eu consigo.

— Você! — gritou um dos homens, e demorei um momento para entender que estava falando comigo.

— Merda — disse West, com a voz rouca atrás de mim.

A mulher deu meia-volta, andando na direção de outro par de portas que se abriu do lado oposto do salão. Alguém me apanhou com a mão quente, puxando-me para a frente, e West ergueu um punho no ar. Quando desceu, acertou o homem no maxilar.

Ele cambaleou, caindo na multidão enquanto sacava uma espada curta do quadril, e uma mulher gritou. Mais guardas saíram da multidão, cercando-nos, e a luz de velas reluziu em quatro lâminas, todas apontadas para West. Mas seus olhos estavam em mim.

West sacou a faca do quadril, segurando-a ao lado do corpo com uma calma arrepiante. Arregalei os olhos, observando-o. Era a expressão que eu tinha visto na noite em que ele jogara Crane no mar. Havia quatro guardas nos cercando, mas West deu um passo à frente. Quando desse outro, morreria.

— Não. — Levei a mão à faca dele, mas ele saiu de meu alcance, dando a volta por mim. — Não, West!

Ele piscou, como se estivesse lembrando que eu estava lá, e peguei seu casaco, puxando-o para trás.

Empurrei seu peito até ele ficar contra a parede.

— Vou com vocês! — gritei para trás. — Não encostem nele.

West pegou meu braço, apertando, mas me desvencilhei.

As espadas apontadas para nós baixaram um pouco, e o homem de nariz ensanguentado deu um aceno na direção de West.

— Ela quer os dois.

Ergui os olhos para West, mas ele estava tão confuso quanto eu. Seus olhos verdes eram como vidro sob a luz mortiça. Estreitados e focados.

O guarda deu um passo para trás, esperando, e entrei na multidão com West em meu encalço. O salão ficou silencioso enquanto seguíamos as casacas azuis até a porta aberta por onde a mulher havia desaparecido. Alguns segundos depois, eles a estavam fechando atrás de nós, e o som distante de música recomeçou.

Lanternas banharam de luz o teto, iluminando mais murais e esculturas enquanto nossos passos ecoavam no corredor.

— O que é que está acontecendo? — rosnou West atrás de mim.

Um par de portas de madeira se abriu no escuro pelo corredor, onde eu vi a silhueta de Clove entrando em uma sala iluminada.

O guarda parou, fazendo sinal para seguirmos em frente antes de voltar por onde viemos, e eu e West paramos no corredor vazio, olhando um para o outro.

— Entrem. Por favor — chamou uma voz suave de trás das portas.

O som do baile se esvaiu quando eu soltei a mão de West e entrei. A sombra dele seguiu a minha, vindo ficar ao meu lado, os olhos passando por tudo na sala até encontrarem Zola.

Um guarda o empurrou para a frente e Zola tropeçou, equilibrando-se na parede quando as portas se fecharam com um rangido.

A mulher de vestido violeta esperava ao lado de uma escrivaninha de mogno lustrado. Atrás dela, a parede estava coberta de papel pintado de dourado com pinceladas curvadas para baixo, formando um labirinto de ondas do oceano até o teto. Seu vestido parecia feito de creme, ondulando ao redor do corpo esguio até formar uma cauda no chão.

— Sou Holland.

Ela entrelaçou as mãos diante do corpo e a luz refletiu as pedras em seus anéis. Estava olhando para mim.

West deu um passo mais para perto enquanto eu a encarava, sem saber o que dizer.

Os olhos de Holland passaram por meu rosto com fascínio.

— Você é Fable — afirmou ela, baixo.

— Sou — respondi.

No canto, Clove estava de braços cruzados diante do peito, apoiado na parede ao lado da lareira acesa. Um retrato emoldurado estava apoiado na lareira e todo o ar pareceu se esvair da sala quando meus olhos se focaram em uma menina de vestido vermelho, uma auréola dourada em cima de sua cabeça.

Era Isolde. Minha mãe.

— E você deve ser West — disse Holland, sua atenção passando para ele. — Capitão do navio-sombra de Saint.

West paralisou ao meu lado. Ele era inteligente o bastante para não negar, mas não gostei de sua expressão. Eu estava apavorada que, a qualquer momento, ele fizesse algo que colocaria uma faca em seu pescoço.

— Sim, sei exatamente quem você é. — Holland respondeu à pergunta implícita. — E sei exatamente o que faz.

Alternei o olhar entre os dois. Como alguém como Holland poderia saber algo de West, se ninguém nos Estreitos sabia?

— O que você quer? — perguntou West, seco.

Ela sorriu.

— Não se preocupe. Já vamos chegar lá.

— Holland.

A voz de Zola quebrou o silêncio, mas ele calou a boca quando os olhos cortantes de Holland pousaram nele.

A rachadura na fachada fria dele era um cânion. Zola não tinha nenhum poder ali, e todos sabíamos. Clove era o único que não parecia preocupado. Eu não sabia se isso me deixava receosa ou aliviada.

— Acho que você não estava na lista de convidados para este baile, Zola — falou Holland, e o som de sua voz era como música, suave e cadenciado.

— Peço desculpas — respondeu Zola, empertigando-se. — Mas pensei que estava na hora de resolvermos nossas diferenças.

— Pensou? — O tom de Holland ficou seco. — Eu tinha deixado claro que, se um dia você atracasse no mar Inominado, seria a última vez que atracaria em qualquer lugar.

— Sei que temos um passado...

— Passado? — retrucou ela.

— Faz quase vinte anos, Holland.

Voltei o olhar para a mulher, encontrando seus olhos em mim antes de voltarem a Zola.

Ele desabotoou a casaca metodicamente, sem tirar os olhos dela, e o guarda de Holland deu um passo para perto dele, a faca sacada. Zola abriu as lapelas, revelando quatro bolsos. Dentro de cada um estavam pendurados os cordões de uma bolsa de couro.

Holland apontou o queixo para a mesa encostada à parede, e Zola as deixou ali, uma a uma. Ela não se mexeu enquanto ele despejava as pedras preciosas sobre a bandeja espelhada, ordenando-as com cuidado para inspeção.

Zola esperou, deixando Holland examinar o carregamento.

— Considere um presente.

— Acha que algumas centenas de quilates de pedras preciosas podem comprar meu perdão pelo que você fez?

As palavras soaram tão baixas que deixaram um frio no ar, apesar do fogo escaldante.

— Isso não foi tudo o que eu trouxe.

Os olhos de Zola pousaram em mim.

Dei um passo para trás por instinto, encostando-me à parede enquanto ele olhava para mim, mas a atenção de Holland não deixou o rosto de Zola.

— Acha que isso foi ideia *sua*?

Zola entreabriu a boca, encarando Holland.

— Como assim?

— Paguem-no.

O comando de Holland caiu como uma pedra no silêncio.

O guarda deu a volta ao redor da escrivaninha e pegou uma caixa de prata da prateleira. Ele a colocou em cima da bandeja antes de abri-la com cuidado, revelando mais cobres do que eu jamais vira. Milhares, talvez.

Clove finalmente se mexeu, saindo das sombras.

— Não precisa contar — disse ele. — Confio em você.

Estava falando com Holland.

O frio do mar me envolveu e levei a mão à manga de West, tentando me estabilizar. Tentando juntar as peças.

Clove não estava espionando Zola. Estava *entregando* Zola. Para Holland.

— Uma mãe nunca se recupera da perda de uma filha. É uma ferida que inflama — começou Holland simplesmente. — Que nem sua morte vai aliviar.

Zola já estava andando para trás na direção da porta, de olhos arregalados.

— Eu a trouxe de volta. Para você.

— E agradeço por isso.

Ela ergueu um dedo no ar e o guarda abriu a porta, na qual dois homens estavam esperando.

Entraram na sala sem dizer uma palavra e, antes que Zola soubesse o que estava acontecendo, eles o pegaram pelas roupas, puxando-o para o corredor escuro.

— Esperem! — gritou ele.

Clove fechou a tampa da caixa com um estalo enquanto berros de Zola ecoavam, e me dei conta de que o som em meus ouvidos era minha própria respiração entrando e saindo em lufadas de pânico. A voz de Zola desapareceu de repente, e ouvi um peso cair no chão.

Meus dedos estavam úmidos ao redor do cabo da faca sob a saia enquanto eu encarava o escuro, piscando quando um fio de sangue fresco e vívido atravessou o mármore branco até a luz que vinha do salão. Restou apenas silêncio.

QUINZE

LE ESTAVA MORTO. ZOLA ESTAVA MORTO.

Tentei encaixar aquela verdade com tudo o que havia acontecido nos últimos dez dias. Era por isso que Clove havia aceitado o trabalho na tripulação de Zola. Tudo estava conduzindo àquele momento.

Zola não era apenas um problema para Saint ou West. Era um problema que os Estreitos precisavam resolver. Saint plantara Clove a bordo do *Luna* para levá-lo às mãos de Holland. Clove tinha convencido Zola de que poderia se livrar das ameaças dela de uma vez por todas. Mas como tinha feito isso?

O dinheiro que Holland tinha dado a Clove parecia uma recompensa, e meu instinto dizia que o nome de Saint tinha ficado de fora disso. Para Holland, Clove era apenas um comerciante dos Estreitos atrás de muito dinheiro.

Era brilhante, na verdade. Meu pai usara a rixa de Zola com Holland para fazer com que ele velejasse rumo à própria morte. E por que matar um comerciante e correr o risco de desavenças com o Conselho de Comércio dos Estreitos se uma mercadora poderosa no mar Inominado poderia fazer isso?

— Por que não me contou? — perguntei, com a voz distante.

Clove olhou para mim com uma expressão que lembrava pena, mas ficou de boca fechada, a atenção se desviando para Holland. Ele não queria que ela soubesse mais do que o necessário.

Clove seguia ordens de Saint, e Saint tinha um motivo para tudo o que fazia. A verdade era que, mesmo se eu confiasse em Saint, Saint não confiava em *mim*. E por que confiaria? Eu tinha tramado meus próprios planos contra ele para libertar o *Marigold*.

Meu olhar se voltou ao sangue de Zola sobre o piso de mármore branco, e observei como reluzia sob a luz do fogo. Momentos antes ele estava ao meu lado. Eu ainda sentia sua mão em meu braço, apertando.

O silêncio ensurdecedor me fez piscar e percebi que Holland olhava fixamente para mim, como se esperasse que eu falasse algo. Quando não falei, pareceu decepcionada.

— Acho que já chega por uma noite, não? — sugeriu ela.

Eu não sabia como responder. Não sabia nem o que estava me perguntando.

— Fique aqui. — Não havia convite em seu tom. Ela não estava pedindo. Seus olhos ainda me estudavam, passando por meu cabelo, meus ombros, meus pés. — Amanhã conversamos.

Abri a boca para discutir, mas West já estava falando:

— Ela não vai ficar — disse, cortante.

Clove pegou a caixa de moedas lentamente, colocando-a embaixo do braço.

— Infelizmente, vou ter que concordar com ele.

Ele e West não pareciam ter o menor medo de Holland, mas eu tinha pavor suficiente por todos nós. Bastaria que Holland erguesse um dedo para que West ou Clove fossem os próximos a serem arrastados para a escuridão.

— Vocês todos vão ficar — retrucou Holland. — Fable não é a única com quem tenho assuntos a tratar.

A calma em seus olhos era a mesma que estava lá um momento antes quando erguera o dedo.

No corredor, eu ouvia algo sendo arrastado sobre o mármore. Engoli em seco.

— Fiquem à vontade — ofereceu Holland, levando a mão à maçaneta reluzente de outra porta.

Ela a abriu e um corredor iluminado por lanternas fulgurantes surgiu.

Esperou que eu passasse, mas não saí do lugar. Estava com os olhos fixos no retrato de minha mãe sobre a cornija, a luz do fogo refletida em seus olhos.

Os anéis nos dedos de Holland reluziram quando ela deu um passo em minha direção. O tecido elegante de seu vestido ondulou como prata fundida, e os pentes em seu cabelo cintilaram. Eu não conseguia evitar o pensamento de que ela parecia algo saído de um conto antigo. Um espectro ou uma fada do mar. Que não era desse mundo.

O mesmo se aplicava à minha mãe.

Holland pegou minha mão na dela e a segurou entre nós, virando a palma para cima. Seus polegares traçaram as linhas e apertaram com mais força quando ela viu a ponta de minha cicatriz saindo de baixo da manga.

Seus olhos azul-claros encontraram os meus e ela me soltou.

— Bem-vinda ao lar, Fable.

Lar.

A palavra se estendeu e se desdobrou, seu som estranho.

Apertei as saias com as mãos e passei pela porta, contendo o embrulho na barriga. Saint pode ter conseguido o que queria, mas agora era Holland quem estava com a vantagem, e ela sabia.

O guarda nos guiou a outro corredor que terminava ao pé de uma escada em espiral, e subimos para um salão com vista para o térreo. Ele só parou quando chegamos a uma porta ao fim do corredor. Estava pintada de rosa perolado com um buquê de flores silvestres no centro.

— Alguém virá atender você ao primeiro toque do sino — disse ele, abrindo a porta.

O quarto estava banhado pelo luar claro que entrava por uma janela grande. Embaixo dela estava uma cama, metade envolta em sombras.

West entrou primeiro, e o homem o deteve com uma mão no peito.

— Esse quarto é para ela.

— Então também vou ficar aqui.

West passou por ele, segurando a porta para eu entrar atrás dele.

Olhei para Clove, atrás de nós. Ele estava apoiado na balaustrada, me dando um aceno tranquilizador.

— Até amanhã.

Seu ar era frio, mas havia uma insegurança em seus olhos. Eu não era a única que via que Holland era óleo em uma lâmpada, pronta para pegar fogo.

O guarda que tinha arrastado Zola para o escuro apareceu no alto da escada. Ele se dirigiu a nós com passos rápidos, e estudei sua casaca e suas mãos em busca de algum sinal de sangue. Mas ele estava limpo e impecável, assim como o baile e os convidados lá embaixo.

O guarda assumiu um lugar ao lado da porta e West a fechou atrás de mim, parando para ouvir quando o trinco se encaixou. Quando passos se distanciaram, seus ombros relaxaram. Ele se apoiou na porta, cruzando os braços diante do peito ao me olhar.

— O que é que está acontecendo, Fable? — perguntou, rouco.

Minha garganta ardeu, vendo-o banhado pelo luar azul frio.

— Saint. — O nome de meu pai era estranho para mim, de certa forma. — Ele me usou para atrair Zola até aqui para que Holland o matasse.

Eu nem sabia ao certo se entendia tudo, mas eram as peças que tinha encaixado.

— Atrair como? O que Holland é para *você*?

— Acho que... — Busquei as palavras. — Acho que ela é minha avó.

West arregalou os olhos.

— *O quê?*

A palavra soou distorcida quando ele disse, e percebi que a escuridão se mexia ao meu redor. Eu não conseguia puxar ar para dentro do peito.

O fantasma de minha mãe pairava entre aquelas paredes, um eco dela no ar.

No dilúvio de lembranças que dançavam em minha mente, busquei algo que Isolde pudesse ter me contado sobre o lugar. Mas não havia nada além de histórias de mergulhos e das ruas da cidade em que ela nascera. Nada sobre a Casa Azimute ou a mulher que morava lá.

— Quando Isolde fugiu de Bastian, ela assumiu um lugar na tripulação de Zola. — Apertei as mãos na seda azul ao redor do corpo. — Holland é a mãe dela. É por isso que Zola perdeu a licença para negociar no mar Inominado. É por isso que ele não veleja para cá há vinte anos.

West ficou em silêncio, mas o quarto se encheu com seus pensamentos acelerados. Ele estava procurando uma saída. Uma escapatória da armadilha em que tínhamos entrado.

Fui até a janela, olhando na direção do porto na escuridão.

— E a tripulação?

West parou e as sombras encontraram seu rosto, deixando o arroxeado sob seus olhos mais severo.

— Eles não vão fazer nada.

— Tem certeza? — perguntei, pensando em Willa.

Se não aparecêssemos no porto, ela estaria pronta para destruir a cidade.

Eu me sentei no canto da cama e ele ficou em pé diante de mim, olhando para meu rosto. Ergueu a mão como se fosse me tocar, mas congelou, os olhos se focando no brilho dourado sob o tecido do vestido. Ele deslizou a ponta do dedo sob o barbante e puxou até o anel ficar pendurado no ar entre nós.

West o encarou por um momento antes de seus olhos verdes se erguerem para encontrar os meus.

— Era isso que você estava fazendo em Dern?

— Era — respondi, engolindo em seco. — Desculpa.

As palavras se embargaram em minha garganta.

A ruga em sua testa ficou mais funda.

— Pelo quê?

— Por tudo isso.

Eu não estava falando só do que acontecera naquela manhã no gambito. Era por tudo. Era por Holland e Bastian e por West queimando os navios de Zola. Era por tudo que ele não queria me contar a respeito do que tinha feito por Saint. Ao sair do *Marigold*, eu traçara a rota para aquele momento. E não queria admitir que West parecia diferente aos meus olhos ali. Que se parecia mais com meu pai.

Ele tocou meu rosto, a ponta dos dedos entrando em meu cabelo.

Eu não sabia o que ele tinha feito nos Estreitos, tentando me encontrar. Mas era um fardo que pesava sobre seus ombros. Que o obscurecia. No momento, eu só queria sentir suas mãos ásperas em minha pele e inspirar o ar ao redor dele até sentir seu gosto na língua. Sentir como se estivesse escondida em sua sombra.

Ele baixou o rosto até sua boca pairar sobre a minha, e me beijou com tanta delicadeza que o ardor de lágrimas surgiu no mesmo instante atrás de meus olhos. Desci as mãos por suas costas e ele me envolveu, inspirando fundo, como se estivesse puxando meu calor para dentro de si. Tirei da cabeça o que Clove me dissera, fechando os olhos e imaginando que estávamos sob a luz da lanterna no alojamento de West no *Marigold*.

Seus dentes traçaram meu lábio inferior e a dor ressurgiu onde a pele ainda estava cicatrizando. Não liguei. Eu o beijei de novo e ele levou as mãos às saias, erguendo-as até eu sentir seus dedos em minhas pernas. Seu toque foi subindo e, quando sua mão envolveu os pontos em minha coxa, eu me crispei, silvando.

West tirou a mão de repente, seus olhos percorrendo meu rosto.

— Não é nada — sussurrei, puxando-o de volta para mim.

Mas ele me ignorou, erguendo as saias até meu quadril para olhar. Os pontos toscos se enrugavam em uma linha irregular no centro de um hematoma roxo estendido. West traçou o polegar de leve ao redor, o maxilar tenso.

— O que aconteceu?

Baixei o vestido de volta entre nós, envergonhada.

— Um dos dragadores de Zola tentou garantir que eu não voltasse de um mergulho.

Os olhos de West brilharam intensos e cintilantes, mas sua boca era firme. Calma.

— Quem?

— Ele morreu — murmurei.

West permaneceu em silêncio, me soltando, e o espaço entre nós se alargou, vazio. O calor de seu toque se foi, me deixando arrepiada. Os últimos dez dias reluziram em seus olhos, me mostrando um vislumbre daquela parte de West que eu tinha visto na noite em que ele me contara sobre a irmã. Da noite em que não me contara sobre Saint.

Não preciso saber, parte de mim sussurrou. Mas a mentira ecoou nas palavras. Porque, um dia, teríamos que tirar os esqueletos do armário, junto a tudo o mais que West escondia de mim.

DEZESSEIS

EU ESTAVA SENTADA NO CHÃO ENCOSTADA À PAREDE, OB-servando o feixe de luz do sol atravessar o tapete com borlas até tocar meus pés. As horas tinham se passado em silêncio, apenas com o som ocasional de botas do outro lado da porta fechada.

West ficou à janela observando a rua, e eu via a elegância de sua casaca muito melhor sob a luz. A lã bordô descia até os joelhos, a cor deixando seu cabelo ainda mais claro, e me perguntei como é que alguém o tinha convencido àquilo. Até suas botas estavam engraxadas.

Eu não tinha dormido, observando os olhos cansados de West encararem a janela. Parecia que havia dias que ele não os fechava, os ângulos de suas maçãs do rosto mais afilados.

Como se sentisse minha atenção sobre si, ele olhou para trás.

— Você está bem?

— Estou — respondi, baixando os olhos.

Na última vez que tinha visto West, ele me dissera que havia matado dezesseis homens. Me questionei quantos teriam se somado à conta.

— Você está preocupado com eles — comentei, pensando no *Marigold*.

— Eles vão ficar bem. — Dava para ver que era a ele mesmo que buscava tranquilizar, não a mim. — Quanto antes sairmos daqui, melhor.

Uma batida suave soou à porta, e nós dois paralisamos. Hesitei antes de me levantar, fazendo careta quando os pontos em minha perna repuxaram. As saias amassadas farfalharam enquanto eu andava descalça sobre os carpetes e, quando abri a porta, uma mulher baixa estava no corredor com um vestido novo nos braços. Era de um tecido rosa-claro delicado, quase da mesma tonalidade que coloria as paredes do quarto.

Clove ainda estava encostado à balaustrada no salão, a caixa de moedas a seus pés. Ele tinha passado a noite toda ali fora.

— Vim para vesti-la — disse a mulher, erguendo os olhos para mim.

— Não sou uma boneca — disparei. — Não preciso ser vestida.

Atrás dela, Clove abafou um riso.

A mulher pareceu confusa.

— Mas os ganchos...

Peguei o vestido e fechei a porta antes que ela terminasse. A vestimenta tremeluziu quando a ergui, examinando-a. Era espalhafatosa, com gola alta e saia plissada.

West pareceu pensar o mesmo, crispando-se como se doesse olhar para ela.

Eu larguei a roupa em cima da cama com um bufo e levei a mão aos fechos do vestido azul que estava usando. Os de cima se soltaram com um estalo e, quando não consegui alcançar os do centro, resmunguei.

Coloquei a mão no bolso das saias e encontrei a faca. West observou da janela enquanto eu encaixava a lâmina ao longo da costura nas costelas, puxando. A cintura ajustada se soltou com o rasgo e desci o corpete até a coisa toda cair amontoada no chão. Minhas costelas e meus ombros doíam, finalmente livres da seda restritiva.

West observou a roupa de baixo e as anquinhas encaixadas ao redor do meu quadril.

— Mas que p...

Eu o cortei com um olhar, entrando no vestido novo e apertando os botões até onde conseguia. Quando meus dedos não alcançaram mais o próximo, West terminou de abotoar com a cara amarrada. As mangas curtas mostrariam minha cicatriz e, por um momento, o pensamento me incomodou. Eu estava acostumada a cobri-la.

Soltei os grampos do cabelo e deixei que caísse solto ao meu redor antes de dar uma chacoalhada. Os fios de um ruivo intenso se espalharam sobre meus ombros, escuros em contraste com a cor clara do corpete. Quando abri de novo a porta, a mulher ainda estava lá, um par de sapatos do mesmo tecido rosa em suas mãos delicadas.

Ela arregalou os olhos ao ver a seda azul rasgada no chão ao meu lado.

— Minha nossa.

Mas se recompôs, deixando os sapatos no chão. Os calcei um por vez com o vestido apertado nos ombros. Ela se arrepiou ao ver a cicatriz em meu braço, e soltei as saias, esperando a criada parar de encarar.

Suas bochechas ficaram carmesim.

— Vou levá-la para o café da manhã.

Ela baixou a cabeça como quem pedia desculpa.

West já esperava no corredor com Clove. A mulher tomou o cuidado de dar a volta por eles, como se tivesse medo de encostar nos dois, e Clove pareceu satisfeito. Ele se afastou, deixando que ela passasse, e a criada nos conduziu de volta pela escada. O corredor que tínhamos seguido na noite anterior estava cheio de luz do sol, passando pelas janelas que iam do piso ao teto. Retratos pintados decoravam a parede interna, suas cores escuras e saturadas representando rostos de homens e mulheres vestindo mantos e enfeitados por joias.

As moedas na caixa de Clove tilintavam enquanto seguíamos a mulher, lado a lado, pelos degraus curvos.

— Está na hora de me contar o que é que está acontecendo — falei em voz baixa.

Clove voltou os olhos para West, desconfiado.

— Você sabe o que está acontecendo. Aceitei a recompensa de Holland e trouxe Zola de volta dos Estreitos a Bastian.

— Mas por quê? — Clove era leal a Saint, mas não era idiota e não se arriscava à toa. Alguma coisa ele ganharia com aquilo. — Por que você viria até aqui por ordens de Saint?

Ele arqueou a sobrancelha, irritado.

— A recompensa era muito boa — disse, e bateu na caixa de prata embaixo do braço. — Vou usar o dinheiro para começar uma frota nova sob o brasão de Saint.

— Como assim? Por que não começar por conta própria?

Clove riu, balançando a cabeça.

— Você gostaria de ser concorrente dele?

Não. Ninguém em sã consciência gostaria. Essa era uma forma de todos conseguirem o que queriam.

— Fazia mais de um ano que eu estava tentando convencer Zola a voltar a Bastian, mas ele não estava interessado. Tinha medo demais de Holland.

— Até me usarem como isca — murmurei. — Se Saint queria me usar para trazer Zola a Holland, ele sabia onde eu estava. Poderia ter me tirado de Jeval a qualquer momento. — Clove continuou andando ao meu lado, em silêncio. — Por que agora?

Ele voltou o olhar para trás, na direção de West, e parei, as saias escapando dos dedos.

— Então, eu tinha razão. — Eu o encarei. — A questão é, sim, West.

West alternou o olhar entre nós, mas não disse nada. Era provável que já estivesse pensando o mesmo.

Fazia tempo que Saint estava trabalhando contra Zola, mas, quando entendeu que eu o tinha usado para ajudar West, vira uma maneira de resolver não um, mas dois problemas. Ele levaria Zola para Bastian e me tiraria do *Marigold*.

— Aquele desgraçado — rosnei, rangendo os dentes.

West me observou pelo canto do olho, o músculo de seu maxilar tenso. Uma vez, ele tinha me dito que nunca se livraria de Saint. Eu estava começando a desconfiar que tinha razão.

Demos mais duas voltas até chegarmos diante de um par de portas largas que davam para um solário enorme. Paredes de vidro subiam até o teto que emoldurava o céu azul, tornando a luminosidade tão forte que precisei piscar para deixar meus olhos se ajustarem.

No centro da sala tinha uma mesa redonda servida com abundância, em que Holland esperava.

O cinto ao redor de sua cintura era cravejado de espirais de esmeralda, a mesma pedra que pendia da corrente de ouro ao redor de seu pescoço. Refletiu a luz quando ela se virou para as janelas com vista para a cidade, uma xícara de chá na mão.

West a estudou, uma pergunta indecifrável nos olhos.

Nossa escolta parou à porta, fazendo sinal para entrarmos, e dei um passo para dentro da sala com West ao meu lado e Clove atrás de mim.

— Bom dia — disse Holland, os olhos na paisagem dourada diante de nós. — Sentem-se, por favor.

O solário estava cheio de plantas, tornando o ar quente e úmido. Folhas largas e trepadeiras sufocantes subiam pelas janelas, e brotos de todas as cores estavam espalhados ao longo de frondes e ramos.

Levei a mão à cadeira, mas um rapaz apareceu atrás de nós, puxando-a para mim. Eu me sentei com cautela, contemplando o banquete à mesa.

Doces e bolos estavam dispostos em arranjos ornamentados; e frutinhas frescas, empilhadas em tigelas de porcelana branca. Minha boca se encheu d'água pelo cheiro de açúcar e manteiga, mas West e Clove mantiveram as mãos no colo. Fiz o mesmo.

— É como olhar para o passado. — Holland pousou a xícara com cuidado sobre o pires diante dela. — Você é igual à sua mãe.

— Você também — falei.

Isso a fez contorcer um pouco a boca, mas era verdade. Eu via minha mãe em todos os seus ângulos, apesar dos anos e do cabelo prateado. Holland tinha a mesma beleza selvagem e indomada de Isolde.

— Imagino que ela nunca tenha contado sobre mim — chutou, inclinando a cabeça para o lado com curiosidade.

— Não — respondi honestamente.

Não havia por que mentir.

— Admito que, quando Zola me mandou mensagem dizendo que estava me trazendo a filha de Isolde, não acreditei. Mas não havia por que negar. — Seus olhos me perpassaram de novo. — Ainda estou tentando entender como você me passou despercebida. Nada acontece no mar sem que eu fique sabendo.

Mas eu sabia a resposta àquela pergunta. Ninguém além de Clove sabia quem eu era, e eu tinha passado quatro anos em Jeval, longe da curiosidade de qualquer pessoa. Pela primeira vez, eu me perguntei se esse era um dos motivos para Saint me deixar lá.

— Isolde era cabeça-dura — murmurou ela. — Linda. Talentosa. Mas muito cabeça-dura.

Fiquei em silêncio, prestando muita atenção nos cantos de sua boca. No movimento de seus olhos. Mas a superfície de Holland não revelava nada.

— Ela tinha 17 anos quando partiu a bordo do *Luna* sem nem se despedir. Acordei um dia e ela não desceu para o café da manhã. — Holland pegou uma xícara, que tremeu em sua mão quando deu outro gole de chá quente. — Se o pai dela já não estivesse morto, isso o teria matado.

Ela escolheu um doce da bandeja, servindo-o no prato enquanto as portas se abriram atrás de nós. Um homem entrou na sala, o paletó abotoado até o pescoço e o chapéu nas mãos. Demorei um momento para reconhecê-lo. O capitão do porto.

West pareceu se dar conta no mesmo momento, virando de leve na cadeira para se manter de costas para ele.

O homem parou ao lado da mesa antes de entregar um rolo de pergaminhos para Holland.

— O *Luna* está sendo desmantelado agora. Há um bom número de suprimentos, mas nenhum estoque. As velas são boas.

— Bom, vela é sempre útil — murmurou Holland, olhando os pergaminhos. — A tripulação?

— No cais procurando trabalho — respondeu ele.

Olhei de soslaio para Clove, pensando nos dragadores. Se Holland tinha pegado o *Luna*, eles não deviam ter sido pagos. Deviam estar todos procurando passagem de volta a Jeval.

— Risque a vaga do registro. Não quero ninguém investigando — disse Holland.

West apertou o braço da cadeira. Ela não tinha apenas matado Zola. Estava afundando o navio e acobertando o fato de que ele estivera em Bastian. Quando acabasse, seria como se o *Luna* nunca tivesse atracado.

— Quero o *Luna* no fundo do mar antes do pôr do sol. Não preciso que o Conselho de Comércio fique sabendo disso antes da reunião.

Clove encontrou meus olhos do outro lado da mesa. Meu único palpite era que ela estivesse falando sobre a reunião do Conselho de Comércio que acontecia entre os Estreitos e o mar Inominado em Sagsay Holm.

O capitão do porto respondeu com um grunhido.

— Um navio não programado também está anotado lá. — Ele apontou para a página nas mãos de Holland. — O *Marigold*.

Fiquei rígida no mesmo instante, minha xícara acertando o pires com um pouco de força demais. Ao meu lado, o silêncio de West me deixou arrepiada. Ele parecia prestes a se lançar da cadeira e cortar a garganta do homem.

Holland olhou de relance para mim.

— Não acho que precisamos nos preocupar com eles. Você acha?

— Não — respondi, sustentando seu olhar.

Havia uma troca a ser feita ali. Eu só não sabia qual.

Holland dispensou o capitão do porto e entregou os pergaminhos para ele, que acenou antes de se virar e voltar na direção das portas.

Eu o observei sair, rangendo os dentes. Se o capitão do porto estava na mão de Holland, não acontecia nada naquele cais sem que ela soubesse.

— Agora — começou, entrelaçando as mãos em cima da mesa enquanto voltava a olhar para Clove. — Imagino que você consiga voltar para os Estreitos.

— Parece que você acabou de mandar afundarem o navio em que vim — retrucou Clove, irritado.

— Vou cuidar disso, então. Mas tenho mais uma coisa que preciso que você faça.

— Trouxe o criminoso. — Ele apontou para a caixa de prata. — E você já pagou.

— Estou disposta a dobrar — barganhou Holland.

Clove estreitou os olhos, desconfiado.

— Sou todo ouvidos.

Ela pegou uma frutinha, erguendo-a diante de si.

— Saint.

O barulho de meu coração pulsou em meus ouvidos, e apertei a asa da xícara com força.

Clove apoiou os cotovelos em cima da mesa.

— O que você quer com Saint?

— O mesmo que queria de Zola. Reparação. Minha filha morreu a bordo do seu navio, e ele vai pagar por isso. Ele foi convidado para a reunião do Conselho de Comércio em Sagsay Holm. Quero que se certifique de que ele não venha.

Clove fixou os olhos na mesa, pensando. Eu quase escutava suas engrenagens girando, formulando. Tentando tramar algum tipo de plano que nos tiraria daquela confusão. Quando abri a boca para falar, ele me silenciou com um discreto movimento de cabeça.

Eu me dei conta de que o envolvimento de Saint na caçada não era a única coisa sobre a qual Clove guardava segredo. Ele também tinha mantido escondido o fato de que Saint era meu pai.

— Quer o serviço ou não? — insistiu Holland.

Prendi a respiração. Se ele recusasse, ela contrataria outra pessoa.

Clove a fitou nos olhos.

— Quero.

Coloquei as mãos no colo, torcendo os dedos nas saias. Holland tinha encontrado uma maneira de chegar ao outro lado do mar, nos Estreitos, e eliminar Zola. Agora ela queria Saint.

— Ótimo — concluiu, e colocou a frutinha na boca, mastigando. — E agora você — declarou, desviando a atenção para West.

Ele a olhou de volta, esperando.

— Quando Saint estiver fora do caminho, toda uma rota comercial vai ser deixada à deriva. Ninguém deve conhecer a operação de Saint melhor do que o timoneiro do navio-sombra dele.

E aí estava a outra parte do plano. Holland não queria apenas vingança. Também eram negócios.

— Não tenho interesse — respondeu West, categórico.

— Vai ter — disse Holland, retribuindo seu olhar fixo. — Alguém como eu sempre tem uso para os talentos de alguém como você. Vou recompensar bem.

Mordi a bochecha, observando West com cuidado. Sua expressão estoica escondia o que quer que ele estivesse pensando.

— Se o que ouvi sobre você é verdade, não é nada de que não daria conta — continuou Holland.

— Você não sabe nada sobre mim — disse ele.

— Ah, sei, sim.

Ela sorriu. Um silêncio desconfortável encheu o espaço entre nós quatro antes de seus olhos voltarem a pousar em mim. Ela se levantou, dobrando o guardanapo de pano com cuidado e colocando- -o em cima da mesa.

— Agora, Fable. Há algo que quero mostrar para você.

DEZESSETE

AS PORTAS DA CASA AZIMUTE SE ABRIAM PARA A LUZ ofuscante do fim da manhã. Holland estava no alto da escadaria, uma silhueta cintilante. Ela era etérea, seu cabelo prateado comprido descendo sobre a capa bordada com fios de ouro que flutuava atrás dela ao descer para a rua.

West hesitou no degrau mais alto, observando-a. Seu casaco estava desabotoado, o colarinho da camisa branca, aberto, e vento soprava seu cabelo, desgrenhando o penteado da noite anterior.

— Não gosto disso — disse ele, mantendo a voz baixa.

— Nem eu — murmurou Clove atrás de mim.

West ergueu os olhos para o porto ao longe. Porém, dali, era impossível distinguir os navios. Àquela altura, a tripulação do *Marigold* estaria preocupada e, se o capitão do porto estivesse na mão de Holland, ele estaria de olho neles. Só me restava torcer para que eles fossem discretos e esperassem, como West havia ordenado.

Holland alternou o olhar entre nós três com uma dúvida que me deixou incomodada. Não estávamos mais nos Estreitos, mas as mesmas regras se aplicavam. Quanto menos ela soubesse sobre quem West e Clove eram para mim, melhor.

Descemos a escada para a rua atrás dela. A cidade toda já parecia estar trabalhando. Não deixei de notar a expressão das pessoas quando Holland passava, e West também não. Ele foi olhando ao redor, para janelas e becos, e seu silêncio me deixava mais nervosa a cada minuto.

Clove não tinha me contado em detalhes o que West fizera por meu pai, mas tinha dito o suficiente para me dar medo do que West era capaz. Do que estaria disposto a fazer se pensasse que Holland era perigosa e o que isso custaria a ele.

Nem um dia antes, eu estava com medo de nunca o ver de novo. O mau pressentimento voltou, pesando no centro de meu peito, e cheguei mais perto dele. Sua mão se aproximou da minha, mas ele não a pegou, seu punho se cerrando. Como se, a qualquer momento, fosse me pegar e correr para o porto.

Parte de mim queria que ele fizesse isso. Mas havia uma mudança de poder nos Estreitos. Zola morrera, e Holland estava de olho em Saint. Sangue à parte, aquele não era um bom sinal para o *Marigold*. Para sairmos bem da situação, precisávamos saber o que estava por vir.

As moedas no baú de Clove chacoalharam enquanto ele andava ao meu lado. Não aceitara a oferta de Holland de guardar o dinheiro no escritório dela e, agora, estava chamando a atenção de quase todos na rua enquanto nos dirigíamos ao píer mais distante no lado sul de Bastian. O brasão de Holland estava pintado em seu bloco, com docas privativas tão longe da costa que cada uma conseguia abrigar três navios com facilidade. Era diferente de tudo o que eu já tinha visto nos Estreitos. Parecia mais um pequeno porto do que um cais de embarque.

Os homens às portas as abriram quando chegamos à entrada. Holland não diminuiu o passo, seguindo o corredor central, onde inúmeras baias enchiam o chão. As áreas de trabalho eram divididas em retângulos com vigas de madeira lustrada, cada profissional usando um avental com o brasão de Holland gravado no couro.

Não eram o tipo de trabalhadores que enchiam Ceros. Usavam camisas brancas limpas, o cabelo penteado ou trançado, e estavam de banho tomado. Holland gostava de manter o posto como mantinha sua casa: arrumado. E a maneira como eles não encontravam seus olhos à medida que ela passava demonstrava o medo que sentiam dela.

Observei as pessoas nas baias enquanto passávamos. Alguns pareciam joalheiros limpando pedras, desbastando a rocha exterior em rubis brutos ou lapidando os pedaços menores e quebrados de safiras. Diminuí o passo ao ver um homem cortando um diamante amarelo. Ele trabalhava com movimentos ágeis, fazendo a incisão na pedra mais por memória muscular do que por visão. Ao acabar, ele o deixou de lado e passou para a próxima.

— É tudo o que construí nos últimos quarenta anos. — A voz de Holland soou atrás de mim. — Tudo o que Isolde deixou para trás.

A pergunta era por quê. Era a mesma que eu vinha me perguntando desde o momento em que o *Luna* atracara.

Bastian era linda. Se havia áreas pobres, eu ainda não tinha visto nenhuma. Todos sabiam que havia emprego mais do que suficientes, e muitas pessoas saíam dos Estreitos em busca de estágios e oportunidades ali. O que havia tirado Isolde do mar Inominado?

Voltei o rosto para West. Ele estava no centro do corredor, os olhos seguindo pelo píer enorme.

— Não deveríamos estar aqui — disse ele, de repente.

West passou a mão pelo cabelo, tirando-o do rosto com um movimento familiar que mostrava que estava tenso. Não era apenas Holland. Algo mais o preocupava.

A passagem se abria para um longo corredor, e Holland não esperou por nós, seguindo a passos acelerados na direção de três homens que estavam diante de um batente fechado por veludo grosso. Holland tirou as luvas das mãos e desabotoou a capa ao entrar. Quando Clove se afundou na poltrona de couro ao lado da porta, ela lhe lançou um olhar fulminante.

A sala escura se iluminou quando um dos homens riscou um fósforo longo e acendeu as velas ao longo das paredes. O espaço parecia uma versão mais refinada e luxuosa do posto de Saint no Apuro. Mapas estavam pendurados nas paredes, tinta vermelha marcando os contornos da terra, e resisti ao impulso de erguer a mão e seguir sua rota com os dedos. Eram mapas de mergulho.

— Você é dragadora — disse Holland, me observando estudar os mapas. — Como sua mãe.

— Sou.

Ela deu uma meia risada, abanando a cabeça.

— Essa não é a única coisa que eu não entendia naquela menina. — Sua voz ficou mais baixa: — Ela sempre foi inquieta. Acho que não havia nada neste mundo que poderia acalmar o mar dentro dela.

Mas eu sabia que não era verdade. A Isolde que eu conhecia era serena, feita de águas profundas. Talvez Holland estivesse contando a verdade sobre ela, mas isso foi antes de Saint. Antes de mim.

Li as lombadas dos livros que cobriam as prateleiras até meus olhos pousarem em uma caixa de vidro atrás da escrivaninha. Estava vazia. Uma almofadinha de cetim, atrás de uma placa gravada que eu não conseguia ler.

Holland pareceu contente por meu interesse.

— Meia-noite — disse, seguindo meu olhar para a caixa.

Ela encostou a mão no topo, batendo um anel no vidro.

Virei a cabeça para o lado, observando-a. Meia-noite era uma pedra que existia apenas em lendas. E, se ela tivesse uma, a teria exposto no baile.

Holland sorriu com ironia.

— Ela também não contou isso?

— Contou o quê?

— Na noite em que Isolde desapareceu, a meia-noite que estava nesta caixa também sumiu.

Cruzei os braços, fechando a cara.

— Minha mãe não era ladra.

— Nunca a tomei por uma. — Holland se sentou na poltrona acolchoada, pousando uma mão em cada braço. — Você já viu? Uma meia-noite?

Ela sabia a resposta. Ninguém nunca tinha visto. O pouco que eu sabia sobre a pedra era o que tinha ouvido nas histórias de marinheiros e mercadores supersticiosos.

— É uma joia bem peculiar. Preta opaca com inclusões violeta — contou Holland. — Foi descoberta em um mergulho na Constelação de Yuri.

Eu conhecia o nome dos mapas do mar Inominado. Era um conjunto de recifes.

— Foi Isolde quem a encontrou.

Descruzei os braços, deixando que as mãos caíssem nas laterais do corpo. Ao meu lado, West estudava meu rosto, buscando alguma evidência da verdade.

— É mentira. Ela teria me contado.

Voltei os olhos para Clove, que estava tomando o cuidado de se manter despercebido. Quando finalmente encontrou meus olhos, desviou o rosto.

Era, *sim*, verdade.

— Tem certeza? — insistiu Holland. — Todo mercador que se preze, assim como os dois Conselhos de Comércio compareceram à cerimônia de revelação na Casa Azimute e nenhum deles relataria que é um mito. — Holland ergueu a cabeça. — Teria mudado tudo. Tomado o comércio de assalto. Mas, alguns dias depois, Isolde sumiu. E a meia-noite também.

Eu a encarei, sem saber o que dizer. Havia uma acusação em sua voz. Suspeita.

— Não sei nada da meia-noite — respondi.

— *Hmm.*

Holland sugou os lábios.

Eu não sabia se acreditava em mim, mas não estava mentindo. Nunca tinha ouvido minha mãe falar daquilo.

Uma batida à porta quebrou o silêncio entre nós e a tensão de Holland se desfez.

— Entre.

A porta se abriu e, do outro lado, um rapaz não muito mais velho do que eu estava esperando com um rolo de pergaminhos preso por uma tira de couro embaixo do braço.

— Está atrasado — repreendeu Holland. — Alguém viu você?

— Não.

O olhar gélido dele pousou nela quando entrou. Eu mal tinha visto alguém encarar Holland nos olhos, mas ele encarava. Sem qualquer reserva.

O rapaz parou diante da escrivaninha dela, esperando com os pergaminhos nas mãos cobertas de cicatrizes. Eram as cicatrizes de um ourives, riscando os nós dos dedos e cercando a palma das mãos. Eu as segui pelos braços, onde desapareciam sob as mangas arregaçadas.

Lá, logo abaixo do cotovelo, havia uma tatuagem preta em seu antebraço. A forma de duas cobras enroscadas, uma comendo o rabo da outra.

Dei um passo à frente, estudando o formato dela. Era exatamente a mesma tatuagem que Auster tinha. Exatamente no mesmo lugar.

Os olhos de West perpassaram o homem em silêncio. Ele também notou.

Eu nunca tinha perguntado a Auster sobre a marca. Não era raro comerciantes terem tatuagens. Mas, se ele era de Bastian, não podia ser uma coincidência.

— Me mostre — resmungou Holland.

O garoto apontou a cabeça para mim e West.

— Não os conheço.

— Pois é. Não conhece — concordou Holland, fria. — Agora me mostre.

Ele hesitou antes de soltar a tira de couro ao redor dos pergaminhos, desenrolando-os com cuidado sobre a escrivaninha. A página se abriu em um desenho traçado com tinta preta fina no estilo de um diagrama de navio. Mas não era um navio. Dei um passo para perto, observando o pergaminho.

Era um bule.

Holland se inclinou para a frente, estudando a representação minuciosamente.

— Tem certeza de que consegue fazer esse tipo de trabalho?

Ela passou o dedo sobre as dimensões escritas.

Não havia como alguém conseguir. Eu nunca tinha visto nada parecido. O bule ficava dentro de uma câmara prateada com recortes geométricos, o projeto cravejado por diferentes pedras preciosas facetadas. A margem as listava em ordem alfabética: âmbar, fluorita, jade, ônix, topázio. Parecia que a câmara giraria, criando uma miríade de colorações.

— Se acha que não consigo, mande um de seus aprendizes fazer.

Gostei da maneira como ele a encarava, sem se abalar. Clove também. Ele observava o jovem com um sorriso irônico.

— Se eu tivesse alguém com habilidade para fazer isso, não teria contratado você, Ezra. — Sua voz baixou: — Henrik disse que você consegue. Se ele estiver errado, é *ele* quem vai me *pagar* pelo erro.

Ezra fechou os pergaminhos, dando um nó nos laços de couro.

— Mais alguma coisa?

Voltei a atenção à tatuagem de novo e, quando ergui o rosto, Ezra estava me observando, seus olhos descendo para a marca.

Holland bateu um dedo na escrivaninha metodicamente.

— Você tem dez dias. Preciso disso em mãos antes da reunião do Conselho de Comércio em Sagsay Holm.

Fiquei rígida, lembrando o que ela dissera de manhã. Também era o prazo para dar cabo de Saint.

Ezra respondeu com um aceno. Ele encontrou meus olhos uma vez mais antes de se virar, passando pela porta e voltando a desaparecer no corredor.

— O que é? — perguntei, observando a porta se fechar.

— Um presente. — Ela colocou as mãos de volta sobre a escrivaninha. — Para os Conselhos de Comércio dos Estreitos e do mar Inominado.

O jogo de chá devia valer uma tonelada de moedas. Se era um presente, ela estava se preparando para fazer um pedido aos Conselhos de Comércio. Um que exigia persuasão. Mas eu ainda não conseguia descobrir qual. Ela tinha despachado Zola, restando apenas Saint para enfrentar em Ceros. Mas Holland nem negociava lá. Eu nunca tinha visto um navio com seu brasão em nenhum porto. Depois de ver sua operação, não fazia sentido que sua rota excluísse os Estreitos. Ela era conhecida muito além do mar Inominado, com poder e riqueza lendários. Então por que não negociava em Ceros?

A única explicação era que, por um motivo ou outro, Holland *não podia* velejar nos Estreitos.

— Você não tem licença para negociar nos Estreitos, tem? — perguntei, juntando as peças.

Ela pareceu impressionada.

— O Conselho de Comércio dos Estreitos acha que, se eu tiver permissão de abrir minha rota em Ceros, afundaria os comerciantes nascidos nos Estreitos.

E afundaria mesmo.

— Construí esse império com minhas próprias mãos, Fable — disse ela. — Eu não tinha nada quando comecei e, agora, vou deixar o mar Inominado com o comércio de joias mais poderoso que já se viu.

Eu via em seus olhos que era o que ela queria que eu enxergasse. O sucesso. O poder.

— Resta apenas um problema. Esse império não tem herdeiro.

West ficou imóvel ao meu lado, a tensão emanando dele no silêncio ensurdecedor. Clove também me observava. Mas minha atenção estava em Holland. Meus olhos se estreitaram e meus lábios se abriram enquanto eu tentava destrinchar as palavras.

— Você nem me conhece.

Ela abriu um sorriso aprovador.

— Quero mudar isso.

— Não preciso de um império. Tenho uma vida e uma tripulação. Nos Estreitos.

As palavras doeram enquanto eu as falava. Estava tão desesperada para voltar ao *Marigold* que sentia as lágrimas ameaçando subir.

— A oferta não é só para você. — Ela olhou para West. — Gostaria que considerassem vir para minha frota.

— Não.

West deu sua resposta tão rapidamente que Holland mal tinha terminado de falar quando ele abriu a boca.

— Não vai nem me ouvir?

— Não, não vou — respondeu ele, sem piscar.

Ela não mais parecia achar graça. Parecia irritada. Dei um passo involuntário na direção de West e ela notou, alternando o olhar entre nós dois. Eu tinha revelado demais.

— Gostaria que tirasse uma noite para pensar em minha oferta. Se ainda não quiserem quando o sol nascer, estão livres para ir.

Mordi a bochecha, observando a forte faísca de luz em seus olhos. Em uma única noite, eu tinha descoberto mais sobre minha mãe do que em toda a vida. Saint não era o único com segredos, e eu me sentia traída.

Se Holland estivesse contando a verdade sobre Isolde, ela era uma ladra. Uma mentirosa. Nunca tinha contado da minha avó no mar Inominado nem sobre a mais importante descoberta de joias pela qual ela era responsável. Mas havia certas coisas em minha mãe que eu sabia ser verdade. Coisas em que eu confiava. Se ela destruíra a única chance que Holland tinha de entrar nos Estreitos, tinha um motivo.

E havia mais em jogo do que Holland estava revelando. Eliminar Zola e Saint não era apenas vingança. Era estratégia. Eles eram os dois comerciantes mais poderosos, ambos estabelecidos em Ceros. Ela estava abrindo caminho antes de fazer sua jogada com o Conselho.

Saint não era o único que estava jogando a longo prazo.

DEZOITO

O HOMEM DE HOLLAND NOS GUIOU DE VOLTA PELA ESCADA, e passei a mão pelo corrimão, erguendo os olhos para a claraboia envidraçada sobre nós. Poeira reluzia no vidro como as facetas de uma joia.

— Fable.

A voz de West me fez piscar. Ele estava na ponta do corredor com Clove, o rosto cheio de apreensão.

Soltei o corrimão e cerrei o punho. Ele me esperou entrar no quarto e fechou a porta, deixando Clove de fora.

Vasculhei a mesa atrás de um fósforo e acendi as velas. Pela janela, eu via o sol se pôr além do horizonte. Quando voltasse a nascer, estaríamos a caminho do porto.

— Vai aceitar?

As palavras de West encheram o silêncio. Senti um aperto no peito ao erguer os olhos para ele, o fósforo fumegante ainda na mão. Ele estava tenso, a dureza nele transparecendo.

— O quê?

— Vai aceitar a oferta de Holland?

Virei para ele.

— Jura que está me perguntando isso?

Ele não retribuiu meu olhar. Baixou o rosto para o chão entre nós.

— Estou.

Peguei seu cotovelo e esperei que ele olhasse para mim.

— Falei que não queria.

O semblante de alívio em seu rosto era mais óbvio do que ele gostaria de demonstrar, eu sabia. Mas West não pareceu se convencer.

— Não dá para confiar nela, Fable — murmurou. — Mas nem por isso você precisa recusar a oferta.

— Parece que você *quer* que eu aceite. — Eu me afundei na cadeira ao lado da janela. Baixando o tom de voz, perguntei: — O que foi?

Ele estava impossível de interpretar, permaneceu em silêncio por um longo momento antes de finalmente responder:

— Precisamos conversar.

Eu não sabia se estava pronta para o que ele tinha a dizer.

— Não temos que conversar.

— Temos, sim.

— West...

— É melhor conversarmos antes de você decidir.

— Falei que já tomei minha decisão — insisti.

— Pode ser que você mude de ideia quando ouvir o que tenho a dizer.

Meu coração bateu disparado sob a pele, minha mente acelerada. Eu não sabia por que de repente sentia medo. Desde o momento em que Saint me dissera que West não era quem eu pensava, eu vinha prendendo a respiração. Esperando para ver onde surgiria a ruptura entre nós. Talvez fosse ali.

— Você não sabe tudo do meu trabalho com Saint. Tenho certeza de que já entendeu isso a essa altura. — Ele colocou as mãos nos bolsos e mordeu o lábio antes de continuar: — Eu trabalhava em um navio, como pivete da Orla. O timoneiro era aquele de quem contei. Ele não era um homem bom.

Ainda me lembrava da cara de West quando ele me contara que o timoneiro o havia espancado no casco do navio.

— Nossa rota nos colocava em Ceros por dois dias a cada três semanas e, uma noite, quando atracamos, fui para a Orla para ver Willa. Quando cheguei, soube que havia alguma coisa errada, mas ela não queria me contar. Precisei sair perguntando para descobrir que alguém que trabalhava na taverna estava passando por lá quando eu não estava e roubando dela e de minha mãe. Toda vez que eu zarpava, ele aparecia. O maldito sabia que não havia ninguém para detê-lo, e Willa não me contou porque tinha medo do que eu faria.

Eu vira esse sentimento no rosto de Willa, o medo de West fazer justiça com as próprias mãos. Era isso que ela estava tentando evitar ao vender sua adaga no gambito em Dern. Estava tentando manter West fora da situação.

— Cheguei à taverna quase de manhã e, quando o encontrei, ele estava bêbado. Do contrário acho que eu não teria conseguido... — West hesitou, os olhos passando pelo chão como se enxergasse a lembrança. — Ele estava sozinho à mesa. Nem parei para pensar. Não fiquei com medo. Só andei até ele e coloquei as mãos ao redor de seu pescoço e uma calma tomou conta de mim. Foi como se... foi tão *fácil*. Ele caiu da cadeira, esperneando, tentando se livrar das minhas mãos. Mas continuei apertando. Apertei até ele parar de se mexer.

Eu não sabia o que dizer. Tentei imaginá-lo, com seus 14 anos talvez, estrangulando um adulto no meio de uma taverna vazia. Seu cabelo claro ondulado caído no rosto. Sua pele dourada sob a luz do fogo.

— Não sei quanto tempo demorei para me dar conta de que ele tinha morrido. Quando finalmente soltei, fiquei parado, olhando para o homem. E não senti nada. Não me senti mal pelo que tinha feito. — West engoliu em seco. — Quando finalmente ergui os olhos, havia só uma outra pessoa na taverna, sentado ao balcão. Eu não o tinha visto até aquele momento. E ele estava me observando. — West encontrou meus olhos. — Era Saint.

Eu também o imaginava, sentado ao balcão, de casaco azul e um copo verde na mão. As engrenagens girando.

— Sabia quem ele era. Eu o reconheci. A princípio, Saint não disse nada. Continuou tomando seu uísque de centeio e, quando terminou, me ofereceu um lugar na tripulação. Ali mesmo, na hora. Aceitei, claro. Pensei que qualquer coisa seria melhor do que o timoneiro para quem eu trabalhava. E era. Saint era justo comigo. Por isso, quando começou a me pedir favores, eu fazia.

— Que tipo de favores? — sussurrei.

West soltou um suspiro profundo.

— Atracávamos e, às vezes, algo precisava ser feito. Às vezes, não. Dar punições por dívidas não pagas. Machucar pessoas que não se deixavam intimidar. Afundar operações ou sabotar estoques. Eu fazia o que ele pedia.

— E Sowan?

Seus olhos faiscaram. Ele não queria falar de Sowan.

— Foi um acidente.

— Mas o que aconteceu?

Sua voz ficou mais baixa de repente.

— Saint me pediu para cuidar de um mercador que estava trabalhando contra ele. Botei fogo no depósito do homem quando paramos lá em nossa rota. A tripulação não sabia — falou, quase consigo mesmo. Mas essa era a parte da história que ele já havia me contado. — Quando atracamos em Dern, descobri que tinha uma pessoa no depósito quando ateei o incêndio.

Eu estava lá quando o mercador contou para ele. Tinha visto o semblante de confusão que passou entre Paj e os outros, mas eles deviam desconfiar do que West fazia para Saint. Eles eram inteligentes demais para não terem notado.

Um milhão de coisas perpassou minha mente, mas rápido demais. Eu não conseguia me agarrar a uma ideia só. Saint estava certo sobre eu não conhecer West. Zola também. Eu só tinha visto os lados de West que ele tinha escolhido mostrar para mim.

— Todos fizemos coisas para sobreviver — comentei.

— Não é isso o que estou tentando dizer. — O ar ao nosso redor mudou quando ele continuou: — Fable, preciso que entenda uma coisa.

Fiz o que precisava fazer. Não gostava, mas tinha uma irmã e uma mãe que precisavam do meu salário, e eu tinha um lugar em uma tripulação que me tratava bem. Sabia que não era certo, mas, se pudesse voltar, acho que faria tudo de novo — disse West, com muita sinceridade. — Não sei o que isso faz de mim. Mas é verdade.

Aquelas palavras pareciam ser as que mais pesavam. Porque ele estava falando a verdade. Não havia culpa a ser colocada nas costas de ninguém mais. *Esse* era West, e ele não estava mentindo.

— É por isso que Saint não queria perder você. Por isso que deu um navio-sombra para você comandar. — Passei a mão no rosto, muito cansada de repente. — Mas por que não me contou? Pensou que eu não descobriria?

— Eu sabia que teria que contar para você do meu trabalho com Saint. Só queria... — Ele hesitou. — Eu tinha medo de você mudar de ideia. Sobre mim. Sobre o *Marigold*.

Eu queria dizer que não teria mudado. Que não faria diferença. Mas não sabia se era bem verdade. Uma coisa era trabalhar para meu pai. Ele, eu *conhecia*. Não havia mistério sobre quem ele era ou o que queria. Mas West era diferente.

— Vamos ter que encontrar uma forma de confiar um no outro — falei.

— Sim.

Eu sabia que West estava enrolado com meu pai, mas aquilo era diferente. West era o motivo por que as pessoas temiam Saint. Ele era a sombra que Saint projetava sobre tudo a seu redor. O tesouro do *Lark* não estava comprando apenas a liberdade de West de meu pai. Estava comprando sua alma.

— Se você não soubesse do *Lark*... se não precisasse salvar o *Marigold*, teria me admitido na tripulação?

— Não — respondeu West, sem pestanejar.

Meu coração se apertou, lágrimas brotando em meus olhos.

— Acredito que não. Eu ia querer você o mais longe possível de mim — admitiu ele. — Em certo sentido, parte de mim ainda se arrepende de termos votado para aceitar sua entrada.

— Como pode falar isso? — questionei, indignada.

— Porque eu e você nos amaldiçoamos, Fable. Sempre vamos ter algo a perder. Eu sabia disso naquele dia no Laço de Tempestades quando te beijei. Sabia disso em Dern quando falei que te amava.

— Então por que falou?

Ele ficou em silêncio por tanto tempo que achei que não responderia. Quando finalmente se pronunciou, sua voz era cavernosa:

— Na primeira vez que a vi, você estava na doca nas ilhas barreiras. Tínhamos atracado em Jeval pela primeira vez, e eu estava buscando você. Uma menina de cabelo ruivo-escuro e sardas, com uma cicatriz no braço esquerdo, Saint disse. Levou dois dias para você aparecer.

Eu também me lembrava daquele dia. Foi a primeira vez que negociei com West. A primeira vez que vi o *Marigold* na costa.

— Você estava negociando com um comerciante, pedindo um preço melhor pela pira que estava oferecendo. E, quando alguém gritou do convés no navio dele e o homem olhou para cima, você tirou uma laranja-vermelha de um dos caixotes que ele levava. Como se todo o motivo para estar lá fosse esperar o momento em que ele não estivesse olhando. Você guardou a laranja na bolsa e, quando ele se virou de novo, voltou a discutir.

— Não me lembro disso — admiti.

— Eu, sim. — A sombra de um sorriso se ergueu nos lábios dele. — Depois daquele dia, toda vez que ancorávamos em Jeval, eu sentia um aperto no peito. — West ergueu o braço, passando a mão por dentro do casaco aberto, como se o estivesse sentindo naquele momento. — Como se eu ficasse sem ar, com medo de você não estar no cais. De estar morta. E, quando acordei em Dern e você não estava lá, a dor voltou. Eu não conseguia encontrar você.

Sua voz vacilou, cortando as palavras. Ele parecia tão pesado. Tão cansado.

— Você me encontrou. E não estou interessada na oferta de Holland.

— Tem certeza?

— Tenho.

Ele se abrandou, seu olhar mais familiar. O som do vento assobiou fora da janela, e seus ombros finalmente relaxaram.

— Mas o que você vai fazer em relação a Saint? — perguntei, voltando a pensar em meu pai.

— Como assim?

— Holland está atrás dele, West. É só questão de tempo até ela se dar conta de que Clove não vai cumprir o trato. Ela vai dar outro jeito.

— Cortamos laços com ele. — West deu de ombros. — Saint pode se virar sozinho.

Franzi a testa. Tentei entender o que ele estava dizendo.

— Não podemos nos envolver, Fable. Saint nos deixou lidar com Zola quando estávamos sem recursos. Agora ele que se resolva com Holland. Você não deve nada a ele.

— Não se trata de dever. Se trata do futuro dos Estreitos.

Era quase verdade.

West suspirou, passando a mão no cabelo ondulado.

— É por isso que precisamos voltar a Ceros — disse ele.

Para mim, não era tão simples. Se Holland conseguisse licença para negociar nos Estreitos, não importava quanto dinheiro o *Marigold* tinha. Ela acabaria com todos os comerciantes em questão de dias.

Mais perigoso do que isso era o fato de que a ideia de algo acontecer com Saint me deixava em pânico. Apavorada. Eu não gostava de ainda ser instintivamente leal a ele se ele não era leal a mim. Mas isso ia além de implorar um lugar na sua tripulação ou de ele me abandonar em Ceros. Se Holland colocasse as mãos em Saint, eu o perderia para sempre. E não importava o que ele tinha feito ou por quê. Eu não podia deixar isso acontecer.

West não conseguia ver isso. Jamais conseguiria.

— Amanhã, vamos sair de Bastian e ir para casa — completou ele.

Concordei com a cabeça, erguendo a mão para pegar a sua.

Ele me fitou, baixando os olhos para minha boca. Mas não saiu do lugar.

— Vai me beijar? — sussurrei.

— Não sabia se você ainda queria que eu a beijasse.

Eu me levantei, ficando na ponta dos pés. Ele encostou a testa na minha antes de entreabrir os lábios, e soltei o ar que estava prendendo desde que acordara a bordo do *Luna*. Eu queria chorar, a dor em meu peito se abrindo e me enchendo de alívio. Porque já estivera ali antes, vezes e mais vezes, em sonho, desde que saíra dos Estreitos. Mas, dessa vez, era verdade. Dessa vez, eu não acordaria. West estava vivo, aconchegado em meus braços. E seu toque em mim vibrava em cada gota de meu sangue.

Eu não sabia o que esperava que ele dissesse ou que explicações ele teria para o passado. Mas West não tinha nenhuma.

Mais do que isso, não tinha nem arrependimentos.

Não sei o que isso faz de mim.

Suas palavras voltaram a sussurrar em minha mente enquanto eu tocava o rosto dele e seus braços apertavam ao meu redor. Mas não senti medo dele como pensei que sentiria. Eu me sentia segura. Não sabia se poderia amar alguém semelhante ao meu pai, mas amava. Com um amor profundo e suplicante. Com um amor assustador.

E eu não sabia o que isso fazia de *mim*.

DEZENOVE

FIQUEI ACORDADA OUVINDO A RESPIRAÇÃO DE WEST. SOAVA como as ondas batendo na costa de Jeval em dias quentes, subindo depressa e descendo devagar.

Eu não achava que me lembraria de nenhuma dessas coisas ao sair de Jeval — a cor de seus baixios, a extensão do céu ou o som da água. Aqueles quatro anos tinham ficado tanto sob a sombra da perda de minha mãe e da saudade de meu pai que a dor havia consumido luz e trevas. Até West. Até o dia em que o *Marigold* apareceu nas ilhas barreiras, suas velas estranhas em formato de asas arqueadas sob o vento. Levei quase seis meses para não pensar que toda vez que eu o via zarpar era a última. Eu tinha começado a confiar em West muito antes de me dar conta. Mas ainda não sabia se ele confiava em mim.

Um lampejo de luz se acendeu sob a porta, e o esperei desaparecer. Pela janela, faltava mais de uma hora para amanhecer, e o céu estava preto.

Saí dos braços pesados de West e me sentei, escutando. A Casa Azimute estava em silêncio, exceto pelo som de passos leves na escada que descia para o salão. Meus pés descalços encontraram o tapete felpudo, e me levantei, segurando as saias nos braços para não farfalharem. West estava mergulhado em um sono profundo, seu rosto tranquilo pela primeira vez desde que o tinha visto no baile.

A maçaneta rangeu baixo enquanto eu a puxava, abrindo a porta. Clove roncava encostado na parede, as pernas cruzadas na frente dele e o baú de moedas embaixo do braço.

O brilho de uma lanterna balançava ao longo da parede, e espiei sobre a balaustrada para ver uma cabeleira prateada lá embaixo. Holland, de robe de cetim, seguia pelo corredor.

Olhei para o quarto escuro atrás de mim antes de passar por cima das pernas de Clove e seguir a luz. O brilho banhava o piso diante de mim enquanto eu virava um corredor após o outro no escuro e, quando cheguei ao fim de um, se apagou.

À frente, uma porta estava aberta.

Andei a passos silenciosos, observando a sombra de Holland se mexer sobre o mármore, e a luz caiu sobre meu rosto quando espiei pela fresta. Era uma sala com painéis de madeira, uma das paredes coberta por mapas sobrepostos, todas as outras com candelabros de bronze instalados. Holland estava no canto, contemplando uma pintura pendurada sobre a escrivaninha. Minha mãe usava um vestido verde-esmeralda com um broche de pedra violeta, o rosto iluminado pela luz de velas.

Abri a porta e nossos olhares se cruzaram.

Holland ergueu um dedo, secando o canto do olho.

— Boa noite.

— Quase manhã, já — respondi, entrando.

Holland rolou os olhos pelo meu vestido amassado.

— Desço aqui quando não consigo dormir. Não adianta ficar deitada na cama se posso trabalhar um pouco.

Mas ela não parecia estar trabalhando. Holland parecia ter descido para ver Isolde.

Ela tirou um fósforo longo de uma caixa em cima da escrivaninha e observei sua mão flutuar sobre as velas. Quando o último pavio se acendeu, ela soprou o fósforo e estudei os mapas iluminados encaixados na parede oposta. Exibiam um sistema detalhado de recifes, mas não era um arquipélago qualquer. Esse eu já tinha visto.

Constelação de Yuri.

Dei um passo para perto, lendo as anotações escritas em tinta azul ao longo das margens dos diagramas. Áreas diferentes foram riscadas, como se alguém as tivesse marcado metodicamente. Era um mapa de mergulho, como os que meu pai pendurava no alojamento do timoneiro do *Lark*. E isso só podia significar uma coisa.

Holland ainda estava procurando pela meia-noite.

Atrás dela, estava pendurado outro grande retrato de um homem em uma moldura dourada. Ele era bonito, com o cabelo escuro, olhos cinza e o queixo altivo. Mas havia uma simpatia em seu rosto. Algo caloroso.

— É meu avô? — perguntei.

Holland sorriu.

— É. Oskar.

Oskar. O nome parecia combinar com o homem no retrato, mas eu tinha certeza de que nunca tinha ouvido minha mãe falar dele.

— Ele foi aprendiz do pai, que era um sábio das pedras, mas tinha dado o coração às estrelas. Contra os desejos de seu bisavô, Oskar passou a ser navegador celestial.

Imaginei que era daí que a Casa Azimute tinha tirado seu nome, assim como o projeto.

— Ele foi o melhor de seu tempo. Não havia um comerciante no mar Inominado que não reverenciasse o trabalho dele, e quase todos os navegadores naquelas águas foram aprendizes dele em um momento ou em outro. — Ela sorriu com orgulho. — Mas ele ensinou para Isolde o ofício de sábio das pedras quando viu do que ela era capaz.

A tradição de sábios das pedras era passada para a frente de geração em geração, e só para pessoas que tinham o dom. Minha mãe notara cedo que eu o tinha. Eu me perguntei quanto tempo Oskar tinha demorado para percebê-lo em minha mãe.

Ergui a mão, tocando o canto de outro retrato. Parecia o mesmo homem, mas ele estava mais velho. Seu cabelo branco estava curto, ondulando ao redor das orelhas.

— Estranho que sua mãe nunca tenha falado dele para você. Eles eram muito próximos, desde que ela era pequena.

— Ela não me contou muitas coisas.

— Temos isso em comum. — Holland sorriu com tristeza. — Ela sempre foi um mistério para mim. Mas Oskar... ele a entendia como nunca a entendi.

Se era verdade, por que ela nunca tinha me contado dele? A única explicação em que eu conseguia pensar era que ela não quisesse correr o risco de alguém descobrir que era filha das pessoas mais poderosas do mar Inominado. Isso traria problemas por si só. Mas eu não conseguia ignorar a sensação de que o motivo para minha mãe nunca ter me contado sobre Holland era que ela não queria ser encontrada. Que, talvez, Isolde tivesse medo dela.

— Eu só soube que ela teve uma filha quando recebi a mensagem de Zola. Não acreditei nele, mas então... — Ela inspirou fundo. — Vi você.

Olhei de novo para o retrato de minha mãe, comparando-me com ela. Era como olhar em um espelho, exceto que havia algo suave nela. Algo intocado. Seus olhos pareciam me seguir pela sala, sem nunca saírem de mim.

— Ela chegou a contar para você de onde tirou seu nome? — perguntou Holland, tirando-me dos meus pensamentos.

— Não. Não contou.

— Escolho de Fable — disse, andando até a escrivaninha.

Ela empurrou uma pilha de livros, revelando um mapa da costa de Bastian pintado no tampo da escrivaninha. Passou o dedo ao longo das bordas irregulares de terra, traçando-o na água até o que parecia uma ilhazinha.

— Era o esconderijo dela quando queria ficar longe de mim. — Holland riu, mas havia um leve rancor ali. — O farol no escolho de Fable.

— Um farol?

— É — respondeu. — Ela não tinha mais do que 8 ou 9 anos quando começou a desaparecer por dias inteiros. Depois reaparecia de repente como se nada tivesse acontecido. Levamos quase dois anos para descobrir aonde estava indo.

Meu peito se apertou, fazendo meu coração se acelerar. Eu não gostava que aquela mulher, uma desconhecida, soubesse tanto sobre minha mãe. Não gostava que soubesse mais do que eu.

— Como ela morreu? — perguntou Holland de repente, e seu olhar ficou apreensivo, como se tivesse precisado criar coragem para perguntar.

— Tormenta — respondi. — Ela se afogou no Laço de Tempestades. Holland piscou, soltando o ar que estava segurando.

— Entendi. — Um longo silêncio recaiu sobre nós antes que ela voltasse a falar: — Perdi o rastro de Isolde por anos depois que ela deixou a tripulação de Zola. Só soube que tinha morrido a bordo do *Lark* um ano atrás.

— É por isso que quer Saint?

— É um dos motivos — corrigiu ela.

Eu não sabia o que era do conhecimento de Holland sobre Saint e Isolde, mas havia um peso em meu peito desde aquela manhã, quando ela tinha falado o nome dele. Se Holland quisesse Saint morto, era provável que conseguisse. E esse pensamento me fazia sentir que eu estava afundando, sem ar nos pulmões, observando a luz da superfície se afastar sobre mim.

West tinha deixado claro que Saint teria que se virar sozinho, mas, mesmo se ela não o matasse, só tiraria o comércio dele por cima de seu cadáver. Não importava o que havia acontecido quatro anos antes, nem naquela noite no *Lark*. Não importava o que havia acontecido no dia em que ele me abandonara em Jeval. No momento em que ele me entregara aquele mapa do Laço ou na manhã em que eu roubara dele o colar de minha mãe. Tudo ficou claro, com cores vibrantes e nítidas.

Saint era um desgraçado, mas era meu. Pertencia a mim. E, ainda mais inacreditável, eu o amava de verdade.

— Mudei de ideia — falei antes que pudesse pensar duas vezes.

Holland arqueou a sobrancelha ao erguer os olhos para mim.

— Reconsiderando minha oferta?

Mordi o lábio, a visão de Saint à escrivaninha ressurgindo. A luz fraca e nebulosa. O copo de uísque na mão. O cheiro de fumaça de charuto enquanto examinava seus registros. Dei um passo na direção dela.

— Quero fazer um acordo.

Ela se aproximou, sorrindo.

— Sou toda ouvidos.

— Eu não estava mentindo quando disse que Isolde nunca me contou sobre a meia-noite. Mas sei que você ainda está procurando por ela. — Olhei de canto de olho para os mapas. — E sei que consigo encontrá-la.

Isso a fez ficar em silêncio. Havia uma quietude repentina em Holland, puxando as sombras da sala para seus olhos.

— Faz anos que tenho tripulações em busca desse depósito. O que faz você pensar que consegue encontrar?

— Dragar não foi a única coisa que minha mãe me ensinou.

Ela não pareceu nem um pouco surpresa.

— Então, você *é* uma sábia das pedras. Estava na dúvida.

— Você poderia ter perguntado.

Ela riu um pouco.

— Acho que é verdade. — Ela se levantou da cadeira, dando a volta pela escrivaninha. — Você disse que quer fazer um *acordo*. O que quer de mim?

— Sua palavra. — Olhei em seus olhos. — Se eu encontrar a meia-noite para você, vai deixar Saint em paz.

Isso pareceu pegá-la de surpresa. Holland estreitou os olhos.

— Por quê? O que você tem com ele?

— Devo a ele — respondi. — Mais nada.

— Não acredito em você.

— Não estou nem aí se acredita.

Ela curvou um canto de sua boca para cima enquanto tamborilava o dedo sobre a escrivaninha.

— Não quero seu império, mas vou encontrar a meia-noite. Quando encontrar, terei sua palavra de que não vai encostar em Saint. Nem no comércio dele.

Estendi a mão entre nós.

Holland a encarou, pensando. Dava para ver que ela estava me medindo, tentando avaliar do que eu era capaz.

— Acho que talvez Saint seja mais para você do que eu imaginava. Que ele era mais para Isolde do que eu imaginava.

Ela não era idiota. Estava juntando as peças. Sabia que Saint era o timoneiro de Isolde, mas não sabia que ele era seu companheiro. E eu não esclareceria isso para ela.

— Temos um acordo ou não?

Ergui a mão entre nós.

Ela a apertou, sorrindo de modo que a luz de velas reluziu em seus olhos.

— Temos.

VINTE

BASTIAN ERA LINDA NO ESCURO DA MADRUGADA. Eu estava à janela com as pontas dos dedos encostadas no vidro frio, observando o tremeluzir dos candeeiros de rua. A Casa Azimute ficava no alto da colina, com vista para a paisagem como uma sentinela, e fazia sentido. Holland estava de olho em tudo o que acontecia na cidade. O cais. Os mercadores. O Conselho de Comércio. E agora tinha voltado os olhos para Ceros.

Era apenas questão de tempo até ela fazer o mesmo nos Estreitos.

Os mapas nas paredes do escritório de Holland estavam enrolados e amarrados com barbante sobre a mesa ao lado da porta. Ela tinha me olhado nos olhos ao dá-los para mim, uma centelha de reconhecimento me mantendo imóvel. Naquele momento, eu tinha sentido como se estivesse olhando para minha mãe.

Houve uma mudança no ritmo das respirações de West e dei as costas para a janela. Ele estava sobre as mantas, um braço embaixo do travesseiro e, mesmo sob a luz fraca, eu via que a cor voltava às bochechas dele.

Era por isso que eu não o tinha acordado. Por isso que passara a última hora em silêncio no escuro, esperando que ele abrisse os olhos. Mas, na verdade, eu também estava com medo.

Sentei na ponta da cama, observando seu peito subir e descer. Ele franziu a testa, de olhos ainda fechados, e inspirou fundo, assustado. Abriu os olhos e eu os assisti entrar em foco, desesperados. Ele passou o olhar turvo pelo quarto até me encontrar. Quando me viu, soltou o ar.

— Qual é o problema?

Estendi a mão, envolvendo os dedos em seu cotovelo. Sua pele estava quente; seu pulso, acelerado.

Ele se sentou, tirando o cabelo do rosto. Seus olhos foram para a janela e percebi que ele estava procurando pelo porto. Pelo *Marigold*.

— Precisamos ir. Zarpar antes de o sol nascer.

Meu coração pulsou nos ouvidos quando ele se levantou, rangendo os dentes.

— Não podemos. — Entrelacei os dedos para minhas mãos não tremerem. — *Eu* não posso.

Quase no mesmo instante, o rosto de West mudou. Ele se virou na minha direção, de costas para o céu escuro.

— Como assim?

O som de sua voz estava pastoso de sono.

Abri a boca, tentando encontrar uma maneira de dizer. Repeti as palavras várias e várias vezes em minha cabeça, mas agora me escapavam.

Devagar, seu olhar foi se transformando de preocupação em medo.

— Fable.

— Não posso voltar aos Estreitos com você — soltei. — Ainda não.

Seu rosto virou pedra.

— Do que você está falando?

Soube no momento em que fizera o acordo com Holland que isso teria um preço com West. Mas eu tinha que acreditar que conseguiria resolver.

— Ontem à noite — comecei, e engoli em seco —, fiz um acordo com Holland. Um de que você não vai gostar.

A cor se esvaiu de suas bochechas.

— Do que você está falando?

— Eu...

Minha voz vacilou.

— O que você fez, Fable?

— Vou encontrar a meia-noite. Para Holland.

— Em troca de quê? — Suas palavras eram cortantes.

Era o momento que eu temia. O lampejo de fúria em seus olhos. A tensão em seu maxilar.

Apertei a língua nos dentes. Quando eu dissesse, não daria para voltar atrás.

— Saint. — Descruzei as pernas, saindo da cama, e West deu um passo para trás. — Se eu encontrar a meia-noite para Holland, ela vai deixar Saint em paz.

Demorei um momento para entender o semblante no rosto de West. Era incredulidade.

— Onde você estava com a cabeça?

Eu não tinha uma resposta para isso. Não que ele fosse capaz de entender.

— Preciso fazer isso, West.

— Nós combinamos — murmurou ele. — Combinamos que cortaríamos laços com ele.

— Eu sei.

Engoli em seco.

Ele se virou para a janela, contemplando o mar ao longe.

— Está na Constelação de Yuri. Consigo encontrar.

— E se não conseguir?

— Consigo. Sei que consigo. — Tentei parecer segura. — Vou levar uma das tripulações dela e...

As palavras se perderam quando ele se virou para olhar para mim.

A raiva silenciosa de West encheu o quarto ao nosso redor.

— Não vou deixar Bastian sem você.

— Não estou pedindo para você ficar. — Torci os dedos na camisola. — Leve o *Marigold* de volta a Ceros e vou encontrar vocês.

Ele pegou o casaco pendurado no encosto da cadeira e vestiu as mangas.

— Quando você firmou esse acordo, firmou por nós dois.

Eu estava com medo de que ele dissesse isso. Era exatamente o que eu teria dito se West fizesse o que fiz. Mas a tripulação nunca concordaria. Ele perderia a votação antes de terminar de contar o que eu tinha feito.

— West, desculpa.

Ele ficou parado, vasculhando meus olhos.

— Diga que tudo isso não tem a ver com o que contei ontem à noite.

— Como assim?

Ele sugou o lábio inferior.

— Acho que você aceitou fazer esse acordo porque não sabe se quer voltar para os Estreitos.

— Os Estreitos são minha casa, West. Estou falando a verdade. Isso é por mim e Saint. Nada mais.

Ele murmurou algo baixo enquanto abotoava o colarinho.

— O que foi? No que você está pensando?

— Acho que você não quer saber no que estou pensando — respondeu, baixo.

— Quero, sim.

Ele hesitou, deixando um longo silêncio se estender entre nós antes de responder finalmente:

— Estou pensando que eu estava certo.

— Sobre o quê?

Um pouco de vermelho brotou sob a pele dele.

— Quando você me pediu para entrar na tripulação, eu disse que, se tivesse que escolher entre nós e Saint, você escolheria Saint.

Meu queixo caiu, um som baixo escapando de minha garganta.

— Não é o que está acontecendo, West.

— Não?

Seus olhos estavam frios quando se ergueram para encontrar os meus.

Eu me retraí, a palavra cortando fundo.

— Não estou escolhendo Saint em vez de vocês — repeti, mais alto. Mais brava. — Se fosse Willa, você faria o mesmo.

— Saint não é Willa — disparou West em resposta. Ele estava rígido, ainda me dando as costas. — Ele abandonou você, Fable. Quando você foi até ele em Ceros, ele não te quis.

— Eu sei — respondi, com a voz fraca.

— Então por que está fazendo isso?

Eu mal conseguia colocar as palavras para fora. Olhando para West, era como se elas tivessem perdido o sentido.

— Eu não posso deixar que nada aconteça com ele.

West me encarou, o olhar ficando mais frio.

— Olhe em meus olhos e diga que *nós* somos sua tripulação. Que o *Marigold* é sua casa.

— É — respondi, a convicção em minha voz fazendo a dor brotar em meu peito.

Não pisquei, desejando que ele acreditasse.

Ele pegou o vestido na ponta da cama e o entregou para mim.

— Então vamos.

VINTE E UM

A LUZ DAS LAMPARINAS AINDA BRILHAVA NAS VITRINES das lojas na colina. West se manteve perto de mim, suas pisadas longas acertando as tábuas de madeira ao lado das minhas. Ele não tinha falado quase nada desde que saímos da Casa Azimute, mas o ar entre nós ecoava com seu silêncio. Ele estava zangado. Furioso, até.

Eu achava compreensível. West tinha saído dos Estreitos para me encontrar, e eu o tinha prendido na rede de Holland.

Clove também tinha ficado enfurecido quando contei para ele. Sobretudo porque era ele quem teria que lidar com meu pai. Ele nos seguiu pelas ruas estreitas, seu baú de moedas precioso ainda colado ao braço. Eu não o tinha visto sair de suas mãos desde que Holland o entregara para ele.

Eu estava com o estômago embrulhado ao chegar à entrada do porto e meu coração subiu pela garganta quando o *Marigold* apareceu.

Era lindo, sua madeira cor de mel iluminada pela luz matinal. O mar estava claro e azul atrás dele, e as velas novas eram brancas como creme fresco, bem enroladas nos mastros. Mais de uma vez, eu tinha me perguntado se o veria de novo.

Aquela mesma sensação que eu tinha toda vez que o via nas ilhas barreiras — alívio profundo — tomou conta de mim, fazendo minha boca tremer. Quando percebeu que eu tinha parado, West se virou, erguendo os olhos para mim do pé da escada. Seu cabelo foi soprado pelo vento, e ele o ajeitou atrás das orelhas antes de tirar o gorro do bolso e vesti-lo.

Segurei as saias e o segui. O cais estava movimentado com estoques a serem registrados e timoneiros esperando suas aprovações do capitão do porto de Bastian. Ele estava na entrada da doca maior, debruçado sobre uma mesa de pergaminhos quando passei. O livro que tinha mostrado a Holland estava aberto, registrando os navios que chegaram durante a noite. Mais uma hora e aqueles registros provavelmente estariam na escrivaninha dela.

Meus passos vacilaram quando um rosto que eu reconhecia foi iluminado pelo brilho de uma fogueira em barril. Calla estava com a cabeça envolta por um lenço, os músculos dos braços marcando a pele enquanto ela abria um caixote com a mão. O outro ainda estava pendurado em uma tipoia pelos dedos que eu tinha quebrado.

Passei os olhos pelas outras docas em busca de algum sinal de Koy, mas não o vi. Ele e todos os outros a bordo do *Luna* deviam estar procurando trabalho, como o capitão do porto dissera, arranjando todo o dinheiro possível até entrarem para outra tripulação ou comprarem passagem de volta aos Estreitos.

À frente, a proa do *Marigold* estava escura exceto por uma única lamparina que cintilava com uma chama amarela. Uma silhueta pequena estava pintada contra o céu.

Willa.

Ela se debruçou na amurada, olhando para nós. Seus dreads estavam erguidos no alto da cabeça como uma corda enrolada. Eu não via seu rosto, mas ouvi o longo suspiro que escapou de seus lábios quando nos avistou.

A escada se desenrolou um momento depois, e Clove subiu primeiro. West a segurou para eu alcançar os degraus. Como ele não olhou para mim, virei de frente, esperando.

— Estamos bem? — perguntei.

— Estamos — respondeu West, me encarando, mas ainda frio.

Queria que ele tocasse em mim. Que me segurasse na doca para que a sensação do mar revolto dentro de mim se acalmasse. Mas havia uma distância entre nós que não estava lá antes. E eu não sabia como diminuí-la.

Subi a escada e, quando cheguei ao alto, Willa estava diante do leme, olhando para Clove com apreensão. Mas ele estava totalmente desinteressado nela, encontrando um caixote na proa para sentar e erguer as botas.

Quando ela voltou a atenção para mim, seu rosto estava contorcido; sua boca, aberta.

— *O que* você está vestindo?

Baixei os olhos para o vestido, envergonhada, mas, antes que eu pudesse responder, um sorriso largo se abriu nos lábios dela. A cicatriz na bochecha reluziu, branca. Passei por cima da amurada e ela me envolveu em seus braços, me abraçando com tanta firmeza que eu mal conseguia respirar.

Willa me soltou, inclinando-se para trás para me olhar.

— Que bom ver você.

Concordei com a cabeça, fungando, e ela pegou minha mão, apertando. Meus olhos arderam pela demonstração de afeto. Eu tinha sentido saudade dela. De todos eles.

Passos soaram embaixo e, um momento depois, Paj estava subindo os degraus, seguido por Auster. Ele estava sem camisa, seu cabelo preto comprido e brilhante caindo sobre os ombros.

— Nosso amuleto de azar! — gritou Paj da porta aberta do aposento do timoneiro enquanto cruzava o convés na minha direção. — E ela está de saia!

Ele me deu um tapa tão forte nas costas que cambaleei para os braços de Auster. Sua pele nua era quente quando encostei a bochecha corada em seu peito. Ele cheirava a água do mar e sol.

Atrás dele, Hamish estava na passarela coberta, fulminando Clove com os olhos.

— O que ele está fazendo aqui?

Clove deu uma piscadela para ele.

— Subi para tomar um chá.

Hamish ergueu o queixo para mim e depois para West.

— Vocês estão atrasados. Dois dias atrasados.

Sua boca carregava uma expressão severa.

— As coisas não correram como o planejado — murmurou West.

— Ficamos sabendo de Zola — comentou Paj. — As pessoas no cais andam falando e ontem alguém veio desmantelar o *Luna*.

— O desgraçado teve o que merecia — bufou Willa. — Onde você estava?

Paj começou a seguir para o alojamento do timoneiro.

— Pode nos contar depois. Vamos dar o fora daqui.

Willa concordou com a cabeça, seguindo na direção do mastro de proa.

— Esperem — falei.

Cerrei os punhos dentro dos bolsos do casaco e, quando senti o olhar de West em mim, não ergui o rosto. Não queria ver sua expressão quando eu dissesse aquilo.

Mas ele me interrompeu, dando um passo à frente para olhar para a tripulação.

— Tem algo que precisamos fazer antes de voltarmos a Ceros.

— West...

Peguei seu braço, mas ele se desvencilhou, virando-se para Paj.

— Trace a rota para a Constelação de Yuri.

Todos na tripulação pareceram tão confusos quanto eu.

— Como é que é?

— Constelação de Yuri? — Willa alternou o olhar entre nós. — Que história é essa?

— West — baixei a voz —, não.

— E o que exatamente vamos fazer na Constelação de Yuri? — perguntou Hamish, com sua melhor tentativa de paciência.

— Não vamos fazer nada lá. Eu vou — respondi. — É um trabalho de dragagem. Uma coisa pontual. Quando acabar, encontro vocês em Ceros, ok?

— Qual é a porcentagem?

Hamish voltou a colocar os óculos, à vontade desde que estivéssemos falando de números.

Engoli em seco.

— Nenhuma.

— O que está acontecendo, Fable? — perguntou Paj, dando um passo em minha direção.

— Assim que eu cuidar disso, volto aos Estreitos. Podem pegar minha parte do *Lark* e...

— Fable fez um acordo com Holland. — A voz de West ecoou entre nós sobre o convés.

A confusão nos olhos da tripulação se transformou no mesmo instante em desconfiança.

— Que acordo? — questionou Auster.

— Vou encontrar algo para ela.

Paj bufou.

— Por quê?

Passei a mão no rosto.

— Holland é...

— Mãe de Isolde — completou Clove, exasperado.

— Holland é sua *avó*?

Hamish tirou os óculos do rosto. Ficaram pendurados na ponta de seus dedos.

— Só fiquei sabendo na noite do baile — esclareci, olhando fixamente para o convés. — Ela está atrás de Saint e eu disse que encontraria algo para ela se o deixasse em paz.

Outro silêncio súbito e ululante caiu sobre o navio.

— Você não pode estar falando sério — reclamou Paj, com a voz rouca. — Você é parente de *todos* os desgraçados daqui até os Estreitos?

— Nem pensar que vamos aceitar um trabalho para salvar a pele de Saint — disparou Willa.

— Concordo — disse Hamish.

— Eu sei. — Era exatamente o que eu esperava que eles dissessem. — É por isso que vou fazer isso sozinha.

— Não vai, não. E não vamos votar — interveio West. — Trace a rota para a Constelação de Yuri.

Todos os olhos se voltaram para ele.

— West — sussurrei.

— Como assim? — Willa quase riu.

— Vamos para a Constelação de Yuri. Vamos fazer o mergulho e depois ir para casa.

Paj saiu da amurada, cruzando os braços.

— Está me dizendo que não podemos opinar?

— Não. Não é isso que ele está dizendo — respondi.

— É exatamente isso que eu estou dizendo — interrompeu West. — O *Marigold* vai para a Constelação de Yuri.

— O que você está fazendo? — perguntei, pasma.

— Estou dando ordens. Quem não quiser segui-las que arranje passagem de volta para os Estreitos.

Os tripulantes o encararam, incrédulos.

— Você faz alguma ideia do que fizemos para chegar aqui? Para encontrar você? — disparou Willa. Desta vez, ela estava falando comigo. — E agora quer salvar o homem que infernizou nossa vida nos últimos dois anos?

Na proa, Clove observou como quem achava graça. Ele cruzou os braços ao redor do baú no colo, olhando de West aos outros.

— Você ainda não nos disse o que deveríamos dragar — disse Auster, com calma.

Ele parecia ser o único que não estava prestes a dar um soco na cara de West.

— Antes de sair de Bastian, minha mãe roubou uma coisa de Holland — contei. — Meia-noite.

Paj arregalou os olhos, e Willa estreitou os dela. Auster gargalhou, mas o som se esvaiu em silêncio quando viu minha expressão.

— Espera, está falando sério?

— Está na Constelação de Yuri. Nós só temos que encontrar.

— Não existe *nós* — rosnou Paj. — Não para isso.

Eu me arrepiei, dando um passo para trás. Paj não hesitou.

— Ninguém nunca nem viu! — exclamou Hamish. — Nem deve ser verdade. Não passa de uma história que algum Sangue Salgado desgraçado contou numa taverna.

— É verdade — disse Clove, sua voz grave silenciando-os.

Hamish abanou a cabeça.

— Mesmo se for, nenhum outro pedaço de meia-noite foi dragado desde que foi descoberta por Holland.

— Se minha mãe a encontrou, também posso encontrar — garanti.

A chama de sempre se reacendeu nos olhos de Willa.

— Vocês são loucos. Vocês dois.

— Quero tudo pronto até o fim do dia. Partimos ao amanhecer — declarou West.

Os quatro o encararam, furiosos. Depois de mais um momento, ele se desencostou do mastro da mezena, passando a mão no cabelo antes de desaparecer pela passarela coberta. Eu o observei sumir no aposento do timoneiro antes de segui-lo.

A luz da sala passava pela porta aberta e as tábuas do assoalho rangeram quando entrei. O cheiro familiar da cabine de West entrou em meus pulmões, e me abracei, observando o cordão de pedras de serpente pendurado na janela.

— O que foi aquilo? — perguntei.

West tirou um copo verde de uísque de centeio da escrivaninha e ergueu a mão para a antepara, tateando a extensão dela. A barra da camisa subiu, mostrando um pedaço de pele bronzeada, e eu mordi a bochecha.

Finalmente encontrou o que estava buscando e tirou uma garrafa âmbar da viga. Ele a desarrolhou, enchendo o copo.

— Ando tendo um sonho — confessou. — Desde Dern.

Eu o observei pegar o copo e um silêncio desconfortável se estendeu entre nós.

Ele virou o uísque, engolindo com dificuldade.

— Sobre aquela noite em que matamos Crane.

West estendeu o copo para mim.

Eu o peguei, pensando se era por isso que ele tinha acordado com um susto de manhã na Casa Azimute.

Ele pegou a garrafa, voltando a encher o copo.

— Estamos em cima do convés sob o luar e ergo a tampa do caixote. — Ele deixou o uísque de centeio em cima da escrivaninha, o maxilar ficando tenso. — Mas não é Crane quem está dentro. É você.

O frio formigou minha pele, me deixando arrepiada, e o uísque de centeio chacoalhou no copo. Eu o levei aos lábios e inclinei a cabeça para trás, virando-o.

— Você está bravo comigo. Não com eles.

Ele não negou.

— Você não pode obrigá-los a ir à Constelação de Yuri.

— Posso, sim — disse ele, com firmeza. — Sou o timoneiro deste navio. Meu nome está na escritura.

— Não é assim que essa tripulação funciona, West.

Ele passou os olhos por mim para a janela escura.

— Agora é.

A dor em minha garganta tornou difícil engolir. Ele tinha tomado a decisão no momento em que eu contara do meu acordo com Holland. Nada que eu dissesse mudaria a situação.

— Não é certo. Você deveria levar o *Marigold* de volta aos Estreitos.

— Não vou levar o *Marigold* a lugar nenhum a menos que você esteja nele — afirmou West, e pareceu odiar as palavras.

Era disso que ele estava falando quando declarou que estávamos amaldiçoados. West estava disposto a desafiar a tripulação para não me deixar no mar Inominado. Ele já estava pagando o preço por aquele dia no Laço de Tempestades e aquela noite em sua cabine, quando falou que me amava.

Nós dois pagaríamos pelo resto de nossas vidas.

VINTE E DOIS

— LE ESTÁ TRAZENDO!

A voz de Hamish chamando da janela me fez largar a pena em cima da mesa. Saí do banco e fui até as portas da taverna, abertas para a rua. Paj estava caminhando sobre os paralelepípedos com três pergaminhos enrolados embaixo do braço, seu colarinho erguido para se proteger do vento implacável. Ele passou por um grupo de homens a caminho da casa de comércio, quase derrubando um.

Clove tinha se oferecido para ir ao cartógrafo, sem confiar em Paj para fazer isso. Ele não confiava que nosso navegador poderia levar o *Marigold* à Constelação de Yuri e voltar, nem tentara esconder. Mas eu tinha outras missões para Clove.

Olhei para a rua de novo, buscando algum sinal dele. Estava atrasado.

Coloquei as mãos nos bolsos da calça nova que Willa tinha ido comprar para mim a contragosto. Era bom me livrar daquele vestido ridículo e calçar um par de botas.

Paj atravessou a porta um momento depois. Seguiu para a mesa em que tínhamos nos instalado e largou os mapas de qualquer jeito ali. Mal olhou para mim. Na verdade, nenhum deles tinha olhado em minha direção o dia todo.

West ignorou a demonstração de Paj de indignação, arregaçando as mangas da camisa.

— Certo. O que temos?

— Veja você mesmo — resmungou Paj.

— Paj — advertiu Auster, arqueando a sobrancelha.

Ao lado dele, Willa parecia aprovar o protesto de Paj. Ela bufou, dissolvendo mais um cubo de açúcar no chá frio.

Paj cedeu sob a repreensão de Auster, abrindo os mapas em cima do diário que Holland tinha me dado.

— A meia-noite foi encontrada na Constelação de Yuri. É o único lugar possível. Segundo os registros, fazia mais de um mês que a tripulação vinha dragando as ilhas quando Isolde a encontrou, e eles continuaram lá por semanas depois — contou West. Ele colocou um dedo sobre o agrupamento de massas de terra. — Desde então, a tripulação de Holland dragou todo o possível daqueles recifes. Primeiro do norte, descendo até o sul. Depois do sul, subindo até o norte.

— Mas não encontraram nada — murmurei.

— Óbvio — respondeu Paj, cortante. — Estão trabalhando nisso há quase vinte anos e percorreram todos os recifes em que a tripulação de Holland estava trabalhando na época em que Isolde encontrou a meia-noite. Dizer que é uma missão impossível é pouco.

Eu me sentei na beira da mesa.

— Onde estão as cartas geológicas e topográficas?

Ele revirou as orelhas dos mapas até encontrar o que estava buscando e o puxou.

— Aqui.

Os diagramas se desenrolaram diante de mim. A extensão do mar Inominado estava marcada em cores diferentes e as grossuras das linhas identificavam os tipos de rocha e profundezas da água. A maioria dos recifes era cercada de basalto, ardósia e arenito, localizações privilegiadas para encontrar boa parte das pedras que dominavam o comércio de joias. Mas, se minha mãe havia encontrado a meia-noite em um único lugar e Holland não havia conseguido localizá-la desde então, estávamos buscando algo diferente.

— O que é isso?

Apontei para duas ilhas no canto do mapa marcadas com o símbolo de quartzo.

Como Paj apenas me encarou, Auster tirou o registro da mão dele. Traçou o dedo pela página até encontrar.

— Irmãs Esfênio.

Eu já tinha ouvido falar dali. Era um par de recifes na Constelação de Yuri de onde a maior parte do esfênio amarelo e verde ainda era dragada, conhecido por sua forma triangular na rocha.

— Parece que ainda tem um depósito ativo de ágata azul lá, mas o serpentinito acabou. Foi tudo dragado — acrescentou Auster.

— Alguma outra?

— Só um pouco de ônix aqui e ali.

Estreitei os olhos, pensando.

— Quando foi a última vez que a tripulação de Holland dragou ali?

Paj finalmente falou, mas ainda estava de cara fechada:

— Dois anos atrás. — Ele passou a mão por cima de mim, para mexer no mapa. — Esse é o que parece mais interessante. — Apontou para os pontos pretos entre as duas longas penínsulas. — Bem rico em crisocola, e não é dragado há pelo menos dez anos.

Era *mesmo* interessante. Crisocola costumava ser encontrada em depósitos pequenos, espalhados por grandes extensões de água. O suficiente para cobrir dez anos de dragagem era raro.

— Mais algum que chame atenção?

— Não muito. Holland foi metódica, cuidadosa para não pular nada entre um e outro.

Mas, se era aquele o quadrante em que eles estavam trabalhando quando Isolde encontrara a meia-noite, só podia estar lá. Em algum lugar. Peguei a pena da mão de Paj, riscando as áreas menos promissoras. No fim, restaram apenas os recifes situados no topo de leitos rochosos de gnaisse e xisto verde.

— Eles passaram por esses recifes de novo e de novo — disse West, debruçando-se com as duas mãos na mesa.

— Mas não com uma sábia das pedras — falei, quase comigo mesma. — Oskar tinha morrido fazia tempo quando Isolde encontrou a meia-noite.

— Oskar?

— Meu avô. — As palavras soavam estranhas até para mim. — Era um sábio das pedras também. Se Holland tivesse outro, não estaria tão interessada no fato de eu também ser uma. — Qualquer sábio das pedras com um pingo de bom senso evitaria uma mercadora como Holland. Virei para Paj. — Tem certeza de que consegue percorrer essas águas?

— E eu lá tenho escolha?

— Consegue ou não? — insisti, mais dura do que pretendia.

Ele me olhou com uma bela de uma irritação.

— Consigo.

— Temos uma semana — murmurei.

Mesmo com duas semanas, seria um mergulho quase impossível.

— Precisamos da rota traçada antes do pôr do sol — disse West.

— Mais alguma coisa?

Paj alternou o olhar entre nós, um sorriso debochado no rosto.

— Sim — falei, irritada. — Diga para Hamish que preciso de uma lamparina de joias. E outro cinto de ferramentas de dragagem.

— Com todo o prazer.

Paj saiu da mesa e pegou seu casaco antes de se dirigir para a saída. Ele bateu a porta enquanto a garçonete servia uma terceira chaleira e eu empurrava minha xícara sobre os mapas para que ela pudesse enchê-la.

— Outro cinto de dragagem — murmurou Willa. — O que aconteceu com o seu?

— Por que se importa? — perguntou West, olhando para ela com irritação.

Willa deu de ombros.

— Só curiosa para saber com o que nosso dinheiro está sendo gasto.

Seus olhos se voltaram para mim e mordi dentro da bochecha. Willa estava traçando uma linha invisível entre nós. Ela estava de um lado e claramente me colocava do outro.

— Algo para comer? — perguntou a garçonete, que secava as mãos no avental.

Auster levou a mão ao bolso do colete.

— Pão e queijo. Ensopado se tiver.

Ele colocou três cobres em cima da mesa.

— Não vai pedir permissão para Fable antes? — zombou Willa.

Franzi a testa, resistindo ao impulso de derrubar o chá no colo dela. Eu entendia por que estava brava. Todos tinham o direito de estar. Mas não sabia bem se West entendia o que ele havia arriscado ao obrigá-los. Quando aquilo acabasse, eu talvez não tivesse lugar na tripulação.

Olhei de novo para a janela com um suspiro. Quando mandara Clove para o cais, pedi para ele voltar antes do meio-dia.

— Ele prometeu que viria — disse West, lendo minha mente.

Desviei a atenção da rua e a trouxe de volta aos mapas.

— Começamos na seção leste do quadrante, onde os navios de Holland estavam dragando quando Isolde encontrou a meia-noite, e nos atemos aos recifes que marquei. Não tem como saber se é a decisão certa antes de eu mergulhar lá, mas eles têm as melhores condições para um depósito diverso de pedras. Tem água quente da corrente sul, um leito rochoso de gnaisse e um bolsão de recifes antigos o bastante para guardar alguns segredos.

Era o melhor lugar para começar, mas algo me dizia que não seria tão fácil assim.

A porta da taverna se abriu de novo, e forcei a vista sob a luz forte. Clove tirou o chapéu da cabeça, desabotoando o casaco com uma só mão, e soltei um suspiro aliviado quando vi Koy atrás dele.

— Tomou metade do dia, mas o encontrei.

Clove se sentou, pegando a chaleira sem pedir e enchendo uma das xícaras vazias.

Koy ainda estava molhado, e os cortes abertos em seus dedos deixavam claro onde ele tinha passado os dois últimos dias desde que o navio de Zola fora confiscado. Ele estava raspando navios. Seu rosto não demonstrou nenhum sinal de vergonha enquanto me observava inspecionar suas mãos. Era um trabalho indigno que Koy não devia fazer havia anos, mas os jevaleses tinham feito coisa muito pior por dinheiro.

Ao meu lado, West se empertigou, estudando-o.

— O que você quer, Fable? — disse Koy, por fim, enfiando as mãos nos bolsos do casaco.

— Tenho um serviço, se quiser.

Seus olhos pretos reluziram.

— Um serviço.

Willa se inclinou para a frente, de queixo caído.

— Desculpa, você também está contratando tripulantes sem nossa permissão?

— Cala a boca, Willa — grunhiu West, silenciando-a.

Voltei a olhar para Koy.

— Isso mesmo. Um serviço.

— Na última vez que a gente se viu, você era uma prisioneira a bordo do *Luna*, dragando sob o controle de Zola. Passou dois dias em Bastian e agora está distribuindo seus próprios serviços?

Eu dei de ombros.

— Parece que sim.

Do outro lado da mesa, Willa espumava. Ela abanou a cabeça, rangendo os dentes. Koy me encarou com o mesmo sentimento.

Eu me recostei no banco, olhando para os mapas.

— Sete dias, doze recifes, uma joia.

— Isso nem faz sentido. Como assim, uma joia?

— Estamos buscando uma joia, mas não sabemos onde está.

Ele bufou.

— Está falando sério?

Fiz que sim.

— E como, exatamente, você vai fazer isso?

Enrolei o mapa entre nós, tamborilando na mesa.

— Sabia — murmurou ele, abanando a cabeça. — Você é uma sábia das pedras.

Não neguei.

— Eu dizia para todos naquela ilha que algum motivo tinha para você conseguir dragar mais do que jevaleses com cinquenta anos de mergulho nas costas.

Ele nunca tinha me acusado diretamente, mas eu sabia que Koy desconfiava de mim. A única coisa que eu tinha para me esconder era o fato de ser muito nova. Ninguém acreditaria nele a menos que soubessem quem minha mãe era.

— Não tenho interesse — declarou ele. — Só recebi metade do meu pagamento de Zola antes de o corpo dele ser despejado no porto por quem quer que tenha cortado a garganta dele. Vou gastar a maior parte voltando para Jeval.

E era com aquilo que eu estava contando. Koy tinha uma família em Jeval que dependia dele, e era o motivo por que tinha aceitado o trabalho de Zola. Seu irmão devia estar cuidando do serviço de transporte enquanto ele estava fora e, em alguns dias, começariam a se perguntar onde ele estava.

Mas eu teria que fazer valer a confiança dele para convencê-lo a vir conosco.

— Vamos dobrar o pagamento que Zola te prometeu. E pagar adiantado — resmungou Clove entre um gole e outro de chá.

— Quê?

Eu me virei no assento para olhar para ele. Era uma oferta muito melhor do que eu estava disposta a fazer.

Clove parecia desinteressado, como de costume. Nada preocupado.

— Você me ouviu.

— Não temos esse tipo de dinheiro, Clove. Não aqui — baixei a voz.

Mesmo se tivéssemos, a tripulação me mataria por gastar tanto dos cofres.

— Eu tenho — respondeu, e deu de ombros.

Ele estava falando da recompensa por Zola. A que usaria para sua própria frota.

— Clove...

— Você precisa — disse simplesmente. — Então aceite.

Aquele era o Clove que eu conhecia. Ele teria roubado o dinheiro por mim se eu pedisse.

Abri um sorriso fraco de gratidão.

— Vou pagar de volta. Cada cobre.

Senti os olhos de Koy se voltarem para mim do outro lado da mesa. Ele estava claramente prestando atenção.

— Também vamos dar passagem para você de volta a Jeval, de graça, quando voltarmos aos Estreitos — acrescentei.

Koy mordeu o lábio, pensando.

— No que você se meteu?

— Quer o serviço ou não quer?

Ele passou o peso de um pé para outro, hesitante. Era uma oferta que ele não tinha como recusar, e nós dois sabíamos.

— Por quê?

— Por que o quê?

— Por que está oferecendo para *mim*?

Seu tom ficou cortante, e percebi que Koy tinha me entendido. Eu precisava lidar com ele com cuidado para mantê-lo na linha.

— Você é o melhor dragador que já vi. Além de mim mesma — emendei. — Esse é um serviço quase impossível, e preciso de você.

Ele se virou para a vitrine, olhando para a rua. Ao lado dele, West estava olhando para mim. Não gostava daquilo. Na última vez que West tinha visto Koy, ele estava me seguindo pelo cais de Jeval, pronto para me matar.

Quando finalmente falou, Koy apoiou as mãos em cima da mesa, inclinando-se para a frente.

— Certo. Vou aceitar. Quero o dinheiro agora e preciso de um cinto novo de ferramentas. Aqueles desgraçados levaram o meu quando despedaçaram o *Luna*.

Eu sorri.

— Combinado.

— Mais uma coisa.

Ele se inclinou para a frente, e West se levantou, dando um passo em nossa direção.

— O quê? — perguntei, encarando Koy nos olhos.

— Não estamos trocando favores, Fable. Entendido? — Sua voz ficou mais grave. — Eu falei. Não cortei a corda. Então, se isso tiver alguma coisa a ver com o que aconteceu naquele mergulho, estou *fora*.

E era aquele o problema de Koy. Seu orgulho era mais enraizado do que sua sede por dinheiro. Se eu desse a entender que devia a ele, abriria mão do dinheiro.

— Certo. Você não cortou a corda. — Estendi a mão entre nós. — Partimos ao pôr do sol. Vou estar com suas ferramentas e seu dinheiro no navio.

Koy pegou minha mão e apertou. Olhou para mim mais um momento antes de dar meia-volta e seguir para a porta.

Willa me encarou, incrédula. Entreguei os mapas para ela, que abanou a cabeça uma vez antes de se levantar.

West a observou ir.

— De que favor Koy estava falando? — perguntou.

— O desgraçado salvou minha vida quando o dragador de Zola tentou me matar.

— É disso que se trata? Uma dívida?

— Não — respondi, me levantando. — Eu estava falando sério. Ele é um dragador experiente. Precisamos dele.

Eu via nos olhos de West que ele queria a história toda. Era uma que eu contaria para ele um dia, mas não ali.

Clove se recostou, olhando para mim.

— Que foi? — perguntei.

Ele deu de ombros, um sorriso irônico nos lábios.

— Só pensando.

Virei a cabeça para o lado, encarando.

— Pensando o *quê*?

— Que você é igualzinha a ele — disse, dando mais um gole de chá.

Não precisei perguntar a quem se referia. Clove estava falando de Saint.

VINTE E TRÊS

O QUE MAIS PRECISA SER FEITO ANTES DE PARTIRMOS? — perguntou Clove, colocando a xícara na mesa.

— Você não vai — cortei.

Ele franziu as sobrancelhas espessas.

— Como assim, não vou?

— Se Holland descobrir que você não foi para os Estreitos, ela vai querer saber por quê. Não podemos correr esse risco. E preciso que você conte para Saint o que está acontecendo.

— Saint não vai gostar de eu deixar você aqui. Não era esse o plano.

— Nada correu como planejado, caso não tenha percebido. Preciso de você nos Estreitos, Clove.

Ele considerou, seu olhar vagando de mim para West. A questão não era só Saint. Clove não confiava em West. Não confiava em nenhum deles.

— É uma má ideia. Aquele seu navegador vai fazer vocês encalharem antes que cheguem à Constelação de Yuri.

— Aquele navegador sabe muito bem o que está fazendo — disparou Auster.

— Você vai pagar caro se Fable não voltar a Ceros — alertou Clove, se dirigindo a West.

— Fable conseguiu sair daquela ilha em que vocês a abandonaram. Acho que ela consegue voltar para Ceros.

As palavras de West soaram ácidas.

— Você deve estar certo. — Clove sorriu. — Acho melhor encontrar um navio a caminho dos Estreitos.

Ele se levantou, me dando uma piscadinha antes de seguir para a porta.

— Um dos de Holland — falei. — Precisamos que ela saiba que você foi embora.

A garçonete serviu dois pratos grandes de pão e queijo, seguidos por outra chaleira. Auster não perdeu tempo, pegando o prato de manteiga.

Ele besuntou uma camada grossa sobre uma fatia de pão e a passou para mim.

— Coma. Você vai se sentir melhor.

Eu o encarei.

— Por que você não está bravo como os outros?

— Ah, eu estou — disse, pegando outra fatia de pão. — O que você fez foi errado, West. Quando nos admitiu, prometeu que todos teríamos voz. Você não cumpriu sua palavra.

— Então por que você está sendo simpático? — perguntei.

— Porque sim. — Ele desviou o olhar de mim para West. — Se fosse Paj, eu teria feito o mesmo.

Ele rasgou o pão e colocou um pedaço na boca.

West se apoiou na mesa, soltando uma respiração pesada. A rigidez defensiva de seu maxilar não estava mais lá e eu soube que ele estava caindo em si quanto ao que tinha feito. Hamish poderia perdoar a desfeita, mas Willa e Paj não seriam tão compreensivos.

West fixou os olhos na mesa, a mente trabalhando.

— Você sabe que não podemos dar a meia-noite para Holland se a encontrarmos. Certo? Ela é a comerciante mais poderosa do mar Inominado. Se você encontrar a meia-noite para ela... — Suas palavras se perderam. — Ela pode destruir tudo. Para nós e para os Estreitos.

Ele tinha razão. Eu estava pensando a mesma coisa.

— Se ela conseguir a licença para negociar em Ceros, tudo o que planejamos já era. Nada disso importa — acrescentou West.

— Saint não vai deixar isso acontecer.

Tentei parecer segura, mas a verdade era que não havia como saber o que Saint faria.

Auster estendeu a mão sobre a mesa para pegar outro pedaço de pão, e a tatuagem de cobras enroscadas apareceu debaixo da manga arregaçada. Duas serpentes emaranhadas comendo o rabo uma da outra. Era a mesma que o rapaz chamado Ezra tinha, o que estava no escritório de Holland.

Um pensamento distante sussurrou no fundo de minha mente, me deixando imóvel.

A meia-noite salvaria Saint, mas não salvaria os Estreitos. Se Holland abrisse rota para Ceros, isso afundaria todos os comerciantes com base lá.

— Auster? — chamei.

Ele ergueu os olhos do prato, a boca cheia de pão.

— Eu?

— Me conta da sua tatuagem.

Seus olhos cinza se aguçaram, sua mão paralisando em pleno ar. Do outro lado da mesa, West ficou em silêncio.

— Por quê? — perguntou Auster, desconfiado.

West chegou mais perto de mim e perguntou:

— Em que você está pensando?

— Você está certo sobre Holland. Não vai ser tão fácil quanto negociar a meia-noite por Saint. Se ela conseguir licença para negociar nos Estreitos, nada disso importa. Quando ela acabar, vamos estar todos trabalhando no cais.

— Eu sei — concordou West.

— Ninguém pode encostar nela. Ela controla o comércio no mar Inominado, assim como o Conselho de Comércio.

West deu de ombros.

— O Conselho de Comércio dos Estreitos resistiu todo esse tempo. Só nos resta torcer para que não concedam a licença para ela.

— Não é verdade — argumentei, minha mente ainda desfazendo os nós dos pensamentos.

Os dois olharam para mim, esperando.

— Sabemos que Holland quer acabar com os comerciantes estabelecidos em Ceros. — Meu olhar vagou, pousando em Auster. — Para molhar a mão do Conselho, ela fez uma encomenda com um mercador sem licença. Uma encomenda de que ela não quer que ninguém saiba.

Auster curvou a boca.

— De quem?

— Quando estávamos com Holland, ela fez um acordo com alguém que tinha essa mesma tatuagem.

Auster pareceu constrangido de repente, ajeitando-se no assento.

— Como ele se chamava?

— Ezra — contei.

Auster arregalou os olhos.

— Você o conhece?

— Conheço — respondeu Auster.

— O que pode nos contar sobre ele?

— Nada, se eu quiser o meu bem. Você não quer se meter com os Roth. Confie em mim.

— Espera. Você é um Roth? — questionei, minha voz subindo um tom.

West não pareceu nada surpreso. Ele sabia exatamente o que significava aquela tatuagem.

— Acha que podemos usá-los? — perguntou West, mantendo a voz baixa.

— Não — disse Auster, firme.

— Por que não?

— Eles são perigosos, West — respondeu Auster. — Henrik preferiria te cortar a te convidar para um chá, como Holland.

Ergui a manga da camisa de Auster, estudando a marca.

— Como você o conhece?

Auster pareceu estar decidindo o quanto me contaria.

— Ele é meu tio. Não nos damos exatamente bem — acrescentou Auster. — Quando saí de Bastian, deixei os Roth. E ninguém deixa os Roth.

— E Ezra?

Quando viu que eu não desistiria, Auster suspirou.

— Ele não nasceu na família. Henrik o encontrou trabalhando para um ourives quando éramos crianças. Ele o acolheu porque era talentoso. Henrik conseguiu para ele o melhor treinamento que existia e, quando tínhamos 14 ou 15 anos, já estava fazendo as melhores pratarias de Bastian. Mas Henrik não podia vendê-las.

— Por que não?

— Por anos, a família Roth foi a maior produtora de joias falsas do mar Inominado até os Estreitos. O comércio os enriqueceu, mas também lhes tirou qualquer chance que tinham de conseguir um anel de mercador da Guilda de Joias. É ilegal para qualquer pessoa fazer negócios com eles.

Isso não havia impedido Holland de fazer uma encomenda a Henrik, e eu entendia por quê. Os esboços que Ezra tinha mostrado a ela pareciam saídos de uma lenda. Somente alguém muito talentoso seria capaz de fundir uma peça como aquela.

— Então ele está usando Ezra para conseguir um anel da guilda.

— Pois é — disse Auster. — É o que ele quer, mas nunca vai conseguir. A reputação dos Roth é conhecida em todos os portos do mar Inominado. Ninguém nunca vai confiar em Henrik, muito menos fazer negócios com ele.

— Holland fez.

— Mas nunca vai contar para ninguém. Ezra não vai levar o crédito pelo que quer ela tenha encomendado. Nem Henrik.

Se Auster estivesse certo, Henrik era um homem tentando se legitimar.

Tamborilei os dedos em cima da mesa.

— Acha que eles nos ajudariam?

— Eles não ajudam ninguém. Além de si mesmos.

— A menos que ganhem algo com isso — pensei alto.

Eu me recostei no banco, refletindo. Não sabia exatamente o que Holland tinha planejado para os Estreitos, mas West tinha razão. Minha avó não era confiável. E eu tinha o pressentimento de que ela estava esperando para fazer sua jogada.

— Pode nos levar até ele? — perguntei.

Auster parecia não acreditar no que eu tinha acabado de dizer.

— Você não quer se meter com eles, Fable. Estou falando sério.

— Pode ou não?

Auster me encarou por um longo momento antes de abanar a cabeça, soltando um longo suspiro.

— Paj não vai gostar nada disso.

VINTE E QUATRO

—MALUCOS DESGRAÇADOS.

Paj estava xingando desde que saímos do porto, e Auster tinha precisado de toda a sua força de vontade para ignorá-lo ao entrarmos em Vale Baixo.

Quando pedi para Auster nos levar aos Roth, eu não estava esperando que ele concordasse.

Auster não disse exatamente como tinha escapado de sua família quando ele e Paj saíram de Bastian, e não perguntei. Mas estava claro que era um passado que Paj não queria revisitar. Ele proibiu Auster de nos levar para Vale Baixo e só cedeu quando percebeu que Auster nos levaria mesmo assim, sem ele.

Agora Paj tinha mais um motivo para ter raiva, e eu estava mais convencida a cada minuto de que a ruptura entre nós poderia ser grande demais para ser reparada. Eu não pretendia trazer todos para a guerra de Holland nos Estreitos, mas West tinha garantido isso quando mandou traçar rota para a Constelação de Yuri. A única coisa a fazer era levar o plano até o fim e torcer para conseguirmos salvar o que restasse da tripulação depois.

Se Bastian tinha um bairro pobre, era Vale Baixo, embora não fosse nada comparado ao fedor e à imundície do Apuro ou da Orla de Ceros — até os pombos empoleirados nos telhados pareciam mais limpos do que os dos Estreitos.

West andava lado a lado com Auster, lançando um olhar de alerta contra as pessoas que nos encaravam na rua ao redor. Eles observavam Auster passar, sussurrando entre si, e eu não sabia se era porque o reconheciam ou por sua aparência chamativa. Auster tinha dado um trato no visual quando se preparou na cabine da tripulação, escovando o cabelo escuro farto até cair sobre o ombro como obsidiana derretida. Sua camisa também estava limpa e passada. Ele era sempre bonito, mesmo depois de dias sem banho no mar. Mas esse Auster era magnífico. Deslumbrante.

Paj também estava diferente. Havia um vazio em seus olhos que eu não via desde o dia em que ele me desafiara a buscar uma moeda do fundo do mar nas ilhas de coral.

— Ainda acho uma má ideia — resmungou.

Essa foi a gota d'água para Auster. Ele se virou de supetão e Paj quase trombou nele antes de parar abruptamente.

Auster ergueu os olhos para o rosto de Paj, a boca em uma linha reta.

— Já acabou?

— Não, na verdade, não — grunhiu Paj. — Sou o único que lembra o que foi preciso para afastar você dessa gente? Quase morri tirando você da sua família maluca!

— Se estiver com medo, pode esperar na taverna.

Auster o empurrou para trás.

— Não é por mim que estou com medo — respondeu Paj, e foi tão honesto e simples que pareceu fazer o barulho da rua ao nosso redor parar.

O rosto de Paj se suavizou, os cantos de sua boca se curvando para baixo. Auster pegou a manga da camisa de Paj, como se para ancorá-lo.

— Se for Ezra, estamos bem.

— E se for Henrik?

Auster fez sua melhor tentativa de sorriso irônico.

— Então estamos ferrados.

Com isso, Auster puxou Paj até ele estar baixo o suficiente para beijá-lo. Bem ali na rua, aos olhos de todos.

Não consegui conter um sorriso.

— Acabaram? — reclamou West, impaciente.

Auster olhou para Paj como se esperasse que ele respondesse.

Paj suspirou.

— Acabamos.

Auster o soltou, satisfeito por enquanto, e o seguimos para o beco estreito entre os dois últimos prédios da rua. A abertura ficava entre as placas de uma casa de chá e uma lavanderia, e os tijolos escureciam, pintados de fuligem.

Auster andava de cabeça erguida. Dava para ver a armadura se formando ao redor dele, a suavidade de seu rosto mudando e seus passos ficando mais pesados. Seja lá o que ele estivesse prestes a enfrentar, estava se preparando.

O beco acabou em uma porta de ferro reforçada com rebites instalada na alvenaria.

Um cordão de alguma coisa balançava sob o vento. Estreitei os olhos, tentando entender, e fiz uma careta quando me dei conta do que era.

— São...?

— Dentes — murmurou Auster, respondendo antes que eu terminasse a pergunta.

— Humanos?

Auster arqueou uma sobrancelha.

— O preço de mentir para Henrik.

Ele ergueu o punho cerrado e olhou para Paj de relance mais uma vez antes de bater.

— É melhor esperar aqui fora — disse para ele, mantendo a voz baixa.

Paj respondeu com um riso cortante e um não de cabeça.

— De jeito nenhum.

Ao meu lado, West levou a mão atrás do cinto, pronto para sacar a faca. Havia apenas o gotejar baixo de água enchendo o silêncio enquanto esperávamos diante da porta fechada. Eu não conseguia tirar os olhos do cordão de dentes.

Paj tamborilou a fivela do cinto, inquieto, mas Auster não parecia preocupado. Ele cruzou os braços, esperando, e, quando o trinco enfim rangeu, nem piscou.

A porta se abriu o bastante para o rosto de um menino aparecer. A curva profunda de uma cicatriz riscava sua bochecha.

— Pois não?

Ele parecia mais irritado do que interessado no que queríamos.

— Procurando por Ezra — disse Auster, seco. — Diga que Auster está aqui para vê-lo.

O menino arregalou os olhos e cambaleou para trás.

— Auster?

Ele falou o nome como se viesse de uma história.

Auster não respondeu, avançando para dentro da entrada mal iluminada seguido pelo resto de nós. Uma série de ganchos cobria a parede, nos quais alguns casacos e chapéus estavam pendurados sob um conjunto de pinturas a óleo em molduras de ouro. Eram representações do mar em diferentes estilos e cores, e completamente deslocadas nas paredes de gesso trincado. Até os azulejos sob nossos pés eram quebrados, seus mosaicos se inclinando e se curvando onde faltavam pedaços.

Os passos do menino soaram no corredor depois de um silêncio tenso, e ele reapareceu, fazendo sinal para entrarmos no escuro. Auster seguiu sem hesitar, mas eu saquei a faca do cinto, segurando-a de prontidão ao lado do corpo. O menino nos guiou para um corredor, e a luminosidade quente de uma lanterna se reacendeu no escuro à frente.

Um batente esvaziado exceto pelas dobradiças dava para uma sala retangular. Papel de parede ondulante cor de rubi estava alisado sobre as paredes, o chão de um mogno escuro manchado onde era visível. Em todos os outros lugares, era coberto por um tapete de lã grosso decorado com borlas desfiadas.

A escrivaninha diante da lareira estava vazia, mas o menino a arrumava metodicamente, alinhando a pena no lado direito. Antes que ele terminasse, a porta na parede dos fundos se abriu, e o rapaz que eu tinha visto no escritório de Holland apareceu. Ezra.

Seus olhos encontraram Auster assim que ele entrou na sala.

— Está de brincadeira com a minha cara?

Auster encarou Ezra sem expressão antes de um sorriso se abrir em seu rosto.

Ezra deu a volta na escrivaninha, abrindo os braços e dando um tapa nas costas de Auster enquanto o abraçava. Era uma máscara diferente da que eu tinha visto Ezra usar no dia anterior, no escritório de Holland. Mas o carinho entre eles pareceu irritar Paj, que jogou os ombros para trás como se contivesse o impulso de socar alguma coisa.

Ezra o ignorou, chegando perto de Auster enquanto falava.

— Talvez não tenha sido uma boa ideia trazê-lo. Henrik vai chegar a qualquer minuto.

— Boa sorte para tirar ele daqui — murmurou Auster.

Ezra perdeu a tranquilidade, ficando mais ácido, quando sua atenção pousou em mim. Ele me reconheceu quase imediatamente.

— O que ela está fazendo aqui?

— É uma amiga — respondeu Auster.

— Tem certeza? Acabei de vê-la no escritório de Holland.

— Tenho. — Auster colocou uma mão no ombro de Ezra. — Como você está?

Foi difícil para Ezra tirar os olhos de mim.

— Estou bem, Aus.

Auster não pareceu convencido, abaixando-se para fitar os olhos de Ezra.

— Estou — insistiu Ezra. — Estou, sim.

Auster deu um aceno, aceitando a resposta.

— Temos uma encomenda para você.

Ezra o observou, cético, antes de voltar à escrivaninha.

— Que tipo de encomenda?

— Uma que sabemos que você pode fazer — interrompi.

A mão de Ezra paralisou no livro na frente dele ao som de minha voz. A luz da lanterna deixou as cicatrizes de suas mãos prateadas. Tirei do casaco o pergaminho que tinha preparado e o desdobrei, colocando-o diante dele.

Ezra analisou o pergaminho devagar, arregalando os olhos.

— É uma piada?

A porta atrás dele se abriu de repente, batendo na parede, e me assustei, dando um passo para trás. O lampejo de aço cintilou na mão de West ao meu lado.

Um homem mais velho estava na abertura, uma mão no bolso do avental de couro. O bigode era curvado nas pontas, e o cabelo, bem penteado para o lado. Os olhos azul-claros brilhavam sob as sobrancelhas espessas enquanto passavam de mim para Paj, final- mente pousando em Auster.

— Ah — murmurou, um sorriso largo se abrindo nos lábios. Mas não tinha o mesmo carinho que o de Ezra tinha. — Tru contou que o pequeno Roth perdido estava na minha sala. Eu disse que não era possível. Que meu sobrinho não teria a coragem de aparecer aqui enquanto estivesse vivo.

— Acho que você se enganou — disse Auster, retribuindo o olhar com frieza.

— Vejo que trouxe seu benfeitor. — Henrik olhou para Paj. — Teria o maior prazer em quebrar esse nariz de novo. Quem sabe o deixamos reto desta vez.

— Só tem um jeito de descobrir — resmungou Paj, avançando na direção dele.

Auster o segurou pelo peito com a palma da mão aberta, e Henrik riu, pegando um cachimbo da prateleira.

— Pensei que você tinha rompido com os Roth, Auster.

— Rompi. Não quer dizer que eu não possa fazer negócios com eles.

Henrik arqueou a sobrancelha com curiosidade.

— Que negócio você poderia querer?

Auster apontou o queixo para o pergaminho em cima da escrivaninha e Henrik o pegou.

— O que é...

— Conseguem fazer ou não? — questionou Auster.

Henrik riu.

— Claro que conseguimos. A pergunta é: por que faríamos?

— Dê seu preço — falei, disposta a negociar.

Henrik estreitou os olhos para mim.

— Quem você trouxe para dentro de minha casa, Auster?

O timbre de sua voz era quase perigoso.

— Sou Fable. Neta de Holland. E estou procurando um ourives.

Henrik olhou para mim de cima a baixo.

— Não tem preço que eu aceitaria por essa encomenda. Contrariar Holland colocaria um fim em nosso negócio em Bastian. De vez.

— E se eu disser que Holland não vai ser mais um problema?

— Eu diria que, o que você tem de bonita, tem de burra — zombou Henrik. — Eu ganharia mais dinheiro contando a Holland que você esteve aqui do que com sua encomenda.

Era exatamente o que eu temia que ele dissesse. Henrik não tinha motivo para confiar em mim, e eu não tinha nada a oferecer que fosse mais valioso do que Holland teria. Ele correria mais do que um risco nos ajudando.

Meus olhos percorreram a sala. Papel de parede descascado, castiçais caros, um paletó belíssimo pendurado em um gancho enferrujado. Henrik era como Zola. Um homem tentando ser algo que nunca conseguiria. Não até ter uma coisa.

— Faça essa encomenda e vou dar a você o que Holland não pode dar — ofereci.

O sorriso de Henrik se fechou, substituído por uma contração no maxilar.

— E o que seria?

Eu o encarei.

— Um anel de mercador.

As palavras murcharam em minha boca enquanto eu as dizia. Não havia como saber se eu poderia mesmo cumprir. Mas, se alguém podia conseguir um, seria Saint.

Os mercadores precisavam ser aprendizes por anos antes de pedir um anel. E havia um número limitado de anéis que poderiam ser dados por cada guilda. Muitos mercadores trabalhavam sob um mais velho, esperando que ele morresse ou abrisse mão de seu comércio.

A mão de Henrik parou no fósforo até a chama estar tão perto da ponta dos dedos que ele precisou apagá-la.

— Como é?

— Posso conseguir para você um anel de mercador, se aceitar. E só se ficar na surdina.

— Você está mentindo.

As palavras destilavam fúria.

Mas eu já via que o tinha convencido. O desespero da perspectiva estava estampado em seu rosto.

— Não estou. Um anel de mercador do Conselho de Comércio dos Estreitos.

— Os Estreitos? Moramos em Bastian, querida.

— Nós dois sabemos que o anel de uma guilda facilita conseguir o da outra. O que você deseja mais? As graças de Holland ou um anel para comprar suas próprias?

Henrik acendeu outro fósforo, baforando o cachimbo até sair fumaça do fornilho.

— Auster contou o que vai acontecer com você se mentir para mim?

— Contou.

— Sua avó vai encontrar partes suas por toda a cidade — disse ele, com a voz suave. — E, em restituição, vou ter que tirar meu sobrinho das suas garras.

Paj cerrou os punhos. Jurei por um momento que ele correria pela sala e quebraria o pescoço de Henrik.

Henrik pegou o pergaminho, estudando o desenho. Eu o tinha feito de cabeça, minha habilidade nem de perto o que deveria ser. Mas eles sabiam exatamente o que eu estava procurando.

— Só fedelhos dos Estreitos seriam tão burros.

— Só Sangues Salgados seriam tão frouxos — disparei em resposta. — Vão aceitar?

Henrik olhou para Ezra, que estava encostado estoicamente na parede. Fosse lá em que ele estivesse pensando, estava guardando para si.

Depois de um momento, Henrik ergueu a mão, pegando o ombro de Auster. Ele apertou, um pouco forte demais.

— Vamos.

VINTE E CINCO

As velas do *Marigold* se desenrolaram em sincronia, batendo contra os mastros enquanto o sol se punha sobre a água. Em apenas um dia, reunimos tudo de que precisávamos para o mergulho na Constelação de Yuri e, no cair da noite, estaríamos velejando.

Henrik aceitara nossa encomenda, mas acreditar em sua palavra era como ter fé na capacidade de pedras de serpente protegerem de demônios marinhos. No fim, não havia como saber o que os Roth fariam.

A única coisa que parecia certa era o fato de que nossos dias estavam contados. De uma forma ou de outra, Holland faria sua jogada. E, se fizesse, os Estreitos nunca mais seriam os mesmos.

Observei Clove na ponta da doca com seu casaco abotoado até o queixo. Meti as mãos nos bolsos e respirei através do cachecol enrolado ao redor do pescoço enquanto andava até ele. O mar estava cinza e tempestuoso, resistindo ao anoitecer.

Ele não disse nada enquanto eu me aproximava. Suas bochechas estavam avermelhadas pelo vento; a ponta de seu nariz, rosada.

— Acha que Saint consegue?

Observei seu rosto enquanto ele contemplava a água, pensando. Seu cabelo loiro-claro tinha escapado do chapéu, balançando ao redor do rosto.

— Não sei — confessou ele.

Clove não tinha ficado feliz quando contei que tinha ido até Henrik. Ele ficou ainda mais furioso quando contei o que eu tinha oferecido.

Eu não sabia o que meu pai diria quando descobrisse o que eu estava tramando. Minha única esperança era que ele entrasse no jogo. Conseguir um anel de mercador para um criminoso era quase impossível. Mas, para que os Roth providenciassem a rede de segurança de que precisávamos, eu tinha que acreditar.

— Seis dias.

— Seis dias — repetiu Clove.

A reunião do Conselho de Comércio em Sagsay Holm juntaria todos os comerciantes licenciados do mar Inominado e dos Estreitos. Se Holland conseguisse o que queria, garantiria a aprovação do Conselho para levar seu comércio para Ceros. Se eu conseguisse o que queria, ela nunca teria a chance de velejar em nossas águas.

Clove precisava ser rápido para chegar a Ceros e voltar a Sagsay Holm com Saint a tempo.

— O que você sabe sobre a meia-noite, Clove? Seja sincero.

Ele suspirou.

— Nada. Só sei que sua mãe pegou quando saiu de Bastian e que não queria que fosse encontrada.

— Ela te contou sobre a pedra?

— Tinha bebido uísque de centeio demais. — Ele sorriu. — Eu não tinha certeza se era verdade até Holland contar a mesma história.

Se Isolde tinha levado a pedra, ela tinha um motivo. O único que fazia sentido era que não queria a meia-noite nas mãos de Holland. O valor da joia estava em sua raridade. Depois que fosse revelada para o Conselho de Comércio do mar Inominado, ela desapareceria, virando apenas uma lenda.

— Nem sei por que estou fazendo isso — sussurrei, observando a água reluzir prateada sob o arrebol. — Saint nunca faria isso por mim.

Clove se virou devagar, olhando para mim.

— Você não acredita de verdade nisso.

— Por que não acreditaria?

Ele bufou, abanando a cabeça.

— Aquele homem afundaria a própria frota por você, Fable. Abriria mão de tudo.

Um nó doloroso se formou em minha garganta.

— Não abriria, não.

Clove apertou o chapéu na cabeça, cobrindo o rosto de sombras.

— *Isolde* não é o único nome que não podemos dizer. — Ele deu um beijo no topo de minha cabeça. — Tome cuidado. E cuidado com aquela tripulação.

— Cuidado com eles?

— Eles parecem prestes a jogar aquele timoneiro no mar. E você junto.

Rangi os dentes, olhando para o *Marigold* atrás dele.

— Vejo você em Sagsay Holm.

Eu o observei ir, respirando fundo para passar a ardência nos olhos. O que tinha dito sobre meu pai era perigoso. Detinha poder suficiente para acabar comigo. Porque a esperança mais frágil que já alimentei era que, em algum lugar em sua carne e seu osso, Saint tinha me amado.

Parte de mim tinha pavor de saber se era verdade. E parte ainda maior sabia que me destruiria.

Subi a escada mão após mão até o som de gritos me fazer parar. Olhei para trás para ver Holland passando pelo arco do porto, envolta em uma capa vermelho-sangue. Voltei a pular para o chão, vendo-a flutuar em nossa direção, o cabelo prateado esvoaçando atrás dela.

Estava protegida por três guardas de cada lado, ocupando a largura da passarela. Os estivadores tiveram que sair da frente dela, recuando para as docas enquanto minha avó passava.

— West! — gritou Willa.

Ela observava da amurada com os olhos arregalados.

Ele apareceu ao lado dela um momento depois e, assim que avistou Holland, passou por Willa, descendo ao meu lado.

— O que é isso?

— Não sei — sussurrei.

Holland se virou em nossa doca sem erguer os olhos, encarando o mar. As cores do pôr do sol dançavam sobre seu rosto, fazendo seu casaco incandescer como uma lâmina quente ao fogo. Ela ergueu a mão no ar e os guardas pararam, deixando que seguisse o resto da doca sozinha.

Abriu um sorriso caloroso ao parar diante de nós.

— Queria me despedir.

West a encarou.

— Bem a tempo.

Hamish veio pela doca atrás de Holland, anotando em seu registro. Quase trombou nela antes de um dos guardas pegá-lo pelo colarinho e puxá-lo para trás. Quando seus olhos finalmente se ergueram dos pergaminhos, parecia prestes a cair duro de choque. Ele deu a volta por Holland com cuidado, parando atrás de nós.

— Vemos você em Sagsay Holm — falei, virando para a escada.

— Tudo o que preciso de vocês é sua escritura.

Ela abriu a mão diante de nós, sorrindo.

— O quê? — disparei.

— A escritura. Do *Marigold*.

West deu um passo na direção de Holland, e os guardas se aproximaram no mesmo instante, as mãos no cabo de espadas.

— Você está louca se pensa que vou...

— Vocês não confiam em mim — afirmou ela, com os olhos estreitados. — E eu não confio em vocês. Não tenho como saber se vão aparecer em Sagsay Holm ou me dar a meia-noite se a encontrarem. Preciso da escritura do *Marigold* ou nada feito.

West virou fogo ao meu lado, seus ombros se endurecendo, sua pele ficando vermelha.

— Não vamos te dar a escritura — respondi.

— Não tem por que se preocupar, se pretende cumprir sua parte do acordo, Fable. O que você tem a perder?

Mas nós duas sabíamos a resposta. Eu podia perder Saint.

West se virou para Hamish, que parecia pasmo.

— Você não pode estar falando sério — disse ele, os olhos arregalados atrás das lentes dos óculos.

West estendeu a mão, esperando. Em cima do convés, o resto da tripulação trabalhava, preparando o *Marigold* para zarpar.

Observei horrorizada enquanto Hamish colocava a mão dentro do bolso do casaco e tirava um envelope surrado.

— West, não.

Estendi a mão, mas ele passou por mim, pegando a escritura de Hamish e entregando-a para Holland.

Holland a abriu, desenrolando o pergaminho dobrado. O selo do Conselho de Comércio dos Estreitos estava gravado no canto superior direito do documento, a tinta preta escrita com uma letra hábil. O nome de West estava listado como proprietário.

Ela o colocou de volta dentro do envelope, satisfeita.

Atrás de mim, West já estava subindo a escada. Desapareceu sobre a amurada enquanto sua voz ecoava.

— Içar âncora!

— Vejo você em Sagsay Holm.

Holland se virou, erguendo a capa enquanto voltava a subir pela doca.

Soltei um palavrão, subindo a escada. Quando cheguei ao convés, Koy estava deitado preguiçosamente sobre uma pilha de cordas, as mãos entrelaçadas como uma rede atrás da cabeça. Willa desceu pelo mastro da mezena, voltando um olhar fulminante para ele antes de ir para a âncora de proa para ajudar Paj com a manivela.

Hamish murmurou algo ao subir a escada, e nós dois ficamos olhando West para ver o que faria. Ele examinava as anotações de Paj no diário de bordo, mas o frio que eu sentia emanar dele em minha direção me deixava arrepiada.

Hamish me olhou desconfiado.

— Vai ficar aí parado? — questionou Willa.

Eu me virei para vê-la diante de Koy.

Ele abriu um sorriso tranquilo para ela.

— Vou. A menos que queiram me pagar mais para trabalhar como tripulante do navio.

As bochechas de Willa ficaram vermelhas de raiva enquanto voltava à manivela. Koy pareceu satisfeito, tamborilando os dedos nos cotovelos enquanto a observava pelo canto do olho.

O aviso de Clove ecoou em minha mente. Quando voltássemos para Sagsay Holm, o *Marigold* poderia nem mais ter uma tripulação.

— O que foi aquilo? — perguntou Paj, olhando para a doca, onde Holland estava passando pelo arco.

West foi para o leme, a atenção nas velas.

— Nada.

O resto da tripulação não fazia ideia do que tinha acabado de acontecer. E West não contaria. Hamish parecia totalmente confuso, segurando seu registro de mestre de moedas diante de si.

West passou o leme para Paj, apontando o queixo para estibordo.

— Fique de olho nele.

Estava falando de Koy, que seguia reclinado sobre as cordas, observando Willa amarrar os cabos.

Paj respondeu com um aceno relutante, e West desabotoou o casaco e desapareceu dentro da passarela coberta.

Voltei o olhar para Hamish, que arqueou as sobrancelhas. Ele estava angustiado. Sem saber a quem devia sua lealdade. Acobertar West ou contar para a tripulação sobre a escritura?

Segui West para dentro do alojamento, fechando a porta atrás de mim. Ele estava em pé ao lado do catre, registrando uma série de medições no diário de bordo. Movia os lábios em silêncio, ditando os números enquanto escrevia. Quando finalmente ergueu os olhos para mim, foi com a mesma distância que mostrou naquela manhã na taverna.

— Parece que conseguimos chegar lá amanhã ao anoitecer, se o vento continuar bom — disse ele, fechando o livro.

A pena rolou sobre a mesa.

Concordei, esperando o que mais diria. Mas West ficou em silêncio, indo até a escrivaninha e abrindo a gaveta para guardar o livro. Mexeu distraidamente nos mapas sobre a escrivaninha e dei um passo para o lado para encontrar seus olhos, mas ele virou ainda mais as costas para mim.

Suspirei.

— Você não deveria ter feito aquilo. Dado a escritura para ela. — Ver os músculos de seu pescoço se contraírem sob a pele fez minha barriga se revirar de repente, minha pele esquentando. — Não vou deixar que você perca o *Marigold*, West. Juro.

Ele bufou e abanou a cabeça.

— Você não tem como prometer isso.

— Tenho, sim.

Mordi o lábio inferior quando começou a tremer.

West cruzou os braços, apoiando-se na parede ao lado da janela. O cordão de pedras de serpente tilintou sob o vento. Quaisquer pensamentos que sussurravam em sua mente escureciam a luz em seus olhos, deixando-o todo tenso.

— Você precisa contar para eles da escritura — falei.

— É a última coisa que vão querer ouvir.

— Não importa. Eles merecem saber.

— Você não entende — disse ele. As palavras saíram um pouco mais que um suspiro.

— Entendo, sim.

— Não entende, não. Você tem Saint. Agora tem Holland. — West engoliu em seco. — Mas nós? Eu, Willa, Paj, Auster, Hamish... tudo o que temos é um aos outros.

— Então por que os obrigou a fazer isso?

Ele engoliu em seco.

— Porque não posso perdê-los. E não posso perder você.

195

Quis estender a mão e tocar nele. Envolvê-lo em meus braços. Mas as muralhas ao redor de West estavam altas demais.

— Vou pegar aquela escritura de volta — garanti. — Custe o que custar.

West deu um passo na minha direção. Mesmo na cabine gélida, eu conseguia sentir seu calor.

— Fazemos isso e depois não vamos ter mais nada com Saint. — Ele ergueu os braços, pegando meu casaco com as mãos e me segurando. — Prometa.

Olhei em seu rosto, sem nenhum traço de hesitação na voz.

— Prometo.

VINTE E SEIS

MAR DA NOITE SE ESTENDIA AO REDOR DO *MARIGOLD* como um abismo preto, dissolvendo-se em um céu escuro sem nuvens.

Paj e Auster estavam juntos no tombadilho superior com potes de ensopado nas mãos quando subi os degraus. O silêncio caiu sobre o navio, o que fazia o estrondo do casco cortando a água mais parecer um sussurro.

Hamish estava dormindo na cabine da tripulação desde que o sol se pôs, e fiquei pensando se era porque ainda não havia decidido o que fazer sobre o segredo que West estava guardando. Era apenas questão de tempo até Hamish abrir o jogo.

O som dos roncos de Koy se ergueram das sombras na proa. Dava para ver apenas seus pés descalços cruzados sob o luar.

Uma sombra passou sobre o convés ao meu lado, e ergui os olhos para onde Willa estava no alto do mastro de proa. Ela estava sentada na rede, a cabeça jogada para trás, olhando as estrelas.

Hesitei antes de pegar as cavilhas e escalar, subindo sobre o *Marigold* e sob o sopro do vento frio. Era cortante, ardia ao deslizar por minha pele.

Willa me ignorou enquanto eu encontrava um lugar para me sentar ao lado dela. Seus dreads alourados, compridos e trançados, estavam amarrados para trás do rosto, deixando a silhueta do rosto fino mais severa.

— O que você quer?

Sua voz era cavernosa.

Enrosquei o braço ao redor do mastro, apoiando-me nele.

— Agradecer.

— Pelo quê?

Segui seu olhar para o céu, onde as nuvens se juntavam em tufos.

— Por virem me procurar.

A emoção dobrou as palavras em diferentes formas.

Se Willa notou, eu não sabia dizer.

— Bem não fez.

— Não pedi para ele fazer isso. Eu viria sozinha.

— Não estou nem aí, Fable — disse ela. — Você fez tudo girar em torno de você. Como faz desde sempre.

— Como assim?

Eu me empertiguei, inclinando-me para a frente para encará-la nos olhos.

— Desde que colocou os pés neste navio, estamos fazendo o que você quer. Na verdade, estávamos fazendo isso desde antes, perdendo dinheiro na nossa rota para ir a Jeval.

— Nunca pedi por aquilo.

— Não importa. West jamais deixaria de ir àquela ilha enquanto você estivesse lá. E, quando você quase morreu, entramos no meio, levando você para o outro lado dos Estreitos para encontrar Saint.

— Eu...

Mas ela não me deixou continuar.

— Quando deu errado, quem veio e tirou você do buraco naquela taverna? Eu. Quem arriscou a vida levando você para o Laço de Tempestades? Todos nós.

— Vocês não estavam me fazendo favor nenhum com o *Lark*, Willa. Se não fosse por mim, o *Marigold* ainda estaria ancorado sem velas em Ceros.

— Antes estivesse! — gritou ela.

Foi só quando o luar iluminou seu rosto de novo que vi que ela estava chorando. E não eram lágrimas de raiva. Eram de tristeza. Desoladas.

— Se West tivesse perdido o *Marigold*, eu teria podido ir embora — engasgou ela. — Mas você o salvou. E depois pensei de novo que, como ele não estava mais sob as asas de Saint e tinha você, eu estava livre. Mas cruzamos os Estreitos para te encontrar e você já está fazendo acordos. Seguindo seu próprio caminho. Como se nada disso importasse.

Meu coração ficou apertado, percebendo que, de certa forma, Willa tinha razão. Eu não havia considerado o preço para ela. Em nenhum momento. Willa me contara que finalmente tinha encontrado uma forma de deixar o *Marigold*. Que encontrara uma forma de se libertar. E, querendo ou não, eu tinha tirado isso dela.

— Você não contou para ele que iria embora, contou? — perguntei.

— Não.

— Por que não?

Willa fungou.

— Você não sabe como ele era antes. Quando estava trabalhando para Saint. Quando rompemos com ele, pensei que o West que eu conhecia tinha voltado. Mas aí você desapareceu em Dern e ele voltou a ser aquela pessoa. West... simplesmente desapareceu.

— Eu soube dos navios. O que aconteceu?

— Não importa. Aquele não é meu irmão. É alguém forjado por Saint. — Ela secou a bochecha. — Ele estava disposto a largar tudo nos Estreitos para encontrar você. Estava disposto a te colocar acima da tripulação toda. O que mais ele está disposto a fazer por você, Fable?

Eu não sabia o que ela queria que eu dissesse. Eu entendia. Aos olhos dela, eu tinha transformado West no mesmo que meu pai. E eu ouvia na voz de Willa que ela se arrependia de ter ido à taverna naquela noite. De ter sugerido que eu pedisse para a tripulação me admitir.

— Ele estava errado em obrigar a tripulação a vir à Constelação de Yuri — falei. — West só estava com medo.

— Você deu motivo para ele ter medo.

Willa finalmente olhou para mim. Seus olhos cruzaram com os meus, e enxerguei mil palavras que ela não estava dizendo.

Era verdade. E era exatamente por isso que Saint seguia suas regras e as tinha ensinado para mim.

A porta do alojamento do timoneiro se abriu, cobrindo o convés com a luz da lanterna. West saiu da passarela coberta e, mesmo do alto do mastro, eu vi a exaustão em seu rosto.

— Preciso falar com vocês — gritou para nós antes de voltar os olhos para o tombadilho superior. — Todos vocês.

Willa estudou o irmão antes de sair da rede e descer. A tripulação se reuniu ao redor do leme em silêncio, todos lançando olhares uns aos outros enquanto West ajeitava o cabelo atrás da orelha. Ele estava nervoso.

— Preciso contar uma coisa.

Todos esperaram.

— Quando Holland veio às docas, ela pediu a escritura do *Marigold* — declarou em um fôlego só.

— Ela fez o quê?

A voz de Paj não parecia dele. Soava desesperada.

Lágrimas enchiam os olhos de Willa de novo.

— Ela exigiu a escritura, e eu entreguei.

Auster fez uma careta, como se as palavras não fizessem sentido. Ao lado dele, Hamish olhava para as botas.

— Quando chegarmos a Sagsay Holm, vamos pegá-la de volta.

— E depois? — ecoou a voz grave de Paj.

— Depois vamos para casa — respondeu West.

— Simples assim? Como se nada tivesse acontecido?

West ficou em silêncio por um longo tempo e eles esperaram uma resposta. Quando estava certa de que ele finalmente se pronunciaria, West deu meia-volta, retornou para o alojamento.

A tripulação trocou olhares.

— Então agora trabalhamos para Holland? — A voz de Willa era cortante.

— Não trabalhamos para ela — respondi, e passei a mão no rosto.

Auster pigarreou, sem jeito.

— Pois é o que parece.

— Vamos pegar a escritura de volta — garanti, desesperada para que acreditassem em mim. — Sou eu que Holland quer, não o *Marigold*.

Hamish mexeu na linha que desfiava na barra de seu colete.

— Estou cansado de me envolver nos problemas da sua família, Fable.

— Eu também — murmurei.

Eu ouvia aquilo nas palavras de Willa. Via em cada rosto ali. Eles tinham passado anos sob o controle de Saint e, agora, Holland detinha a coisa mais preciosa do mundo para eles: sua casa. Eu não os tinha salvado com o *Lark*. Eu os tinha aprisionado. Comigo.

VINTE E SETE

CONSTELAÇÃO DE YURI ERA INVISÍVEL NO ESCURO. Eu estava em cima da amurada da proa do navio, observando o luar na superfície do mar. Mesmo do alto, eu sentia as canções suaves das pedras preciosas escondidas nas profundezas do recife.

O arquipélago era famoso, fornecendo uma grande parcela das pedras que compunham o comércio de joias tanto do mar Inominado como dos Estreitos. Do alto, suas saliências pareciam um emaranhado de veias, pulsando com um coração constante.

O clangor de metal ressoou e me virei para ver Koy na popa, pendurando o cinto no ombro. Ele tinha dormido durante as horas que levamos para chegar à Constelação de Yuri e, assim que acordou, os olhos da tripulação estavam nele. Mas fingiu não notar enquanto descia os degraus para o convés principal.

As ferramentas de dragagem que eu tinha pedido para Hamish encontrar para ele reluziam em suas mãos enquanto Koy as prendia no cinto, uma a uma. Dragaríamos do nascer ao pôr do sol, sem chance para afiar picaretas ou consertar macetes quebrados na costa. Hamish tinha comprado ferramentas mais do que suficientes.

Koy ajustou o cinto ao redor do quadril e apertou a fivela distraidamente, os olhos na água.

— Até que parecem mansas.

— Pois é — concordei.

Ele estava falando das correntes e eu tinha pensado o mesmo. Foram documentadas meticulosamente nas cartas que Holland tinha nos dado, e nós já lidamos com águas muito mais imprevisíveis em Jeval.

— Vai me contar o que vamos buscar lá embaixo? — perguntou ele.

Eu estava temendo aquele momento. Na realidade, eu tinha certeza de que, se tivesse contado a verdade para Koy na taverna, ele não teria nem colocado os pés a bordo do *Marigold*. Tirei os diários de bordo de dentro do casaco e puxei o pergaminho de baixo da capa de couro.

Koy o tomou dos meus dedos, desdobrando-o. Estreitou os olhos ao estudar o diagrama.

— Meia-noite. — Ele riu. — Você é ainda mais louca do que eu imaginava.

Ignorei o insulto.

— Pedra preta opaca. Inclusões violeta. É tudo o que você precisa saber.

— Que bom que você me pagou adiantado.

Ele me devolveu o pergaminho.

Auster subiu do convés inferior com dois copos de argila fumegantes, e desci da amurada para encontrá-lo. Ele colocou um na minha mão, e o cheiro amargo de chá preto forte me recebeu.

Dei um gole, estremecendo.

— Pode mandar mais.

Ele sorriu.

— Imaginei.

203

Paj desamarrou um dos cestos da amurada no tombadilho superior e jogou para Hamish, que os empilhava. Ele olhou para mim por sobre o ombro, observando o copo.

De todos a bordo, Paj seria o mais difícil para fazer as pazes. Seu amor e seu ódio pareciam intrinsicamente entrelaçados, com pouca coisa entre os dois sentimentos.

— O que Henrik quis dizer quando falou que Paj era seu benfeitor? — perguntei, dando outro gole.

Auster se apoiou na amurada ao meu lado, baixando a voz para que Paj não escutasse:

— Conheci Paj no cais enquanto fazia um serviço para Henrik. Paj era marinheiro da tripulação de um comerciante mediano, indo e voltando de Bastian quase toda semana. — Ele mexeu o chá no copo. — Não demorou um mês para eu começar a esperar pelo navio dele no porto.

Mesmo no escuro, dava para ver que ele estava corando.

— E?

— E, não muito depois, Paj começou a entender que eu trabalhava para os Roth. Quando as coisas ficaram... — Ele perdeu a voz, olhando de novo para trás. — Henrik nos descobriu e não aprovou. Fazia mais ou menos um ano que estávamos juntos quando quase tive a garganta cortada enquanto roubava o estoque de um mercador de uísque de centeio para o meu tio. Paj já tinha me dito que queria que eu cortasse laços com minha família, mas não tinha imposto um limite. Até aquele momento. Ele veio me encontrar uma noite, antes de sair do porto, e me pediu para deixar Bastian e os Roth para trás. Senão terminaríamos.

— Você precisou escolher. Entre ele e sua família.

— Isso mesmo. — Os olhos de Auster ficaram pálidos, como o tom mais fraco de prata. — Paj ouviu que havia um veleiro disposto a pagar muito dinheiro para ser levado às escondidas de Bastian e aceitou o serviço. Quase acabou morto, mas conseguiu.

— Leo? — ergui a voz.

Auster sorriu em resposta.

Leo era o veleiro transformado em alfaiate que havia aberto uma loja em Fyg Norte em Ceros. Também tinha sido ele quem salvara o *Marigold* fazendo um conjunto de velas para nós quando ninguém mais faria.

— Ele tinha se metido em algum tipo de encrenca com Holland e precisava sumir. Paj apareceu à minha porta alguns dias depois com três bolsas de moedas e disse que estava saindo do mar Inominado para não voltar mais. Ele me deu um dia para decidir.

— E você simplesmente desapareceu? Sem ninguém saber?

— Ninguém além de Ezra. Ele estava lá na noite em que saí, mas me deixou ir. Fingiu não ter visto eu pular a janela. Se tivesse contado para alguém, eu não teria chegado ao porto.

Ezra não se resumia a Henrik e os Roth, então.

— Você mudaria a situação? Voltaria e ficaria com a sua família?

— Os Roth têm o mesmo sangue, mas não são uma família.

Não insisti. Algo me dizia que, se eu o fizesse, desenterraria fosse lá o que Auster havia sepultado ao deixar Bastian para trás.

— Mas não. — Ele se inclinou em minha direção, encostando o ombro no meu. — Não voltaria. Não mudaria nada.

Engoli a vontade de chorar. Ele não estava falando apenas de Paj, dos Roth ou de Bastian. Também estava falando de mim. Auster tinha sido o primeiro da tripulação a confiar em mim. Por alguma razão, ainda confiava. Apertei seu ombro em resposta, sem dizer uma palavra.

— Prontos?

A voz de West soou atrás de mim e me virei para vê-lo diante do leme, nossos dois cintos nas mãos.

Entreguei meu copo para Auster antes de West jogar meu cinto no ar. Eu o peguei, observando a linha reta do horizonte. A luz já estava engrossando no céu preto e, em alguns minutos, o sol nasceria como ouro líquido, tremulando ao longe.

No tombadilho superior, Paj e Hamish estavam soltando as cordas que prendiam o barco de apoio, deixando que caísse na água.

— Vou marcar, vocês seguem — falei, repetindo o plano enquanto afivelava o cinto ao meu redor.

Eu desceria os recifes em ordem, assinalando áreas que poderiam abrigar a meia-noite com tiras de seda rosa que eu tinha rasgado do vestido de Holland. West e Koy seguiriam, dragando. Quando terminássemos um recife, começaríamos o próximo. Mas havia mais de vinte no emaranhado de bancos e saliências lá embaixo. Teríamos que revirar pelo menos seis por dia para acabar a tempo de encontrar Holland.

— Quando eu chegar ao fim, volto para dragar.

Joguei o cabelo para o lado, trançando-o sobre o ombro e amarrando-o com uma faixa de couro.

Willa desceu os degraus com os remos para o barco de apoio. Quando Koy estendeu a mão para pegar, ela os jogou entre eles no convés.

Koy sorriu para ela antes de se agachar para pegá-los.

Eu tinha ficado com medo de que surgissem problemas entre a tripulação e Koy, mas ele parecia achar as artimanhas de Willa mais engraçadas do que irritantes. Mesmo assim, eu não podia me dar ao luxo de que alguma delas o incomodasse. A última coisa de que eu precisava era que ele apontasse a faca para alguém.

Koy subiu na amurada enquanto a luz do sol raiava no céu. Ele se levantou contra o vento, tirando a camisa antes de jogá-la no convés ao lado de Willa. Ela a encarou, erguendo e fixando o olhar incrédulo nele.

West esperou que eu subisse antes de fazer o mesmo. Ficamos lado a lado, os três olhando para a água escura.

— Prontos?

Olhei para West, depois Koy.

Koy respondeu com um aceno, mas West nem reagiu, saltando primeiro para mergulhar no mar. Eu e Koy erguemos os pés juntos e o vento quente bateu ao nosso redor antes de cairmos na água lado a lado.

West estava subindo quando abri os olhos sob a superfície, e pisquei furiosamente com o ardor do sal antes de bater as pernas para subir atrás dele. O céu já estava mais claro e, em minutos, teríamos visibilidade suficiente para começar a trabalhar no recife.

O barco de apoio estava flutuando ao lado da popa e, assim que os remos acertaram a água ao nosso lado, nadamos na direção dele, subindo pela lateral. O sistema de recifes ficava mais e mais retorcido sob nós enquanto Koy remava na direção da ilha e a tripulação nos observava do bombordo em silêncio. Aquelas águas eram rasas demais para o *Marigold*, então eles precisariam ficar ancorados na área profunda.

Quando chegamos ao primeiro recife da lista, West ancorou e pulou para fora.

A água era mais quente nos baixios e a vibração de pedras preciosas, mais intensa. Eu a sentia em cada centímetro de pele enquanto fazia a primeira de uma série de respirações profundas e rápidas, alongando meus pulmões. Eu já estava com receio do frio intenso que sabia que esperava por mim depois de horas de mergulho. Era o tipo de frio que durava dias.

West atravessou a água ao meu lado, erguendo a cabeça para inspirar uma última vez antes de desaparecer. Fiz o mesmo, mergulhando sob a água azul-escura atrás dele.

Embaixo, West já estava batendo as pernas na direção da ponta mais distante de um recife que desaparecia na escuridão. Seu cabelo ondulava para trás do rosto enquanto ele atravessava os raios de luz do sol, e me permiti flutuar para baixo até sentir a pressão da água subir.

A reverberação que crescia ao nosso redor era como o coro de cem vozes cantando, formando um som inquietante. Eu nunca tinha ouvido aquilo antes, como a sensação de um golpe forte de metal nos ossos.

Era um recife antigo, forjado com o tempo, e as cores das rochas se projetavam umas nas outras como o mosaico desordenado dos campos de centeio no norte de Ceros.

West chegou à ponta do recife e o vi esticar a mão e vagar para o coral antigo com delicadeza. Havia evidências de dragagem por todas as saliências, mas era um recife monstruoso, regenerando-se em um ritmo que fazia cada fratura nas rochas brilhar branca com crescimento novo. Cardumes de peixes rodeavam os picos pontudos, nos quais leques-do-mar delicados, corais-bolha e anêmonas roxas se espalhavam em formatos e cores brilhantes.

Em algum lugar no emaranhado de bancos de areia, Isolde tinha encontrado a meia-noite.

As pontas dos dedos de West roçaram em meu braço enquanto eu descia sob ele até a ponta da saliência. A cor do fundo do mar me dizia que o leito rochoso era calcário. Depósitos de calcita, fluorita e ônix enchiam o recife em bolsões, e eu ouvia seus chamados distintos ao redor de mim, zumbindo de onde jaziam sob a rocha.

Encostei as mãos no recife de coral diante de mim e fechei os olhos, deixando um fio de bolhas subir da boca. Franzi as sobrancelhas enquanto escutava, separando os sons, um de cada vez, até encontrar o toque grave e ressoante de algo que não combinava. Algum tipo de ágata? Talvez olho de tigre. Eu não sabia dizer.

Abri os olhos e nadei por cima da saliência, tentando encontrá-lo. O som cresceu, mais uma sensação no peito do que algo que eu conseguisse escutar, e, quando estava tão perto que senti como se estivesse contorcendo dentro de mim, parei, tocando o pedaço bulboso de basalto quebrado que me encarava debaixo de um crescimento de coral branqueado.

Puxei uma tira de seda rosa do cinto e a amarrei frouxa ao redor da fronde, de modo que suas pontas ondulassem sob a força da corrente. Koy desceu ao meu lado, começando a trabalhar. Ele inspecionou o lugar antes de escolher uma picareta e um cinzel. Quando pegou seu macete, saí, avançando pelo recife.

A sombra de West seguiu a minha e, quando encontrei outro depósito suspeito, parei, encaixando-me em um canto da cumeeira para poder amarrar outro marcador. West me observou, pegando uma picareta do cinto e, quando me virei para começar de novo, ele pegou minha mão, puxando-me de volta pela corrente em sua direção.

As pontas da seda beijaram meus pés quando ele ergueu os olhos para mim e seus dedos apertaram meu braço. Era a primeira vez que ele me tocava desde que eu tinha feito o acordo com Holland e vi que ele estava esperando. Pelo que, eu não sabia. West estava à deriva, perdido sem a âncora da tripulação e do navio. A culpa de saber que eu tinha sido parte disso fazia meu peito arder em chamas.

Entrelacei os dedos nos dele e apertei. Os cantos de sua boca se suavizaram e West me soltou, deixando que o fluxo da água me levasse pelo recife de corais, para longe dele. Um momento depois, ele não estava mais lá.

Baixei os olhos enquanto a maré me levava sobre o coral, observando o recife passar por mim até outra canção de pedra preciosa chamar minha atenção. Depois outra. E outra. Quando olhei para trás, para a ponta do recife onde Koy e West ficaram, tinha desaparecido no azul turvo. Minha mãe dizia que era a cor de um mar adormecido, porque a água só ficava assim antes do amanhecer.

O labirinto de recife continha tudo, de diamantes pretos às safiras mais raras, e a maioria das histórias que minha mãe me contara sobre dragar no mar Inominável tinham nascido naquelas águas.

Aquele lugar conhecera minha mãe.

O pensamento pesou entre minhas costelas enquanto eu amarrava outra tira de seda e saía nadando, deixando que a corrente me levasse de novo. Ela nunca havia contado para ninguém onde encontrar a meia-noite. Que outros segredos guardou aqui?

VINTE E OITO

— FABLE.

Eu ainda estava flutuando nas profundezas, o infinito azul iluminado ao meu redor. O recife se estendia para baixo, a ondulação do sol dançando sobre a superfície.

— Fable.

Meu nome soou afável na voz grave de West.

Seu corpo me apertou, e senti seus dedos se entrelaçarem nos meus. As bolhas em minhas mãos arderam quando ele beijou meus dedos.

— Hora de acordar.

Abri os olhos apenas o bastante para ver uma luz fraca atravessando as ripas da janela fechada do alojamento do timoneiro. Virei sob as mantas para ficar de frente para West e apoiei a cabeça na curva de seu ombro, encaixando as mãos embaixo dele. Ainda estavam um pouco dormentes, mesmo depois de algumas horas de sono na cabine quentinha.

O cheiro dele enchia o quarto e inspirei fundo, aliviada. Ele tinha perdido a frieza, agindo mais como ele mesmo pela primeira vez desde que estivemos na Casa Azimute. Eu não sabia se era por estar de volta ao mar ou pelas longas horas passadas no silêncio embaixo d'água. Não me importava.

— O sol vai nascer daqui a pouco — disse ele, tirando o cabelo do meu rosto.

O primeiro dia de mergulho tinha sido brutal, com mudanças de maré que retardaram nosso progresso pelos recifes. E, embora tivéssemos encontrado depósito atrás de depósito, nenhum deles tinha nada parecido com a meia-noite. E pior, não tínhamos tempo para dragar o que encontramos. Teríamos que deixar todas aquelas pedras enterradas na rocha.

Eu me encolhi nos braços de West, sem querer me entregar ao sol nascente. Peguei uma de suas mãos e a ergui para o raio de luz. Seus dedos estavam cortados e esfolados pelo coral.

— Você nunca me contou como aprendeu a dragar — sussurrei.

A primeira vez que o vi colocar um cinto foi quando dragamos o *Lark*. Era raro um timoneiro já ter sido dragador, porque era considerado um dos escalões mais baixos da tripulação.

— Aprendi quando era criança.

— Mas quem te ensinou?

Ele parecia estar decidindo o quanto da história me contaria.

— Ninguém, na verdade. Só comecei a seguir os dragadores nos mergulhos e os assistia trabalhar. Achava melhor do que ficar no navio e dar mais um motivo para o timoneiro me notar.

Apertei sua mão em meu rosto. Imaginá-lo tão jovem e com medo de ficar no navio fazia meu estômago se revirar.

— E me deu mais uma habilidade quando entrei na tripulação seguinte.

A tripulação de *Saint*. Não devia ter sido muito depois de me deixar em Jeval que meu pai tinha admitido West. Enquanto eu estava dando um jeito de sobreviver na ilha, West estava dando um jeito de sobreviver no navio. Fiquei pensando quanto tempo Saint devia ter demorado para pedir seu primeiro favor.

Fiquei tensa ao sentir a vibração do catre ecoando, misturado a um estrondo distante. West também ficara rígido, escutando.

Eu me apoiei nos cotovelos, estudando a escuridão. Alguns segundos depois, soou de novo. Um trovão.

— Não.

Joguei as mantas para trás, indo para a janela e abrindo o trinco. Os passos de West soaram no chão atrás de mim, e meu coração se apertou quando o vento atravessou a cabine. Doce, encharcado pelo cheiro de terra molhada. O céu estava quase completamente preto, o brilho das estrelas ainda iluminava o navio, mas não havia como confundir o perfume.

Era uma tempestade.

West encarou o céu, ouvindo. Passei por ele, pegando o cinto pendurado ao lado da porta e saí descalça para o convés.

Paj estava ao leme, observando a água.

— Imaginei que isso faria vocês saírem da cama.

Ele soltou um grunhido, apontando para o leste.

Eu me debrucei na amurada, e soltei um palavrão quando encontrei o que ele via. Uma crista branca se quebrava sobre as ondas que avançavam na diagonal em nossa direção, a agitação das águas visível mesmo sob a luz fraca.

— E aí?

Willa apareceu no alto da escada, os polegares encaixados no cinto de ferramentas.

Passei as mãos no cabelo, tirando-o do rosto enquanto West saía da passarela coberta.

— Não temos tempo para esperar passar. Podemos dragar antes de chegar.

Paj arqueou as duas sobrancelhas.

— Vocês vão dragar? Nesse tempo?

West observou as nuvens, pensando.

— Você já mergulhou durante uma tempestade?

Suspirei.

— Uma ou duas vezes.

— E o navio? — perguntou West, olhando para Paj e Willa.

Foi Willa quem respondeu:

— Vamos ver. Os ventos não parecem tão ruins. Estamos em águas profundas o bastante e baixamos âncora. Deve ficar tudo bem.

Não gostei do *deve*.

West refletiu por mais um momento, voltando os olhos para o céu. O mergulho era meu, mas ele ainda era o timoneiro. A decisão cabia a ele.

— A corrente?

— Vai ficar mais forte — admiti. — Vou saber quando precisarmos sair da água.

— Certo. — Ele tirou a camisa. — Vamos mergulhar.

Desci para debaixo do convés, batendo com força na porta da cabine ao entrar. Koy, Auster e Hamish ainda estavam dormindo nas redes. O ronco que escapava de Hamish foi interrompido pelo som da porta batendo na parede. Puxei o cinto de Koy que estava pendurado na antepara e deixei que caísse em sua rede.

Ele acordou assustado, começando a sentar enquanto recuperava o fôlego.

— O que...

— Tempestade — avisei. — Levanta.

Ele resmungou, saindo da lona. Seus pés tocaram o chão, ao meu lado.

Willa estava murmurando consigo mesma quando voltei ao convés principal. Ela subiu pelo mastro de proa com uma corda pendurada nos ombros, pronta para reforçar os cabos.

Koy prendeu o cabelo em um coque, erguendo os olhos para o céu.

— Está com medo, dragador? — zombou Willa do alto.

Koy sorriu com ironia.

— Já draguei em tempestades que comeriam esse navio.

Tínhamos terminado doze dos recifes, restando vinte e dois, e o progresso seria lento na agitação da água. Com certeza nos atrasaria, e eu não sabia como compensaríamos.

Com os olhos turvos, Auster apareceu no alto da escada um momento depois, perscrutando o convés.

— Barco de apoio — orientou Paj.

Ele obedeceu sem questionar, correndo com os pés pesados até o tombadilho superior para ajudar West a descer o barco para a água. Flutuou sob o vento, puxando contra a corda enquanto eu me equilibrava na amurada. Eu sentia todos os meus músculos tensos, apavorada diante do pulo. Depois de um dia todo de mergulho e muito pouco descanso, não havia um centímetro do meu corpo que não estivesse dolorido, e horas na água agitada de uma tempestade seriam o pior de tudo.

Antes de pensar duas vezes, segurei as ferramentas ao corpo com as duas mãos e pulei. Inspirei fundo ao longo da queda, entrando no mar quando as primeiras ondas atingiram o navio.

Bati as pernas com força para bombear o sangue para os músculos rígidos e inspirei pela primeira vez assim que subi à superfície. West e Koy desceram atrás de mim, e a tripulação observava da amurada, seus olhos receosos nas nuvens ao longe. Eles estavam preocupados.

Entramos no barco de apoio e West assumiu os remos, encaixando-os nas argolas e puxando-os na direção do peito. O vento estava ficando mais forte a cada minuto que passava, e ele fazia força contra a correnteza da água enquanto eu controlava o leme.

Quando chegamos ao lugar, mergulhei de novo, sem perder tempo. A âncora entrou na água, e eu apertei as mãos nas costelas doloridas enquanto começava a encher os pulmões.

— Fiquem no lado oeste da saliência para que a corrente não jogue vocês contra o recife — orientei entre uma respiração e outra. — E cuidado com os vórtices. Vão ficar mais fortes.

Apontei o queixo para o ângulo reto da água ao longe, onde o mar já estava começando a se encrespar. Quando a tempestade nos atingisse, o vórtice seria um turbilhão, puxando tudo que tocasse para dentro de um redemoinho.

Koy e West concordaram com a cabeça, respirando quase em sintonia. Meu peito ardeu quando dei uma última puxada de ar frio e mergulhei sob a superfície.

Ergui os braços enquanto me deixava afundar, reservando a força para a corrente. Ela tocou primeiro meu pé, e meu cabelo foi arrastado para trás do rosto quando me envolveu. O recife seguia sob nós enquanto flutuávamos sobre a saliência, os sinalizadores de seda rosa balançando. Mas a areia já estava turvando a água, projetando uma névoa verde que tornaria difícil enxergar. Koy segurou a ponta de uma rocha quando chegou ao lugar onde tinha parado no dia anterior, e entrou no sedimento espesso, quase invisível enquanto nos afastávamos. West foi o próximo, saindo da corrente ao ver a marcação seguinte.

Ele foi engolido pela névoa e, quando cheguei à última sinalização, nadei para baixo, deixando-me descer para o recife. Os sons do mar já haviam mudado, mais graves pelo estrondo da tempestade que ainda estava a quilômetros de distância.

Tirei o macete do cinto e escolhi o cinzel maior, dando batidas rápidas para lascar a crosta de coral. Assim que a rocha de baixo ficou exposta, apertei um polegar na ponta, observando-a ruir. Era uma pedra estranha, sua sensação densa ao meu redor. Se fosse o que eu pensava, tinha sido ignorada por causa da formação rochosa incomum que havia escondido os contornos do depósito. Quartzo elestial era raro e valioso, mas se formava em feldspato, não basalto, o que era exatamente o que aquele recife parecia. Ninguém fora à procura de quartzo elestial ali, e ninguém o havia encontrado. E, se o quartzo tinha conseguido se esconder, talvez a meia-noite também conseguisse.

Quando enxerguei a face laranja desbotada do basalto, coloquei o cinzel de volta no cinto e troquei por uma picareta. Levou mais algumas poucas macetadas para a pedra preciosa roxa aparecer, mas, cinco mergulhos depois, não havia meia-noite a ser encontrada. Lasquei o resto do feldspato da saliência, os dentes cerrados. Assim que a areia se dissipou, minha mão ficou tensa no cabo do macete. Nada.

Frondes de coral balançavam para a frente e para trás nas águas agitadas, os peixes nadando sem rumo enquanto forçavam contra a maré. O barulho da tempestade atravessava o mar como o som estendido de trovão, me desorientando. Se houvesse alguma meia-noite naquele recife, não seria assim que a encontraria.

Eu me virei, deixando que uma bolha escapasse de meus lábios enquanto encostava as costas na rocha e observava uma difusão tênue de verde-claro girar ao longe. Em alguns minutos, perderíamos a pouca luz que ainda tínhamos e seríamos obrigados a esperar os ventos passarem.

Um som agudo atravessou a água e olhei para o alto da saliência para ver Koy flutuando sobre o topo do recife. Ele estava batendo um cinzel contra o outro, tentando chamar minha atenção. Assim que encontrei seus olhos, ele voltou a descer e desapareceu.

West subiu de onde estava trabalhando, nadando atrás dele, e segui, atravessando a água com o coração pulsando nos ouvidos.

O cabelo preto de Koy se ergueu em fios enroscados ao bater no cabo do cinzel. Desci ao lado de West, ficando rígida quando vi o corte vermelho fundo ao redor de seu ombro. Ele parecia ter raspado no canto do recife.

Toquei a pele ferida com delicadeza, e ele voltou o olhar para mim, sinalizando com os dedos que não era nada, antes de se voltar para Koy.

Suas mãos estavam trabalhando rápido, e observei a contração em seu peito, tensionando sob o músculo. Ele precisava emergir, e rápido. West se inclinou para trás quando outro pedaço de basalto se soltou e meu queixo caiu. O gosto de frio e sal deslizou por minha língua e cheguei mais perto, observando a extensão de preto reluzente.

West olhou para mim, a testa franzida, mas eu não sabia dizer o que era sob a luz fraca. Tirei o cinzel do cinto e empurrei Koy para o lado, fazendo sinal para ele subir para tomar ar antes que desmaiasse. West trabalhou do outro lado e aproximamos as pontas dos cinzéis até o menor dos cantos da pedra se lascar, caindo entre nós. West estendeu a mão, pegando-o na palma e fechando os dedos ao redor dela.

Tirei a areia dos olhos ardidos, minha visão turva. Quando passou um peixe entre nós e o recife, olhei para cima. Havia alguma coisa errada.

A água se agitou ao nosso redor, indo e voltando em silêncio. Mas o recife estava vazio, todos os peixes e caranguejos tendo desaparecido de repente. Observei os últimos saírem às pressas para a distância nebulosa.

West congelou ao meu lado, vendo o mesmo.

Só podia significar uma coisa.

Ergui os olhos, observando a superfície, onde a ondulação de luz estava até poucos momentos antes. Agora, havia apenas preto.

VINTE E NOVE

SAÍ SOB O UIVO DO VENTO, OFEGANTE, E WEST SUBIU AO meu lado enquanto relâmpagos riscavam as nuvens pretas no céu.

Puxei ar enquanto uma onda avançava em nossa direção, e voltei a mergulhar antes que chegasse. West desapareceu quando a água se quebrou e passou por cima, puxando-me para o fundo enquanto recuava. Bati as pernas na direção oposta, mas outra já estava vindo, batendo nas rochas à frente.

Voltei a subir, engasgando com a água salgada que ardia na minha garganta machucada. No recife, West estava nadando na minha direção sobre outra onda.

— Temos que voltar para o navio! — gritei, virando em um círculo para vasculhar as águas agitadas.

Ao longe, Koy estava subindo no barco de apoio. Nadamos na direção dele, mergulhando toda vez que uma onda subia e, quando finalmente o alcançamos, Koy estava com os dois remos em mãos.

— Vamos! — gritou ao vento.

Eu me segurei na beirada e me alcei para entrar, escorregando na madeira e caindo dentro do casco. West subiu atrás de mim, pegando o leme.

Depois dos baixios, o *Marigold* balançava sobre as ondas, os mastros se inclinando a cada onda que acertava o casco.

Koy afundou os remos na água e remou, grunhindo enquanto lutava contra a corrente. O vento era forte demais. A água, rápida demais.

— Não vamos conseguir! — gritei, tremendo.

A chuva era como vidro, cortando minha pele enquanto soprava na horizontal.

Os olhos de West estavam fixos no navio. Quando abriu a boca para responder, o barco parou de repente, a água se acalmando. Ao nosso redor, o mar cinza começava a se assentar, mas as nuvens continuavam a soprar no céu, como uma coluna de fumaça furiosa. O silvo de minha respiração era o único som. Até que vi.

Costa abaixo, a água estava subindo, um vendaval invisível avançando em nossa direção. Estava arrastando uma parede de água atrás de si.

— Reme! — urrou West.

Koy virou o barco e seguiu na direção da praia, gritando enquanto puxava os remos com força. Mas era tarde demais.

A onda avançou em nossa direção, sua crista descendo enquanto pairava sobre nós. Observei, com um grito preso na garganta, enquanto ela se quebrava.

— Fable!

A voz de West sumiu quando a água caiu em cima de nós.

O barco desapareceu e fui arremessada sob a superfície, arrastada pela água como se mãos me puxassem para as profundezas. Eu me debati, resistindo a sua força, girando de um lado para outro, buscando a superfície.

Um clarão apareceu embaixo de mim assim que a água me soltou, e me lancei na direção dele, batendo as pernas com força. Foi só quando me aproximei que entendi que não era embaixo. Era em cima. O mundo dava voltas sob a água.

Saí para a superfície, berrando o nome de West, e um soluço escapou de minha garganta quando avistei o barco sobre a costa à frente. Ao lado dele, West estava gritando meu nome. Nadei freneticamente na direção da praia e, quando senti a areia sob meus pés, me levantei, saindo da água. West me pegou em seus braços, tirando-me da rebentação.

— Cadê o Koy? — perguntei ofegante, olhando de um lado a outro da praia.

— Aqui.

Ele acenou a mão no ar. A corda do barco de apoio estava enrolada em seu ombro enquanto ele o puxava mais para cima da praia.

Eu me deixei cair na areia quando chegamos à cobertura das árvores.

— West — chamei, rouca —, a pedra.

— Está comigo.

Ele estava com a mão ao redor da bolsinha amarrada ao cinto de dragagem.

Soltei uma respiração tensa, olhando para o *Marigold* atrás dele. Era pouco mais do que uma sombra na névoa. West estava à beira da água, observando de mãos atadas enquanto o navio tombava e balançava, seu peito subindo e descendo com respirações ofegantes.

A tempestade tinha vindo rápido. Rápido demais. E os ventos eram mais fortes do que tínhamos previsto.

Outro vendaval passou sobre a ilha, curvando as árvores até seus galhos tocarem a areia. A ressonância estrondosa do vento cresceu, deslizando sobre a superfície do mar, e atingiu o navio.

O *Marigold* adernou, os mastros se estendendo sobre a água a estibordo e bruscamente se endireitou, voltando para cima.

West deu um passo para dentro da água, arregalando os olhos.

— O que foi?

Mas, assim que pisquei para tirar a chuva dos olhos, entendi o que havia acontecido.

O *Marigold* estava se mexendo. À deriva.

— O cabo de âncora — disse West, a voz quase inaudível. Tinha arrebentado.

Mais um relâmpago soou no céu, e outro, até o vento se acalmar devagar. A água foi se tranquilizando a cada onda suave, até bater em nossos pés com um último suspiro.

West já estava puxando o barco de apoio de volta à água.

Saltei para dentro com os remos e os entreguei para Koy assim que estávamos flutuando. Deslizamos sobre os baixios enquanto o *Marigold* vagava mais e mais longe. Eu já via Willa em cima do mastro, uma luneta de bronze reluzindo nas mãos.

Ela tinha nos avistado quando passamos da rebentação.

A tripulação já estava esperando quando enfim chegamos ao navio, e peguei o degrau de baixo da escada e me lancei para cima, as mãos tão dormentes que eu mal conseguia sentir a corda em minha pele.

West estava logo atrás de mim, o cabelo colado ao rosto.

— Âncora?

— Foi — respondeu Willa com gravidade. — Perdida naquela última rajada.

Ele soltou um palavrão enquanto ia até a amurada, espreitando a água.

— Hamish? — chamei, tirando a bolsinha do cinto de West. — Preciso da lamparina de joias.

Ele arregalou os olhos quando abri a sacolinha e despejei a joia em minha palma. Eu a virei antes de pegá-la entre dois dedos. Auster a encarou.

— É...?

Eu não sabia. Não dava para saber o que era. Parecia ônix, mas havia uma translucidez estranha. E a vibração que emanava não me era familiar. Era uma pedra que eu não conhecia. Mas, sem nunca ter visto um pedaço de meia-noite com meus próprios olhos, só existia uma maneira de ter certeza.

— Preciso da lamparina de joias — repeti, passando por eles na direção do alojamento do timoneiro.

Atravessei a porta, colocando a pedra no pratinho de bronze na mesa baixa, e West posicionou a lanterna na escrivaninha, enchendo a cabine de luz.

Koy se recostou na parede ao meu lado, gotas de água salgada reluzindo enquanto escorriam por seu rosto.

— O que você acha? — perguntou ele.

— Não sei — admiti.

Hamish atravessou a porta seguido por Paj, a lamparina de joias em sua mão. Ele a deixou com cuidado na escrivaninha, erguendo os olhos para nós através das lentes embaçadas dos óculos.

Eu me sentei na cadeira de West e acendi um fósforo, pairando a ponta sobre a câmara de óleo embaixo do vidro. Mas meus dedos tremiam furiosamente e apagaram a chama antes que chegasse ao pavio. West pegou minha mão na dele, virando meus dedos na direção da luz. Estavam com um leve tom azul.

— Estou bem — afirmei, respondendo à pergunta silenciosa dele.

De algum modo, seu toque ainda estava um pouco quente.

Ele pegou a manta do catre e cobriu meus ombros enquanto Hamish pegava outro fósforo e acendia a lamparina com agilidade. A luz se acendeu sob o vidro e abri a mão para deixar que West pegasse a pedra. Ele se agachou sobre os calcanhares ao meu lado antes de posicionar a pedrinha sobre o espelho.

Eu me sentei, prendendo a respiração enquanto espiava através da lente e a ajustava devagar. Todos na cabine ficaram em silêncio e estreitei os olhos enquanto ela entrava em foco. O brilho tênue clareava em seu centro, cercado por bordas opacas. Virei o espelho, tentando manipular a luz, e o nó em minha garganta se expandiu.

Nenhuma inclusão. Nenhuma.

— Não é meia-noite — murmurei, mordendo o lábio com força.

Willa apoiou as mãos em cima da escrivaninha, pairando sobre mim.

— Tem certeza?

— Tenho — respondi, derrotada. — Não sei o que é, mas não é meia-noite. Talvez algum tipo de espinélio.

Koy estava escondido no canto sombreado da sala.

— Fizemos dois recifes hoje.

Ele não precisava explicar o que queria dizer. Só tínhamos mais um dia antes de termos que voltar para encontrar Holland. Em nosso melhor, ainda faltariam quase oito recifes. Se não encontrássemos a meia-noite, velejaríamos de volta a Sagsay Holm de mãos abanando.

— Vai escurecer em poucas horas — disse Paj, olhando para West, à espera de ordens.

— Então recomeçamos ao amanhecer — declarou West.

Auster pegou Paj pela cintura, puxando-o na direção da porta sem dizer uma palavra. Hamish e Willa foram atrás deles, deixando-me a sós com West e Koy. Eu via a frustração no rosto de Koy. Ele não devia ter feito muitos mergulhos malsucedidos na vida e, àquela altura, parecia estar com tanta sede de encontrar a meia-noite quanto eu. Ele encarou o chão em silêncio por mais um momento antes de se desencostar da parede e sair pela porta.

— A âncora? — perguntei, tão cansada que poderia chorar.

— Willa está cuidando disso.

West soprou a chama na lamparina antes de abrir a gaveta do baú e tirar uma camisa limpa. Ele saiu, deixando-me sozinha.

Encarei a poça d'água que ele havia deixado no chão, a luz passando sobre sua superfície suave enquanto a lanterna balançava na antepara.

Havia pedras suficientes naqueles recifes para sustentar os joalheiros do mar Inominado por dez anos.

Então, onde é que estava a meia-noite?

Eu não conseguia ignorar a sensação incômoda de que não a encontraria na Constelação de Yuri. Que não era um acidente que as tripulações de Holland não haviam encontrado nenhum pedaço de meia-noite nos anos desde que Isolde a trouxera das profundezas.

Mas os diários de bordo eram claros, com todos os dias registrados. A tripulação estava mergulhando na Constelação de Yuri por quase trinta e dois dias antes de voltarem a Bastian para buscar suprimentos. Um dia depois, eles retornaram, sem nenhum desvio de rota.

Eu me empertiguei, olhando fundo para as sombras, a mente acelerada. Os fios finos de uma resposta foram ganhando vida, tomando forma no escuro.

Se eu estivesse certa e Isolde não tivesse encontrado a meia-noite na Constelação de Yuri, alguém tinha mentido. Mas como?

Se o navegador tivesse forjado os registros, haveria pelo menos trinta pessoas no navio de Holland, incluindo o timoneiro, que poderiam ter comunicado a discrepância nos dias e semanas depois do mergulho.

Porém, talvez fosse minha mãe quem mentira. Se Isolde tivesse alguma suspeita sobre o valor de sua descoberta, talvez tivesse guardado a origem da pedra para si. Talvez a tivesse encontrado sozinha.

Eu me levantei abruptamente, fazendo a cadeira tombar para trás. Ela caiu no chão com estrépito atrás de mim, enquanto minhas mãos deslizavam sobre os mapas, buscando o que eu tinha visto dias antes. Para o que mal olhei duas vezes.

Ao encontrá-lo, eu o tirei de baixo dos outros. A costa de Bastian. Busquei a lanterna da parede e a coloquei no canto, passando os dedos sobre o pergaminho grosso e macio até encontrar.

Escolho de Fable.

— West!

Estudei as profundezas e tabelas anotadas ao longo da costa, o mapa das correntes que deslizavam ao redor do pequeno ilhéu.

— West!

Ele apareceu na passarela escura com uma camisa seca meio vestida.

— Que foi?

— E se ela não a tiver encontrado aqui? — sugeri, ofegante. — E se tiver mentido?

— Como assim?

— Por que Isolde roubaria a meia-noite? Por que deixaria Bastian?
— Minha voz soava distante. — Ela não confiava em Holland. Talvez não quisesse que ela soubesse onde a encontrou.

Ele estava ouvindo, vestindo a outra manga da camisa enquanto andava em minha direção.

— Mas onde? Ela precisaria de um navio e uma tripulação. O registro confirma que eles estavam aqui.

— E estavam — murmurei, folheando os pergaminhos na gaveta até encontrar o registro. Eu o coloquei entre nós. — Exceto por um dia.

Apontei o dedo sobre Bastian.

— É impossível que ela tenha encontrado em Bastian. Não tem recifes naquelas águas. Mal tem bancos de areia por quilômetros.

Apontei para o ilhéu.

— Escolho de Fable? — questionou ele.

— Por que não?

— Porque é só uma rocha com um farol — argumentou West.

— E se não for só uma rocha?

Ele pegou a cadeira, endireitando-a antes de olhar de novo para o mapa, pensando.

— Fica perto da costa de Bastian. Você não acha que, se houvesse algo lá, alguém já teria encontrado?

Soltei uma expiração exausta.

— Talvez. Talvez não. Mas não consigo deixar de pensar que estamos procurando no lugar errado. Não acho que esteja aqui, West.

Eu não sabia se estava falando coisa com coisa. A falta de sono e as horas na água fria tinham deixado minha mente nebulosa. Mesmo assim, a sensação estava lá. A dúvida.

— Tem certeza? — disse West, me estudando.

Apertei a manta ao meu redor.

— Não.

Era uma intuição, não um fato. Andei de um lado para outro na frente dele, o calor finalmente começando a voltar sob minha pele enquanto minhas bochechas ardiam.

— Não acho que esteja aqui — insisti, minha voz um sussurro.

Seus olhos ficaram indo e voltando para mim e eu o observei ponderar minhas palavras. Depois de um momento, começou a andar em direção à porta aberta. E, assim que desapareceu na passarela coberta, sua voz ressoou no convés.

— Aprontar velas!

TRINTA

WILLA TINHA DEMORADO APENAS UMA HORA PARA resolver nosso problema com a âncora. Ela mandou Koy e West de volta à água para encher um dos caixotes de ferro do porão de carga com rochas do fundo do mar. Depois que estava amarrado, nós o içamos e fixamos ao navio.

Era uma solução temporária que não resistiria a outra tempestade. Quando chegássemos a Sagsay Holm, teríamos que usar todo o nosso dinheiro para substituir a âncora, dando mais um motivo para todos se irritarem com as ordens de West.

Fiquei sentada na rede da bujarrona, encolhida sob a manta da cabine de West. Não tinha conseguido dormir enquanto velejávamos durante a noite, a caminho do escolho de Fable, abandonando nosso último dia de dragagem na Constelação de Yuri. Os recifes em que tínhamos passado os últimos quatro dias mergulhando tinham ficado para trás e, mesmo se voltássemos imediatamente, nosso tempo teria acabado. Era uma aposta. Que colocaria em jogo a vida de Saint.

Passos ecoavam pelo convés inferior e me debrucei para ver Koy na proa. Ele tirou uma garrafinha âmbar do bolso da calça e desarrolhou para dar um gole.

— É proibido uísque de centeio no navio — repreendi, sorrindo quando ele se assustou, quase derrubando a garrafa.

Koy ergueu os olhos para mim, dando outro gole antes de subir e se sentar ao meu lado na bujarrona. Ele me entregou a garrafa e dei uma cheirada, erguendo-a sob o luar. Ele sorriu com ironia.

— Superior demais para o uísque de centeio jevalês?

Era caseiro, e o cheiro trouxe à tona inúmeras lembranças de Speck, um dos dragadores que operava um serviço de transporte na ilha. Eu tinha destruído o esquife dele na noite em que comprei passagem no *Marigold*.

— Você ainda não me contou por que aceitou o serviço no *Luna* — falei, dando um gole.

O ardor do uísque de centeio desceu rasgando pela garganta, até explodir no peito. Fiz careta, respirando fundo para passar.

— Dinheiro — respondeu Koy.

— Claro.

Dei risada. Koy ganhava mais dinheiro do que qualquer pessoa em Jeval, e sua família era bem-cuidada. Se estava aceitando serviços em navios, estava atrás de outra coisa.

Ele olhou para mim como se estivesse me medindo. Avaliando os riscos de me contar.

— Estão dizendo que o comércio entre o mar Inominado e os Estreitos vai expandir.

— E daí?

— Quer dizer que mais navios vão passar por nossas águas em Jeval.

Sorri, entendendo. Koy queria estar pronto se os navios do mar Inominado e dos Estreitos se multiplicassem nas ilhas barreiras, e se multiplicariam, sim.

— Acho que é só questão de tempo até Jeval ser transformada num porto.

Devolvi o uísque de centeio para ele.

— Você está falando sério.

Ele fechou a garrafa com a rolha, ficando em silêncio.

— Você acha besta.

Ele se arrependeu imediatamente de contar, envergonhado. Eu nunca tinha visto aquele semblante em Koy. Nunca.

— Não acho, não. Acho genial.

— Acha.

Ele parecia cético.

— Estou falando sério.

Koy me deu um aceno, recostando-se nas cordas.

— Posso perguntar uma coisa se eu jurar que nunca vou contar a resposta para ninguém? — arrisquei.

Ele estreitou os olhos para mim. Tomei seu silêncio como afirmativa.

— Por que cortou a corda?

Koy riu, tirando a rolha da garrafa de novo. Ficou em silêncio por um longo período, e deu três goles antes de responder:

— Se alguém vai matar você, vou ser eu.

— Estou falando sério, Koy. Por quê?

Ele deu de ombros.

— Você é jevalesa.

— Não sou, não.

Seu olhar estava fixo no céu.

— Acho que, se um dia você dormiu naquela ilha sem saber se acordaria de novo, isso faz de você jevalesa.

Eu sorri no escuro. Pela primeira vez, a memória daqueles anos não fez meu peito doer. Ele estava certo. Tínhamos sobrevivido juntos. Era um laço que não se quebrava facilmente. Em poucos dias, Koy estaria de volta a Jeval, e fiquei surpresa ao perceber que sentia uma leve tristeza. Eu tinha descoberto um lado dele nas duas últimas semanas que não tinha visto nos quatro anos em Jeval. Fiquei extremamente grata por tê-lo tirado da água naquele dia no recife, mesmo que tenha me feito correr para salvar minha vida no cais.

— Desça aqui. — O tom incisivo de Willa cortou o silêncio.

Koy olhou para ela lá embaixo.

Willa soltou um rolo de corda atada aos pés.

Quando saiu andando, Koy arqueou uma sobrancelha para mim.

— Acho que ela gosta de mim.

Dei risada, e um olhar de triunfo iluminou seus olhos. Se eu não soubesse, diria que parecíamos amigos. Talvez o mesmo pensamento tivesse passado pela cabeça dele antes de deixar a garrafa em meu colo e descer.

— Fable — chamou Auster do lado de Paj ao leme.

Ele ergueu o queixo para o horizonte e me sentei, procurando o que ele via.

O escolho de Fable apareceu enquanto a lua se punha, quase invisível no céu preto. O antigo farol era de um branco imaculado que brilhava no escuro, situado em uma península estreita que se projetava na água do lado leste do ilhéu.

Pulei da bujarrona enquanto West saía para o convés principal. Ele puxou o gorro sobre o cabelo desgrenhado.

— Rizar as escotas!

Subi o mastro de proa, desenrolando os cabos para deslizar a lona para cima. Meu coração palpitava enquanto os ilhós zuniam nas cordas. Sobre o mastro de proa, Hamish fez o mesmo, observando-me pelo canto do olho. Ele estava pensando o mesmo que eu. Ou eu era brilhante, ou idiota por tomar a decisão de sair da Constelação de Yuri. Estávamos todos prestes a descobrir qual.

Como se ouvisse meus pensamentos, ele sorriu de repente, me dando uma piscadela.

Sorri, voltando a descer pelo mastro enquanto a tripulação destravava a manivela da âncora. Cada pedaço do meu corpo sofria com a dor dos últimos quatro dias enquanto eu tirava a camisa. West a pegou, me dando meu cinto, e o encaixei ao redor do corpo em silêncio. Eu estava nervosa, o que nunca sentia ao mergulhar.

A âncora improvisada de Willa caiu na água. Quando West começou a afivelar o cinto, eu o detive.

— Me deixa dar uma olhada primeiro.

Olheiras se formavam em seu rosto e o corte no ombro estava inchado apesar das tentativas de Auster de limpá-lo. Ele estava exausto. E, se eu estivesse enganada sobre o escolho, não precisava que West estivesse lá para ver.

Ele não discutiu, respondendo com um aceno de cabeça. Subi na amurada e pulei antes de ter tempo para pensar. Cheguei à água, e todas as dores profundas voltaram à superfície em meus braços e pernas enquanto eu nadava. Quando voltei a subir, toda a tripulação estava assistindo.

Dei as costas para eles, tentando acalmar a respiração. Eu não deixaria apenas Saint na mão se falhasse. Deixaria todos na mão. De novo.

Voltei a entrar na água com o peito cheio de ar e paralisei quando senti.

Senti *Isolde*.

Ao meu redor, o escorrer caloroso e envolvente de um sussurro entrou no fundo de minha mente, cercando-me nas profundezas frias. Eu sentia a presença de Isolde. Sentia como se ela estivesse ali, mergulhando ao meu lado.

Meu coração acelerou enquanto eu nadava, atravessando a água serena com os braços. O mar tinha uma calmaria inquietante, protegido pelas costas rochosas e curvas do escolho. Pelo que eu via, a tempestade não tinha chegado até ali, então a água permaneceu limpa e cristalina. Tremeluzia sob os raios de luz que cortavam o azul suave.

O fundo do mar não era nada além de silte clara que se estendia em ondulações paralelas lá embaixo. Não havia nenhum recife nem nada parecido à vista. A extensão de areia estava cercada pelas paredes de rocha preta escarpada que subiam inclinadas na direção da superfície, onde as ondas espumavam brancas.

Se havia alguma pedra preciosa a ser encontrada ali, eu não fazia ideia de onde estaria. E não sentia nada. Quando cheguei à metade do escolho, espreitei ao longe e vi mais do mesmo. Segui a maré, subindo para tomar ar quando meus pulmões se contorceram em meu peito, depois voltando a descer. No mesmo instante, senti de novo aquele sussurro familiar, como o som da voz de minha mãe cantarolando enquanto eu pegava no sono. Eu me deixei cair até o fundo, a pressão das profundezas contra minha pele enquanto eu examinava a borda da rocha que cercava a ilha.

Ela se abria em uma caverna larga que descia para águas profundas. A cor se esvaía em preto, onde as sombras pareciam se mexer e ondular. Em cima, a parede de rocha subia em cumes duros e escarpados.

Um rastro de água gelada passou, e estendi a mão, sentindo. O fluxo tênue de uma corrente instável. Suave, mas ainda assim presente. Franzi a testa, observando a água ao meu redor, e algo se mexeu no canto de minha visão, me deixando imóvel.

Sobre a borda da rocha, um fio de cabelo ruivo-escuro reluziu sob o luar que se projetava através da água. O ar queimou em meu peito enquanto eu me virava, girando na corrente para poder olhar ao meu redor. Frenética. Porque, por um momento, eu poderia ter jurado que ela estava lá. Como um fio de fumaça se desfazendo no ar.

Isolde.

Encontrei a rocha sob os pés e tomei impulso, meu cabelo ondulando para trás do rosto enquanto eu nadava de volta para a superfície. O penhasco subaquático se projetava verticalmente e, quando cheguei à borda, estendi a mão para me segurar ao canto da rocha. O afloramento se abria para uma cavidade, mas não havia nada dentro além de escuridão. Nenhuma canção de joia. Nenhum brilho de luz distante.

Se Holland estivesse falando a verdade, Isolde havia encontrado refúgio naquela rocha. Longe das ruas resplandecentes de Bastian e dos olhos da mãe. Talvez fosse ali que ela sonhava com o dia em que deixaria aquilo para trás. Com os dias ensolarados no convés de um navio e as noites em seu casco. Talvez ela tivesse sonhado comigo.

Meu pulso latejava nos ouvidos, o resto do ar ameaçando se esgotar. O calor ardia em meu rosto apesar do frio, e pressionei os lábios, observando a luz deslizar sobre a superfície. Ela estava ali, de algum modo. O fantasma de minha mãe se infiltrara nessas águas. Nem no Laço de Tempestades, onde ela havia encontrado seu fim, eu tinha sentido *isso*.

Não havia nada ali além de um eco de parte de Isolde que eu não conhecia e jamais conheceria. Fiquei olhando a água escura, sentindo-me tão sozinha que parecia que a escuridão poderia me puxar. Como se talvez minha mãe estivesse esperando por mim lá.

TRINTA E UM

PAREI NA FRENTE DA JANELA DA CABINE DE WEST, TODOS os olhos em mim. A água escorria de meu cabelo em sintonia com meu coração, e a observei formar uma poça a meus pés.

West tinha chamado a tripulação para seu alojamento, mas Koy teve o bom senso de ficar no convés inferior.

— Então é isso? — disse Willa, devagar. — Foi tudo em vão.

Ela e Paj tinham o mesmo ressentimento contido no rosto.

Observei meu reflexo ondular na poça no chão. Ela tinha razão. Eu tinha feito um acordo com Holland e não tinha cumprido. E Saint não era o único que tinha algo a perder. Ainda tínhamos a escritura do *Marigold* para recuperar.

A única carta que nos restava era confiar em Henrik.

— Ainda temos os Roth — lembrei.

— Se isso é tudo o que você tem, então não tem nada — disse Paj, seco.

Auster não discutiu.

— Quando chegarmos a Sagsay Holm, vou conversar com Holland. Vou encontrar alguma solução com ela.

West finalmente abriu a boca.

— Como assim?

Não respondi. A verdade era que eu faria quase qualquer coisa para recuperar a escritura, e Holland devia saber. Eu não tinha a meia-noite para negociar, dando a ela todo o poder.

— O que você vai fazer, Fable? — perguntou Auster em voz baixa.

— O que ela quiser.

Era simples assim.

Willa murmurou:

— Egoísta.

— Você está brava comigo, Willa. Não com ela — estourou West.

— Tem alguma diferença?

— Willa — chamou Auster, levando a mão a ela, mas Willa o empurrou.

— Não! Não foi isso que combinamos. Dissemos que procuraríamos Fable e voltaríamos para Ceros para terminar o que começamos.

— Me desculpem — disse West. Um silêncio solene caiu sobre o navio, e todos os tripulantes olharam para ele. — Foi errado da minha parte ordenar que o navio viesse à Constelação de Yuri sem uma votação.

— Quem diria — bufou Paj.

— Não vai acontecer de novo — prometeu West. — Vocês têm minha palavra.

Willa olhou para o irmão, engolindo em seco antes de falar.

— Não vou estar por perto para saber se você vai cumprir.

— Como é que é? — perguntou ele, cansado.

— Quando voltarmos a Ceros, eu vou embora.

West ficou rígido, os olhos se cravando nela. Ele estava sem palavras.

— Estou cansada, West — confessou ela, mais baixo. — Estou cansada de seguir você de porto em porto. De deixar que cuide de mim. — A emoção em sua voz fez com que suas palavras soassem mais graves. — Quero sair do *Marigold*.

West parecia ter levado um tapa.

E o restante da tripulação estava tão chocado quanto ele. Alternavam o olhar entre os dois, sem saber o que dizer.

Foi Hamish quem finalmente deu um passo à frente, pigarreando.

— Temos dinheiro suficiente para substituir a âncora e voltar aos Estreitos. Vamos ter que parar nas ilhas de coral para completar nossos registros.

— Certo — respondeu West.

Ele se virou para a janela, deixando claro que estavam dispensados.

Foram saindo um após o outro, arrastando os pés na passarela coberta. Willa olhou para trás antes de segui-los.

— West — chamei.

Esperei que ele olhasse para mim. Como não olhou, me aconcheguei nele, encostando a cabeça em seu ombro. West beijou minha cabeça e inspirou fundo.

Ficamos assim por mais um momento antes de eu o deixar sozinho. Peguei os degraus para o convés inferior no fim da passagem; a lanterna na cabine da tripulação estava acesa, enchendo a fresta na porta de luz. Segui, espiando pela abertura.

Willa estava na frente do baú com a adaga nas mãos. Ela a virou devagar para que as joias refletissem a luz.

Abri a porta e me sentei na rede, deixando que meus pés balançassem sobre o piso.

— Eu sei — disse ela, hesitante. — Não devia ter falado assim.

— Você estava brava.

— Mesmo assim, foi errado.

Ela guardou o cinto de ferramentas no baú e o fechou antes de se sentar em cima da tampa, olhando para mim.

— Sei que é horrível, mas acho que parte de mim ficou grata por isso tudo acontecer. — Ela fechou os olhos. — Como se eu finalmente tivesse um motivo.

Eu entendia o que ela queria dizer. Willa temia contar para West que sairia e, quando ele agira contra a tripulação, sentiu-se justificada.

— Eu que sou egoísta — sussurrou.

Dei um chute de leve em seu joelho.

— Você não é egoísta. Só quer construir a própria vida. West vai entender.

— Quem sabe.

Willa estava com medo. De perdê-lo. Assim como ele estava com medo de perdê-la.

— O que você vai fazer? — perguntei.

Ela deu de ombros.

— Não sei. Acho que vou arranjar um trabalho com um construtor de navios ou um ferreiro. Talvez me tornar aprendiz.

Eu sorri.

— Quem sabe você não constrói um navio para a gente um dia.

Isso a fez sorrir.

Ficamos em silêncio, ouvindo o murmúrio do mar ao redor do casco.

— Vai ser difícil para ele — comentei. — Ficar sem você.

Willa mordeu o lábio, encarando profundamente a escuridão.

— Eu sei.

Abri espaço para ela na rede. Willa hesitou antes de se levantar e se sentar ao meu lado.

— Acha que ele vai me perdoar? — sussurrou ela.

Olhei para Willa.

— Não tem o que perdoar.

Depois do *Lark*, Willa me dissera que não tinha escolhido aquela vida. West a havia levado para uma tripulação para protegê-la. Mas ela não era mais a garotinha da época em que eles eram pivetes da Orla. Era hora de seguir seu próprio caminho.

TRINTA E DOIS

EU SENTIA O OLHAR DE WEST EM MIM NA PROA, OBSER-
vando Sagsay Holm despontar.

A vila estava iluminada sob o pôr do sol, os prédios vermelhos empilhados como pedras prestes a desabar. Mas meus olhos estavam fixos em um único navio no porto. Madeira com acabamento escuro e uma proa esculpida no formato de demônios marinhos. Estendida sobre a bujarrona estava um quadrado de lona branca larga estampado com o brasão de Holland.

O nó em minha barriga só fazia se apertar nas horas desde que saímos do escolho de Fable. Eu tinha parado diante da escrivaninha de minha avó e dito que conseguiria encontrar a meia-noite. Tinha fechado o acordo com base na sorte e perdido.

Se Clove tivesse chegado a Saint a tempo de conseguir um anel de mercador para barganhar e os Roth realmente cumprissem sua promessa, poderíamos ter uma chance de afundar Holland. Mas isso não livraria Saint de uma corda no pescoço. Se havia algo em que meu pai era péssimo era jogar segundo as regras dos outros. Ele era tão imprevisível quanto Henrik.

Peguei as cordas de amarração e as atirei quando chegamos à doca. O laço envolveu o poste mais distante enquanto o capitão do porto descia a passarela de tábuas de madeira, com a atenção concentrada nos pergaminhos em suas mãos. Ele rabiscou a pena da esquerda para a direita, sem se preocupar em erguer os olhos até West estar descendo a escada.

Ele ergueu os olhos sob a aba do chapéu quando as botas de West pisaram na doca.

— *Marigold?*

O olhar de West ficou imediatamente desconfiado.

— É.

— Holland está esperando por vocês no *Dragomar*.

Ele estudou nosso brasão e fez uma marcação no pergaminho. Fitou West de cima a baixo, mas não disse o que estava pensando.

— Não a deixaria esperando se fosse vocês — acrescentou o capitão.

West ergueu os olhos para mim, e soltei um longo suspiro antes de passar sobre a amurada e descer a escada.

— Vou conseguir a escritura de volta, West.

Ele parecia preocupado. Com medo, até.

— É só um navio, Fable.

Sorri com tristeza, virando a cabeça para o lado.

— Pensei que não mentíamos um para o outro. — O canto de sua boca se contraiu. — Ainda tenho cartas na manga. Ainda tenho minha parte do tesouro do *Lark* e...

— *Nós* ainda temos cartas na manga — corrigiu ele. — E Saint também.

Concordei, baixando os olhos para o chão. Não pela primeira vez, West tinha sido atraído para o caos absoluto que éramos eu e Saint, e eu não gostava disso. Só me fazia lembrar que eu tinha abandonado as regras sob as quais vivia antes de conhecê-lo. As regras que nós dois concordamos em deixar para trás. Eu me perguntava se estávamos nos enganando ao pensar que poderíamos fazer as coisas de maneira diferente, como dissemos.

Quatro guardas estavam na entrada da doca de Holland sob um arco que ostentava o brasão dela. Todos os portos no mar Inominado deviam ter um igual. Ao fim da doca, uma escada de madeira subia dois lances para o bombordo do *Dragomar*.

— Viemos ver Holland — informei, atenta à espada curta no quadril do guarda.

Ele me olhou de cima a baixo antes de dar meia-volta, e eu e West fomos atrás. Seguimos a doca enquanto o sol desaparecia e, uma a uma, as lanternas sobre o *Dragomar* ganharam vida.

Subi os degraus da doca, passando a mão pela amurada úmida. O cheiro de carne assada emanava do navio e, quando cheguei ao convés, olhei para o *Marigold*. Estava à sombra de outro navio, as velas içadas.

O guarda de Holland já estava esperando por nós. Ele estendeu a mão na direção da passagem, apontando para uma porta aberta, onde dava para ver o canto de um tapete carmesim sobre as tábuas de madeira. Respirei fundo para me acalmar antes de seguir em frente.

Lá dentro, Holland estava sentada diante de uma mesinha pintada de dourado com três livros de registro diferentes abertos, um em cima do outro, no colo. Ela estava enrolada em um xale escarlate, o cabelo prateado preso em uma trança elaborada em cima da cabeça. Rubis cintilantes do tamanho de moedas de cobre estavam pendurados nas orelhas.

Ela ergueu os olhos para mim entre cílios grossos.

— Estava me perguntando se vocês apareceriam.

— Dissemos pôr do sol — lembrei-a.

Holland fechou os registros e os colocou em cima da mesa.

— Por favor, sentem-se.

Eu me sentei à frente dela, mas West continuou em pé, de braços cruzados.

Uma sobrancelha desconfiada se arqueou mais alto do que a outra enquanto ela o examinava.

— Então? Onde está?

— Não estou com ela — declarei, mantendo a voz o mais calma possível.

O mais leve traço de emoção fez a expressão na boca de Holland vacilar.

— Como assim?

— Exploramos todos os recifes naquele sistema. Não está lá.

Era mentira, mas eu estava mesmo convencida de que a meia-noite não estava naquelas águas.

— Me lembro de você dizer que conseguia encontrar. Insistir, na verdade.

A voz de Holland ficou seca e, quando seus olhos se voltaram para West, engoli em seco, lembrando-me das botas de Zola no vão escuro da porta. Como se contorciam.

— Tínhamos um acordo, Fable. — A ameaça estava no tom grave que se erguia sob as palavras. — Mas sei como pode compensar.

West ficou tenso ao meu lado.

Ela abriu um dos registros e tirou um pergaminho dobrado de dentro. Meus braços se arrepiaram quando ela o abriu e o empurrou para mim.

— A reunião do Conselho de Comércio é em dois dias. Você vai estar lá. Como minha representante.

Eu fiquei boquiaberta.

— Representando o quê?

— Minha nova rota comercial nos Estreitos.

Deslizei o pergaminho de volta para ela sem abrir.

— Eu disse que não estava interessada.

— Isso foi antes de eu ter a escritura do *Marigold* — retrucou ela, com doçura.

Holland pegou o documento e o entregou para mim. Minha mão tremeu enquanto eu o abria e lia as palavras.

— Você vai ter seu navio de volta quando eu tiver sua assinatura num contrato de dois anos para liderar minha nova frota.

Entreabri a boca, a sensação de enjoo voltando ao estômago.

— Como assim?

Mas eu já sabia. Ela tinha me enviado em uma missão impossível enquanto manipulava o jogo. Nunca confiou que eu a encontraria.

Pelo canto do olho, eu vi West dar um passo em minha direção. Antes mesmo que eu terminasse de ler, ele tirou o contrato dos meus dedos. Observei seu olhar frenético percorrer as letras manuscritas.

— Ela não vai assinar coisa alguma — disse West, amassando o pergaminho no punho.

— Vai, sim — respondeu Holland, sem nenhum traço de dúvida na voz. — Assine o contrato e terá tudo o que quer. A escritura do *Marigold* e uma operação nos Estreitos. O *Marigold* pode até trabalhar para mim, se quiserem. — Ela pegou a xícara e a ergueu. — Se eu propuser uma comerciante nascida nos Estreitos como chefe de minha nova rota em Ceros, o Conselho de Comércio vai ceder.

Tentei acalmar a respiração, segurando o braço da cadeira.

— E Saint?

— Saint é um problema que nenhum de nós quer ter. Confie em mim. — Ela deu um gole na xícara de chá da borda dourada. — Ele vai sair do caminho antes de estabelecermos nosso posto em Ceros. Sem ele e Zola para competir, vou entregar o controle do comércio de joias naquelas águas para você.

Olhei para West, mas ele encarava Holland, seu olhar mortífero ardente.

— Me encontrem na Wolfe & Engel amanhã à noite com o contrato. — Seus olhos pousaram em minhas mãos trêmulas e cerrei os punhos, pousando-os no colo. Ela se debruçou, a gentileza fria retornando ao rosto. — Não sei em que casco imundo de navio você nasceu, Fable. Não me importo. Mas, quando velejar de volta aos Estreitos, vai ser sob o *meu* brasão.

TRINTA E TRÊS

A TRIPULAÇÃO ME ENCAROU DO OUTRO LADO DA CABINE, em silêncio. Até Koy parecia sem palavras.

— Você não vai assinar — disparou Paj. — Estamos perdendo dinheiro desde que saímos de Dern para levar você de volta aos Estreitos e fazer o que combinamos.

— Vocês podem fazer sem mim. Isso não muda nada — falei.

— Muda tudo — murmurou Willa.

Atrás dos outros, ela estava virada na direção da lanterna, observando a chama atrás do vidro. Aquilo tinha uma consequência diferente para ela. Se eu não estivesse a bordo do *Marigold*, era menos provável que ela deixasse a tripulação.

— Se eu assinar o contrato, pegamos a escritura do *Marigold* de volta. Se Saint e os Roth cumprirem a parte deles, não vai nem importar. Vai ser nulo.

— E se *não* cumprirem? — perguntou Willa.

— Vocês vão velejar com uma tripulante a menos pelos próximos dois anos. Não é tanto tempo.

Tentei falar como se acreditasse nisso. Dois anos longe do *Marigold*, longe de West, parecia uma eternidade. Mas era um preço que eu pagaria em troca de um lugar para voltar depois que meu contrato acabasse.

— Com ou sem contrato, precisamos decidir nosso próximo passo. Ainda temos dinheiro o suficiente para colocar uma rota comercial em operação a partir de Ceros. — Hamish deixou o livro aberto em cima da escrivaninha entre nós. Desde que saímos do escolho de Fable, ele estava fazendo as contas. — Não precisamos de um posto, não para começar.

Todos olharam para West, mas ele estava em silêncio ao meu lado. Paj suspirou, dando um passo à frente para olhar os registros.

— Não adianta obter uma licença da Guilda de Joias se Holland vai entrar nos Estreitos, então sugiro nos atermos mais a uísque de centeio.

— Sempre vende — concordou Auster. — Verbasco também.

Fazia sentido. Não havia nenhum porto nos Estreitos que não aceitaria carregamentos de ambos.

— É o que eu estava pensando — concordou Hamish. — Ainda nos coloca em concorrência com Saint, mas não é novidade. Três portos para começar: Sowan, Ceros e Dern, nessa ordem.

— Não sei se ainda somos bem-vindos em Sowan. Não por um tempo, pelo menos — pontuou Auster.

Hamish olhou de esguelha para West, mas ele não disse nada. As notícias deviam ter se espalhado por todo os Estreitos àquela altura, sobre o que West tinha feito com aquele mercador em Sowan. Era uma reputação que levaria tempo para refutar. Mas havia um lugar nos Estreitos onde reputações não importavam.

— E Jeval? — sugeri.

No canto da cabine, Koy se empertigou, seus olhos me encontrando.

— Jeval? — Paj estava cético. — É uma parada de abastecimento, não um porto.

— Se o comércio entre o mar Inominado e os Estreitos se abrir, é apenas questão de tempo até Jeval virar um porto de verdade. É o único cais entre Sagsay Holm e Dern — repeti o que Koy tinha me falado um dia antes.

Hamish curvou a boca para baixo enquanto ele considerava.

— Nem existem mercadores em Jeval.

— Ainda não. — Olhei de esguelha para Koy. — Mas, se vendermos uísque de centeio e verbasco, sempre vai haver dinheiro em Jeval para isso.

— Não é má ideia — disse Auster, encolhendo os ombros. — West?

Ele pensou, coçando a barba rala.

— Concordo.

— Precisaríamos encontrar alguém de confiança com quem estabelecer comércio — murmurou Hamish.

— Acho que conheço alguém.

Sorri e apontei a cabeça para Koy. Todos olharam para ele.

— É verdade? — perguntou Hamish.

Koy se afastou da parede, empertigando-se.

— Acho que podemos chegar a um acordo.

Ele estava disfarçando, mas eu via a aura de entusiasmo que o cercava.

Hamish fechou o livro, sentando-se no canto da escrivaninha.

— Então, só falta votar. — Seus olhos passaram por cada um de nossos rostos. — Fable, seu voto ainda conta se sua parte vai entrar.

— Vai, sim — afirmei, sem hesitar.

— Certo. — Hamish bateu as palmas. — Todos a favor de usar um terço do dinheiro do tesouro do *Lark* para encher o casco de uísque de centeio e verbasco?

Ele olhou primeiro para Willa.

Ela abriu a boca para falar, mas West a interrompeu:

— Ela não vai votar.

Hamish fechou a boca enquanto alternava o olhar entre eles.

— Os únicos que vão votar são os que vão investir sua parte do *Lark*.

— Do que você está falando?

Willa finalmente tirou a atenção da lâmpada. A luz iluminava apenas metade de seu rosto.

— A parcela de Willa não faz mais parte de nossos registros — declarou West, ainda sem falar diretamente para ela.

Willa olhou em minha direção, como se achasse que eu me oporia.

— West...

— Quero que leve com você — disse ele. — Faça o que quiser com ela. Abra sua própria operação. Entre numa aprendizagem. O que quiser.

Parecia doloroso para ele dizer aquilo.

Os olhos de Willa se encheram de lágrimas enquanto ela olhava para ele.

— Seja lá o que vier pela frente. — West engoliu em seco. — Você não está presa aqui.

Hamish hesitou, esperando a resposta de Willa. Mas ela não disse nada.

— Certo. Todos os tripulantes com direito a voto, então, a favor de encher o estoque de verbasco e uísque de centeio. Fable?

— Concordo — respondi, com um aceno.

Paj e Hamish repetiram o mesmo, seguidos por Auster. Mas West ainda estava ao meu lado, o olhar distraído nos livros fechados.

— Precisa ser unânime — disse Hamish.

A mente de West estava trabalhando. Se fazia cálculos ou considerava as opções, eu não sabia. Mas eu tinha o pressentimento de que não gostaria do que ele diria na sequência.

— Poderíamos usar o dinheiro para liberar Fable do contrato com Holland.

— Você não vai fazer isso — cortei, fixando nele um olhar incisivo. — Isso *não* vai acontecer.

Os outros ficaram em silêncio.

— Por que não? — perguntou West.

— Dissemos que usaríamos o tesouro do *Lark* para começar nosso próprio comércio. Não vamos desperdiçar com Holland.

— Não é bem um desperdício — murmurou Willa.

— Ela não vai aceitar o dinheiro. Não é de moeda que ela precisa. Só existe uma coisa que Holland quer, e nós não temos — argumentei, mais irritada do que queria estar.

Eles se preocupavam comigo. Mas eu não deixaria que Holland tirasse a chance que eu tinha dado ao *Marigold*. A chance que eles tinham dado a mim.

— West, ainda precisamos do seu voto — repetiu Hamish, mais gentil.

West finalmente olhou para mim, percorrendo meu rosto.

— Pode ser.

Ele engoliu em seco, dando a volta por mim e se dirigindo à porta.

— West. — Paj o deteve. — Ainda temos consertos para resolver.

— De manhã resolvemos.

Paj o soltou, observando-o desaparecer pela passarela coberta. Willa torceu a boca para o lado enquanto olhava para mim e respondi à pergunta silenciosa dela com um aceno antes de ir atrás dele.

A noite estava estranhamente quente; o ar, ameno, fazendo o convés reluzir na escuridão. A sombra de West passou sobre meus pés no tombadilho superior. Ele puxou um fio de corda desfiada do barril na popa enquanto eu subia os degraus. Ele não olhou para mim enquanto eu me debruçava na amurada e o observava desfiar a corda, rasgando as fibras para serem usadas como estopa. Estava me familiarizando com a maneira como ele começava instantaneamente a trabalhar em tarefas tediosas quando estava chateado.

— São dois anos — falei, tentando ser delicada.

West não respondeu, passando a ponta da faca grosseiramente entre as cordas.

— Dois anos não são nada — continuei.

— Até parece — resmungou ele, baixando outro maço de corda.

— Deveríamos tentar liberar você do contrato.

— Você sabe que não vai dar certo.

— Se colocar os pés naquele navio, ela nunca vai deixar você sair. Holland vai encontrar uma maneira de estender o contrato. Deixar você em dívida. Alguma coisa.

— Ela não é Saint.

— Tem certeza? — disparou West.

Mordi a língua. Eu não mentiria para ele. A verdade era que eu não conhecia Holland. Às vezes, sentia que não conhecia nem Saint.

Mas eu não podia fingir que não entendia o que ele estava dizendo. Desde o momento em que vira Holland no baile, ela estava tramando para me prender àquele contrato. Ela me enredou. E a pior parte era que eu tinha sido idiota o bastante para cair.

West parou com a corda, olhando para a água antes de se voltar para mim.

— Não quero que você assine — confessou ele, a voz grave.

Dei um passo na direção dele, pegando a corda de suas mãos e jogando-a no convés. Ele relaxou quando passei os braços sob os dele e envolvi seu corpo.

— Saint vai cumprir a parte dele do acordo. Tenho certeza.

West apoiou o queixo em cima de minha cabeça.

— E os Roth?

— Se Saint cumprir, eles também vão.

Ele ficou em silêncio por um momento.

— Nada disso teria acontecido se eu não tivesse tentado me vingar de Zola por Willa.

— West, foi tudo por causa de Holland. Nada disso teria acontecido se eu não tivesse pedido para você me levar para o outro lado dos Estreitos.

Ele sabia que era verdade. Mas a natureza de West era assumir a culpa. Fazia tempo demais que ele tinha pessoas dependendo dele.

Ergui a cabeça para olhá-lo.

— Prometa que vai fazer o que precisa ser feito.

Ele pegou uma mecha de meu cabelo e a deslizou entre os dedos, me deixando arrepiada. O silêncio de West era um mau presságio. Ele não era um homem de muitas palavras, mas sabia o que queria e não tinha medo de correr atrás.

— Prometa — insisti.

— Prometo — cedeu ele, relutante.

TRINTA E QUATRO

QUANDO ACORDEI DE MANHÃ NO ALOJAMENTO DE WEST, ele não estava lá.

A janela estava aberta, batendo suavemente na parede por conta do vento, e a lembrança daquela manhã em Dern passou diante de meus olhos. O céu cinza e a brisa fresca. O feixe de luz através da cabine enevoada. Mas era o mar Inominado fora da janela desta vez.

Eu me sentei, passando a mão sob a colcha na qual West dormira. Estava frio. Suas botas também não estavam onde costumavam ficar ao lado da porta.

No convés, Auster e Paj estavam tomando café da manhã na passarela coberta.

— Cadê ele? — perguntei, minha voz ainda rouca de sono.

— Foi com Hamish atrás do construtor naval — disse Paj, apontando para o ancoradouro.

Auster se levantou do caixote em que estava sentado.

— Com fome?

— Não.

Balancei a cabeça. Minha barriga estava embrulhada desde que saíra da água no escolho de Fable.

Fui até a amurada, observando o convés do *Dragomar*. A tripulação de Holland já estava trabalhando, e a limpeza melódica do convés ecoava pela água. Eu costumava ficar sentada na bujarrona do navio de meu pai, observando os marinheiros rasparem as pedras brancas sobre o convés, polindo a madeira até que ficasse clara e lisa. Para a frente e para trás, para a frente para trás. Meu pai gostava do convés brilhando, como qualquer bom timoneiro, e era o serviço temido por todos a bordo.

Branco como osso. Até estar branco como osso.

A voz de meu pai atravessou minha mente, como o barulho que sacudia o casco de um navio em uma tempestade.

Até estar branco como osso.

O rangido de areia sobre madeira era tão caloroso em minha pele quanto todas as lembranças que eu tinha daqueles dias. Quando Saint se debruçava na amurada, observando a água azul cristalina até minha mãe emergir de um mergulho.

Eu torcia para que fossem assim que minhas lembranças do *Marigold* ficassem, ao alcance quando eu precisasse delas nos dois anos seguintes.

Willa subiu os degraus, as botas nas mãos. Seus dreads estavam presos para trás, caindo pelas costas como cordas de bronze. A cicatriz em sua bochecha era rosa no frio.

— Aonde você vai? — perguntei, observando-a abotoar o casaco.

— Ver o ferreiro da vila. Não podemos voltar para Ceros sem uma âncora.

Olhei sobre os telhados ao longe. Algo dentro de mim estava prendendo minha respiração, e entendi que o que estava me incomodando era não conseguir colocar os olhos em West. Eu estava pensando na expressão gélida dele desde a noite anterior. No silêncio que havia caído sobre nós quando eu disse que assinaria o contrato de Holland.

— Vou com você.

Voltei à cabine de West e peguei minhas botas e minha jaqueta, prendendo o cabelo em um coque no alto da cabeça.

Alguns minutos depois, estávamos subindo os degraus para sair do porto, o sol em nosso rosto.

Willa percorria as ruas metodicamente, procurando a oficina do ferreiro e, toda vez que as pessoas viam sua cicatriz, os passos delas vacilavam um pouco. Ela era uma visão temível, o corpo pequeno e musculoso sob a pele acobreada. Olhos azuis cintilantes cercados por cílios escuros, deixando-os quase etéreos.

Willa era linda. E, naquela manhã, parecia livre.

— É aqui.

Ela parou sob uma placa pintada de vermelho que dizia FERREIRO.

A porta tilintou quando ela entrou, e, do outro lado do vidro, eu a vi ir até a parede em que cestas de pregos e rebites estavam penduradas em ganchos.

Albatrozes deslizavam e rodopiavam ao vento que soprava no porto ao longe e suspirei enquanto os observava, sentindo um peso ali no beco. Era como se cada centímetro do céu estivesse me comprimindo, me empurrando contra a terra.

Ainda era cedo, mas, antes do pôr do sol, eu estaria assinando o contrato de Holland.

Um vulto azul brilhante cintilou na sombra que escurecia a esquina do prédio, e examinei a rua ao meu redor. As pessoas andavam tranquilamente de loja em loja, mas eu sentia a diferença no ar. O cheiro remanescente de fumaça de verbasco com especiarias.

Observei a esquina, onde o beco se estreitava em uma rua pequena que desaparecia entre os prédios. Pela vitrine atrás de mim, vi Willa esperando no balcão.

Contraí a boca, cerrando os punhos nos bolsos enquanto eu me dirigia ao beco e fazia a curva. O lampejo de azul desapareceu na esquina seguinte, deixando o beco vazio. Silencioso.

Andei a passos pesados, ecoantes, olhando para trás na rua para ter certeza de que não havia ninguém me seguindo. Quando fiz a curva seguinte, parei de repente, meu peito se afundando sob o peso de cada respiração. Lá, recostado nos tijolos manchados de fuligem, meu pai estava com o cachimbo entre os dentes, o chapéu puxado sobre os olhos.

— Saint.

Meus lábios formaram a palavra, mas não consegui ouvir minha voz.

A ardência nos olhos me entregou, lágrimas traiçoeiras se acumulando tão rapidamente que precisei piscar para secarem. Precisei de toda a minha força de vontade para não jogar os braços ao redor dele, e eu não sabia o que fazer com essa sensação. Queria enfiar o rosto em seu casaco e chorar. Queria permitir que o peso de minhas pernas cedesse e deixar que ele me segurasse.

Pensara vezes e mais vezes que talvez nunca mais o visse. Que talvez não quisesse mais vê-lo. E ali estava eu, engolindo o choro preso na garganta.

Ele era belo e assustador, de uma frieza estoica. Ele era Saint.

Uma baforada de fumaça subiu de seus lábios antes de ele olhar para mim, e pensei que talvez eu tivesse visto algo em seus olhos azuis duros que refletia a sensação crepitante dentro de mim. Mas, quando desviou a atenção, passou.

Ele segurou a abertura do casaco e avançou em minha direção.

— Recebi sua mensagem.

— Não pensei que você viria pessoalmente — comentei.

Era verdade. Eu estava esperando Clove. Mas estava tão feliz em ver meu pai que quase fiquei com vergonha. Encarei a ponta de suas botas pretas engraxadas na frente das minhas.

— Você trouxe? — perguntei.

Um sorriso irônico se abriu em seus lábios antes de ele tirar do bolso um pequeno embrulho de papel pardo. Saint o estendeu entre nós, mas, quando ergui a mão para pegá-lo, o levantou, longe de meu alcance.

— Sabe o que está fazendo? — perguntou ele, com a voz rouca.

Eu o encarei, tirando o embrulho de seus dedos. Era a mesma pergunta que West tinha me feito. Para a qual eu não sabia se tinha uma resposta.

— Sei o que estou fazendo — menti.

Ele deu uma longa baforada do cachimbo, estreitando os olhos enquanto eu rasgava a ponta do embrulho, puxando o pergaminho grosso para trás até ver a quina de uma caixa. Quando saiu, ergui a trava de latão e abri. Dentro, o olho de tigre dourado de um anel de mercador de joias me encarou. Soltei um longo suspiro aliviado.

— Você parece bem.

Ergui os olhos para ver meu pai me estudando da cabeça aos pés. Era uma fraca tentativa de perguntar como eu estava.

— Você poderia ter me contado. Sobre Holland.

Ele considerou por um momento antes de responder:

— Poderia.

— Você pode ter se livrado de Zola, mas sei que queria que eu saísse do *Marigold*. Não deu certo.

Ele estreitou os olhos.

— Pensei que sua avó ofereceria uma posição para você.

— Ela ofereceu. Eu não quis.

Ele ergueu a mão, penteando o bigode com os dedos. Eu poderia jurar ter visto um sorriso escondido em seus lábios. Ele parecia quase... orgulhoso.

— Clove disse que o anel é para Henrik — comentou Saint, mudando de assunto.

— É.

Saint soltou outra baforada de fumaça da boca.

— Longe de ser o mais confiável dos criminosos.

— Quer dizer que não acha que ele vai cumprir com a palavra?

— Quer dizer que acho que você tem uma chance de cinquenta por cento.

Não eram boas probabilidades. Eu me recostei na parede ao lado dele, observando as pessoas enchendo a rua pela abertura do beco.

— Preciso te perguntar uma coisa.

Ele ergueu as sobrancelhas. Parecia curioso.

— Diga.

— Ela chegou a contar para você?

Saint franziu a testa assim que entendeu que eu estava falando de minha mãe.

— Me contar o quê?

— Isolde — pronunciei o nome dela, mesmo sabendo que ele não gostava. Um desconforto perpassou seu rosto. — Ela chegou a contar para você onde encontrou a meia-noite?

Ele tirou o cachimbo da boca.

— Nunca.

— Como assim? — subi a voz. — Em todos aqueles anos? Como ela nunca contou?

Ele desviou os olhos de mim, talvez para esconder o que sua expressão revelaria. Saint parecia muito frágil.

— Nunca perguntei — afirmou, mas as palavras eram tensas.

— Não acredito em você — retruquei, incrédula.

— Eu...

Ele se deteve. Parecia inseguro sobre o que dizer. Ou como dizer. E *isso* não era nem um pouco o estilo de Saint. Ele reuniu coragem antes de se virar para mim, os olhos transmitindo uma verdade completamente diferente.

— Eu a fiz jurar que nunca me contaria.

Eu me recostei na parede, deixando que me sustentasse. Minha mãe tinha contado para ele sobre a meia-noite. Mas eu não era a única que sabia do que era feito o homem que eu chamava de pai. Ele se conhecia bem o bastante para proteger Isolde.

De si mesmo.

O pensamento era tão doloroso que precisei desviar o olhar dele com medo do que poderia ver se encontrasse seus olhos. Ele era o único que a amava mais do que eu. E a dor de perdê-la era forte e recente, cortante entre nós.

Ele pigarreou antes de dar outra baforada do cachimbo.

— Vai me contar seu plano?

— Não confia em mim?

Encontrei um sorriso em meus lábios, mas ainda estava vacilante com a ameaça de lágrimas.

— Confio. — A voz de Saint soou mais baixa do que eu jamais tinha ouvido. — Vai me contar o porquê?

Dava para ver que ele queria saber. Que ele estava tendo dificuldade para entender. Ficara surpreso quando Clove apareceu em Bastian com minha mensagem e queria saber por que eu faria aquilo. Por que colocaria qualquer coisa em risco por ele, depois de tudo o que ele havia feito.

Ergui os olhos, e a silhueta dele se curvou sob a luz. Dei a resposta sincera. A verdade nua e crua.

— Porque não quero perder você.

Era apenas isso, nada mais, nada menos. Eu não sabia até aquele momento no solário, quando Holland dissera o nome dele. Que eu o amava com a mesma intensidade com que o odiava. Que, se algo acontecesse a Saint, parte de mim partiria com ele.

Meu pai contorceu a boca para o lado antes de dar um aceno firme, olhando para a rua.

— Vai estar na reunião do Conselho de Comércio?

Fiz que sim, sem conseguir dizer mais uma palavra.

A barra de seu casaco roçou no meu enquanto passava por mim, e o observei fazer a próxima curva, deixando-me sozinha no beco. O vento do mar me atingiu e o nó em minha garganta ardeu enquanto eu voltava pela passagem estreita por onde tinha vindo.

Willa estava esperando na frente da vitrine do ferreiro quando voltei para a rua, um pacote embrulhado nos braços. Quando me viu, ela suspirou de alívio.

— Onde você estava?

Esperei um homem passar, baixando a voz:

— Saint.

— Ele está aqui? Ele...? — sussurrou.

Tirei a caixa do bolso apenas o bastante para mostrar para ela.

Ela abafou um grito.

— Ele conseguiu?

— Conseguiu — confirmei. — Não quero saber como, mas o desgraçado conseguiu.

TRINTA E CINCO

QUANDO VOLTAMOS AO *MARIGOLD*, HAVIA VOZES ATRÁS da porta da cabine de West. Soltei um suspiro aliviado ao notar, a calma voltando imediatamente aos meus ossos.

Porém, parei de repente quando ouvi a voz cortante e irritada de Paj.

— Você deveria ter me perguntado.

Não bati, deixando que a porta se abrisse para encontrar West e Hamish ao redor da escrivaninha com Paj. Os três ergueram os olhos ao mesmo tempo, em silêncio.

Hamish mexeu em uma pilha de papéis, os dedos manchados de tinta. Havia algo estranho em seu comportamento. Ele também estava bravo.

— Encontraram o construtor naval? — perguntei, observando Hamish abrir a gaveta e guardar os pergaminhos.

— Encontramos — respondeu Hamish, empertigando-se. Ele estudou o espaço ao redor. Qualquer lugar, menos onde eu estava parada. — Vou ter aqueles números à noite — disse, olhando de relance para West.

West respondeu com um aceno.

— Certo.

Hamish passou, virando de lado para não encostar em mim ao sair pela porta. Paj voltou um olhar fulminante para West por um momento antes de ir atrás dele. Observei os dois desaparecerem no convés, a testa franzida. Mas, na cabine, West parecia à vontade. Mais relaxado do que na noite anterior.

— O que foi isso? — questionei, estudando-o.

Ele ergueu os olhos da escrivaninha.

— Nada. Só informando sobre a contabilidade — disse, mas desviou os olhos dos meus um pouco rápido demais.

— Paj parecia bravo.

West deu um suspiro irritado.

— Paj vive bravo.

Seja lá o que estivesse acontecendo entre eles, deu para entender que West não me contaria. Não imediatamente, pelo menos.

— Encontrei Saint — contei, fechando a porta.

West apertou a borda da escrivaninha e ergueu os olhos para mim.

— Ele conseguiu?

Tirei o pacote do casaco e o deixei em cima da escrivaninha na frente dele. Ele o pegou e o virou, deixando que o anel de mercador caísse em sua mão. Estava recém-polido, a pedra preciosa lustrada.

— Agora só precisamos dos Roth — murmurei.

West passou a mão dentro do colete, tirando um papel dobrado do bolso, que entregou para mim.

— Chegou uma hora atrás. Eu estava esperando você.

Peguei o pergaminho e abri, lendo a letra apressada e curva. Era uma mensagem de Ezra.

Taverna Leith, depois do sino.

Olhei pela janela. O sol já tinha passado do ponto mais alto no céu e se poria em poucas horas. Holland estaria esperando por mim na Wolfe & Engel, então teríamos que ser rápidos para encontrarmos Ezra.

— Certo. Vamos.

West guardou a mensagem de volta no colete e tirou o casaco do gancho, saindo atrás de mim para o convés. Quando desci a escada, Willa já estava trabalhando nos consertos, pendurada ao lado do casco a estibordo. Ela encaixou a estopa em uma abertura ao longo das rachaduras menores, batendo com o cabo da enxó.

— Voltamos depois do pôr do sol — avisou West, pulando para a doca ao meu lado.

— Na última vez que você disse isso, demorou dois dias para aparecer — murmurou ela, tirando outro prego da bolsa.

Fosse lá o que ela não estivesse dizendo estava aceso em seus olhos. Willa tinha se libertado do *Marigold*, mas não gostava da ideia de eu trabalhar para Holland. Em breve seguiríamos cada uma seu caminho, e eu não sabia se eles voltariam a se cruzar.

Pegamos a rua principal que levava de volta a Sagsay Holm, encontrando a casa de chá no alto da colina da zona leste da vila. Era voltada para a água, com uma vista da costa rochosa.

A placa estava pintada com um dourado reluzente, pendurada sobre a rua em uma moldura ornamentada com arabescos.

WOLFE & ENGEL

Engoli em seco, o nó em minhas entranhas ressurgindo. As janelas refletiam os prédios ao nosso redor e, de repente, me dei conta de como ficava deslocada entre eles. Fustigada pelo vento e queimada pelo sol. Cansada.

Ao meu lado, West estava igual. Ele não disse nada, e eu também estava sem palavras. Quando saísse da casa de chá, eu estaria contratada por Holland e não tinha como saber se os Roth me salvariam.

— Vou fazer isso sozinha — falei.

A última coisa de que precisava era West piorando ainda mais sua inimizade com Holland. Eu sentia que estava prendendo a respiração, esperando o silêncio ao redor dele se quebrar.

Para minha surpresa, West não discordou. Olhou para mim, para a vitrine.

— Vou esperar.

— Certo.

O rosto de West ainda estava estoico ao me ver pegar a maçaneta de latão e abrir a porta. O cheiro de bergamota e lavanda saiu com tudo, envolvendo-me enquanto meus olhos se ajustavam à luz baixa.

Bancos de madeira cobertos por veludo vermelho cercavam as paredes, a extensão do salão cheia de mesas douradas. Candelabros delicados de cristal estavam pendurados no teto, cheios de velas que davam a tudo um aspecto de sonho.

Não era nenhuma casualidade que Holland quisesse me encontrar aqui, em um lugar extravagante e luxuoso, como a Casa Azimute. Era exatamente o tipo de lugar onde ela poderia ter as coisas a seu modo, como sempre.

Um homem parou diante de mim, passando os olhos por minhas roupas.

— Fable?

— Sim? — respondi, desconfiada.

Ele pareceu decepcionado.

— Por aqui.

Olhei para trás, na direção da vitrine, mas West não estava mais lá, e a rua, cada vez mais escura, estava vazia. Segui o homem até os fundos da casa de chá, onde uma cortina bordada e grossa estava fechada sobre uma mesa privativa. Ele a abriu e Holland ergueu os olhos, o cabelo prateado penteado em lindos cachos suaves que caíam ao redor do rosto como ondas.

— Sua convidada, madame.

O homem baixou um pouco a cabeça, sem fitar os olhos de Holland.

— Obrigada. — A mesma reprovação pairou em sua expressão enquanto ela olhava para mim. — Não se deu ao trabalho de tomar banho, pelo visto.

Eu me sentei à frente dela na mesa, tentando tomar cuidado com o veludo. Eu não gostava daquilo. Não gostava do que ela estava fazendo ao me levar ali e odiava me sentir pequena. Apoiei os cotovelos na mesa, inclinando-me na direção dela, que fez uma careta com a cena.

O garçom reapareceu com uma bandeja cheia de taças luxuosas. As bordas estavam cravejadas de diamantes azuis e, dentro, um líquido transparente fazia a prata parecer derretida. O homem fez outra reverência antes de desaparecer.

Holland esperou a cortina se fechar antes de pegar uma das taças, gesticulando para eu a imitar. Hesitei antes de erguê-la da bandeja.

— Um brinde.

Sua taça flutuou na direção da minha.

Bati a borda da minha taça na dela.

— A quê?

Ela me olhou com tristeza, como se eu estivesse sendo engraçadinha.

— À nossa parceria.

— Parceria sugere igualdade de poder — refutei, observando-a dar um gole.

Ela contraiu a boca ao engolir, e deixou a taça de volta na mesa com cautela.

Dei um gole, engolindo a queimação na garganta. Era nojento.

— Amanhã — disse, mudando de assunto, e fiquei agradecida por não perdermos tempo com formalidades.

Ela era minha avó, mas eu não era idiota. Eu tinha entrado em seu domínio assim como aconteceu com West e Saint. Se qualquer coisa desse errado na reunião do Conselho de Comércio e ela descobrisse o que eu estava tramando, toda a tripulação teria o mesmo fim de Zola. Seus corpos seriam despejados no porto e o *Marigold* seria desmantelado ou velejaria sob o brasão de Holland.

— Está tudo em ordem — começou ela, entrelaçando os dedos cheios de anéis. — O Conselho vai abrir espaço para os comerciantes e vou fazer a proposta, apresentando você como a chefe de minha nova rota comercial nos Estreitos.

— O que faz você pensar que eles vão votar a seu favor?

Ela quase riu.

— Fable, não sou idiota. O Conselho de Comércio me odeia. Os dois. Eles precisam do meu dinheiro para manter os negócios em movimento, mas estabeleceram limites muito claros para impedir que eu controlasse os tratados deles. Você nasceu nos Estreitos, é uma dragadora habilidosa e sabe ser tripulante. — Ela deu outro gole da taça. — É uma sábia das pedras.

Deixei a taça na mesa com um pouco de força demais.

— Você vai contar para eles que sou uma sábia das pedras?

— Por que não?

Meu olhar se fixou em Holland, tentando interpretar sua expressão aberta e honesta.

— Porque é perigoso.

Havia um motivo para sábios das pedras serem quase inexistentes. Ficaram para trás os tempos em que joalheiros buscavam aquele título, porque ninguém queria ter tanto valor, não quando comerciantes e mercadores fariam de tudo para deter seu controle.

— Não sou uma sábia das pedras. Nunca terminei minha aprendizagem.

Ela balançou a mão, como se fosse bobagem.

— Esses são exatamente os tipos de detalhe de que eles não precisam saber.

Eu me recostei no banco, abanando a cabeça. Talvez fosse outro motivo para Isolde ter deixado Bastian. Se eu tivesse que apostar, diria que Holland também havia tentado usá-la.

— Agora, é importante que você aja como se soubesse se comportar, para causarmos uma boa impressão — continuou Holland. — Não dá para fazer você se passar por alguém que se encaixa nesse lugar, mas desconfio que isso possa trabalhar a nosso favor.

Lá estavam as palavras de novo. *Nós. Nosso.*

— Você não vai abrir a boca até lhe dirigirem a palavra. Vai me deixar responder às perguntas do Conselho de Comércio. Vai se *vestir* a rigor. — Ela olhou de novo com desdém para minhas roupas. — Vou mandar uma costureira levar algo para você provar hoje.

Eu a encarei.

— E se não concederem a licença para você?

— Vão conceder — disse ela, na defensiva. — Com Zola e Saint fora da água, os Estreitos vão ser pressionados a estabelecer outra operação que possa expandir sua rota para o mar Inominado. Se *você* estiver comandando o comércio, todos saem ganhando.

Menos Saint. Menos eu.

Tentei relaxar, inspirando devagar enquanto pegava a taça de prata de novo e dava outro gole. Holland tinha preparado bem sua mão. Sem Zola, todas as tripulações dos Estreitos estariam fazendo suas propostas para competir com Saint pelo pouco poder que restava. Mas, se obtivesse a licença, Holland deteria tudo antes que o sol se pusesse no dia seguinte.

— Vamos acabar logo com isso — falei.

— Acabar com o quê?

— O contrato.

Holland uniu a ponta dos dedos antes de pegar uma bolsa de couro do assento ao lado e abri-la. Observei enquanto ela vasculhava os pergaminhos até encontrar o que buscava: um envelope sem identificação. Ela o colocou diante de mim na mesa.

Respirei, desejando que meu coração se acalmasse. Depois que eu assinasse, não haveria como voltar atrás. Meu destino estaria nas mãos de Henrik. Ergui a mão do colo e o peguei, abrindo a aba do envelope e tirando o pergaminho. Senti um frio na barriga quando o abri diante de mim.

Meus olhos perpassaram a tinta preta de novo e de novo.

Escritura de Navio

O nome do *Marigold* estava listado embaixo.

— O que é isso? — gaguejei.

— É a escritura do navio. Como prometido — respondeu Holland, fechando a bolsa.

— Ainda não assinei o contrato.

— Ah, já está pago. — Holland sorriu. — Mandei fazerem as mudanças que ele solicitou no escritório comercial. Deve estar tudo em ordem.

— Como assim?

Ergui a escritura à luz de velas, lendo as letras com angústia.

Transferência de propriedade.

Perdi o ar, abrindo a boca quando vi meu nome. Estava escrito na mesma caligrafia que o resto do documento.

— O que você fez?

Ofeguei. A escritura tremia em minhas mãos.

A compreensão fria encheu meu crânio, fazendo minha cabeça doer enquanto eu juntava as peças.

— West.

West assinara o contrato de dois anos com Holland.

— Os termos de nosso acordo mudaram — informou Holland. — West assinou o contrato em troca do *Marigold*. — Ela tirou outro pergaminho de dentro da bolsa. — Mas tenho uma nova proposta para você.

Encarei o documento. Era outro contrato.

— Ainda quer salvar seu pai? Essa é sua chance.

Holland sorriu com satisfação.

Tínhamos caído na armadilha dela não uma, mas duas vezes. Quando West assinou o contrato de Holland, ele pensou estar me salvando. Mas Holland tinha conseguido dois pelo preço de um. E sabia disso. Não tinha dúvida de que eu assinaria.

Peguei a pena e a tracei pelo pergaminho. Meu nome me encarou, reluzindo em tinta fresca.

Saí da mesa, abrindo a cortina com a escritura apertada no punho. Calor ardia sob minha pele enquanto eu atravessava a casa de chá, em direção à vitrine escura. Abri a porta e saí, vasculhando a rua atrás dele.

West estava do outro lado da via, recostado na parede do prédio vizinho.

— O que você fez?

Minha voz soou rouca enquanto eu atravessava os paralelepípedos na direção dele.

West se empertigou, tirando as mãos dos bolsos quando parei diante dele, fervendo de raiva.

— Fable...

Enfiei a escritura amassada em seu peito.

— Por que meu nome está aqui?

West encarou o envelope.

— Era isso que estava irritando Paj e Hamish hoje? Todos sabiam menos eu?

— Willa e Auster não sabem.

— Você vai simplesmente abandonar o *Marigold*? Vai simplesmente ir embora? — disparei.

— Vou fazer o mesmo que você faria. Dois anos com Holland, depois voltar aos Estreitos.

Eu estava tão brava que sentia em meu sangue.

— Paj vai assumir como timoneiro.

— Como é que é?! — gritei.

As pessoas na rua estavam parando para olhar. Eu não estava nem aí.

— A tripulação vai estabelecer comércio, como dissemos. Vai estar à minha espera quando eu voltar aos Estreitos.

Eu queria gritar. Queria bater nele.

— Por que é o meu nome que está na escritura?

West suspirou, exasperado.

— Não quero que esteja em meu nome se...

Ele não completou.

— Se o quê?

Olhei no fundo de seus olhos.

— Se algo acontecer comigo e o navio estiver em meu nome, a propriedade recairia ao Conselho de Comércio até a tripulação pagar a transferência de propriedade. Se você for a dona, isso não vai acontecer.

Lágrimas arderam em meus olhos até a imagem dele ficar turva.

— Então você vai simplesmente trabalhar para Holland. Fazer o que ela mandar.

— Vou fazer o que precisa ser feito.

Ele me devolveu as palavras que eu o tinha feito prometer na noite anterior.

— Não foi isso o que eu quis dizer. Você sabe que não foi isso o que eu quis dizer.

Ele não respondeu.

— Como você ousou fazer isso? — insisti, rouca.

Comecei a andar, mas os passos pesados de West ecoaram atrás de mim. Ele segurou meu braço, puxando-me para trás.

— Não vou voltar aos Estreitos sem você — falei.

Eu vi que ele não cederia. Nem tinha como, ele havia assinado o contrato. Mas West já vivia atormentado. Sua alma era sombria. E eu não queria saber quem ele seria se passasse mais dois anos fazendo o trabalho sujo de alguém.

Dava para sentir. Se eu perdesse para Holland na reunião do Conselho de Comércio, perderia West.

— Você não vai precisar. Nem eu — comecei, uma lágrima escorrendo por minha bochecha.

— Como assim?

— Também assinei um contrato com ela.

— Por quê? Como?

— Por Saint. — Eu o encarei. — Agora todos temos o que queremos. Você, eu. Holland.

Quase ri do ridículo.

West soltou uma respiração pesada, tirando os olhos de mim. Sua mente estava a mil. Procurando uma saída.

— Você não pode continuar tentando assumir o controle de tudo. Não pode salvar todo mundo, West.

Mas ele não sabia como deixar para lá.

Abanei a cabeça, começando a descer a ladeira sem ele.

Não era mais apenas *meu* destino nas mãos de Henrik. Era o de West também.

TRINTA E SEIS

A TAVERNA LEITH FICAVA NO FIM DA RUA LINDEN, cheia de gente indo e vindo da casa de comércio antes de o sino de fechamento soar pela vila.

West ficou de vigia enquanto eu olhava pela vitrine, buscando uma cabeça de cabelo escuro raspado. O pior que poderia acontecer era Holland descobrir que estávamos nos encontrando com os Roth. Se descobrisse, todos acabaríamos afundados no porto, com ou sem sangue.

Se os Roth cumprissem o acordo, destruiríamos a operação de Holland em Bastian. Não seriam apenas os comerciantes estabelecidos nos Estreitos que teriam a ganhar. Com sua riqueza, Holland controlava mais do que o comércio de joias, contando com as guildas para fosse lá o que precisasse porque era a única com o poder para retribuir esses favores. Porém, ela também devia ser a principal fonte de renda dos Roth, e eles tinham muito a perder se ela caísse do trono.

Restava apenas torcer para que o que eles poderiam ganhar valesse o risco.

— Ele vai aparecer — disse West, notando que eu não parava de mexer no botão do casaco.

— Eu sei — concordei, com frieza.

Porém, eu não tinha certeza de nada, muito menos depois de Saint dizer que a chance era de cinquenta por cento. Suas palavras me deram o mesmo aperto no peito que eu sentia quando velejava diretamente para uma tempestade. Eu não sabia se sairia do outro lado.

— Fable.

West esperou que eu tirasse os olhos da vitrine e me virasse para ele. Porém, tudo em que eu conseguia pensar era no nome dele no contrato de Holland. Que eu não tinha nem previsto aquilo. West não tinha apenas omitido. Tinha me enganado.

— Nem começa — repreendi, voltando para a janela.

As mesas e os bancos dentro estavam cheios de pessoas. Encostei a mão no vidro, buscando Ezra de novo.

West puxou a manga de meu casaco, o olhar fixo na ponta do beco, onde havia quatro ou cinco vultos nas sombras.

— É ele — disse West, baixinho.

Fui seguindo a parede da taverna até distingui-lo. Ezra me observava debaixo do capuz do casaco, as mãos cheias de cicatrizes sendo as únicas partes visíveis. Quando parei diante dele, os outros saíram da escuridão, cercando-o. Três rapazes e uma moça, nenhum dos quais eu reconhecia. O menino que Henrik havia chamado de Tru estava com eles. Vestia um paletó elegante com uma corrente de relógio de ouro no bolso.

O homem ao lado de Ezra entrou sob a luz, revelando o cabelo castanho penteado sobre um rosto jovem. Ele olhou para mim de cima a baixo. A tatuagem dos Roth estava visível sob a manga da camisa arregaçada.

Ezra não perdeu tempo.

— Trouxeram?

Tirei a mão do bolso do casaco, estendendo-a diante dele para que visse o anel de mercador de joias em meu dedo médio.

Ele abanou a cabeça, meio rindo.

— Como é que vocês conseguiram isso?

— Importa?

O jovem moreno sorriu.

— Falei para Henrik que era impossível. — Ele deu um passo à frente, estendendo a mão. — Murrow. Você deve ser Fable.

Fixei os olhos na mão dele, sem me mexer, e ele a baixou ao lado do corpo.

— Isso faz eu me perguntar se vocês cumpriram sua parte do acordo — falei, tentando interpretar seu rosto.

Atrás dele, Ezra estava inexpressivo, seus traços inalterados.

— Cumpri. Mas tomei minhas precauções.

Um grupo de homens saiu da porta lateral da taverna, e Ezra os observou pelo canto do olho.

Tirei o anel do dedo e o coloquei na palma de sua mão. Imediatamente, ele pegou um monóculo do bolso do casaco e o encaixou no olho, virando as costas para mim para conferir a joia cravejada no anel. Satisfeito, ele o guardou no bolso.

— Cumpri minha parte do acordo. Agora é sua vez — falei, minha voz endurecendo. — Como sei se vocês vão fazer o que prometeram?

Murrow sorriu, uma faísca se acendendo em seus olhos.

— Acho que você vai ter que confiar em nós.

West se mexeu ao meu lado e, antes mesmo que eu entendesse o que havia acontecido, pegou Tru pelo pescoço e o puxou em nossa direção.

— West!

Ezra e Murrow já estavam de facas sacadas. Ezra se lançou à frente e congelou quando West apertou a ponta da faca no pescoço de Tru. O menino arregalou os olhos, a cor se esvaindo de seu rosto.

— O que você está fazendo? — perguntei, rouca.

Encostei a mão no braço de West. Apesar da frieza aparente, senti o pulso intenso sob sua pele. Eu queria acreditar que era um blefe. Que ele não machucaria uma criança. Mas, ao fitar seus olhos agora, eu não sabia ao certo. Era *aquele* o West que meu pai havia contratado. Com quem ele contava.

— Esse é o problema. — O rosto de West era tranquilo. Tru se debatia nos braços dele, seu grito abafado pela mão de West sobre sua boca. — *Não* confio em vocês.

Uma gota de sangue vermelho-berilo escorreu pelo pescoço de Tru, manchando o colarinho de sua camisa branca limpa. Observei os olhos de West. Estavam vazios.

— Então leve o anel. E vamos levar o menino — barganhou West. — Vocês o terão de volta amanhã. Depois da reunião do Conselho de Comércio.

— Vocês não vão a lugar nenhum com ele — disse Ezra.

Seus olhos saltaram de West a Tru. Ele parecia com medo, e lembrei que, com a exceção de Ezra, os Roth eram uma família.

Mas havia algo estranho nele. Diferente da luz nos olhos de Henrik, Holland ou Saint. Ele parecia preocupado de verdade com o menino, e percebi que Auster estava certo. Ezra era diferente. Então por que ainda estava com os Roth?

— Você o viu naquela noite, não? — perguntei, as palavras quase um sussurro.

Ezra pareceu confuso.

— Quem?

— Auster. Você o viu naquela noite, mas fingiu não ver.

A resposta estava nos olhos, em como os estreitou. Quaisquer que fossem seus motivos, ele havia deixado que Auster desaparecesse ao abandonar os Roth. Minha única esperança era que ao menos uma sombra da mesma lealdade pudesse se estender a todos nós.

— Vou entregar a encomenda hoje — prometeu Ezra, entre dentes. — Se o machucarem ou sequer mencionarem uma palavra sobre isso a alguém, vocês vão pagar. — A ameaça era clara. — Você não quer pisar no calo de Henrik. Entendeu?

— Entendi — respondi, sentindo a verdade lá no fundo.

Eu via que parte dele gostava da astúcia em jogo, mas não pagaria o pato por mim, nem com Henrik, nem com Holland, e não sacrificaria o menino no altar.

— Você vai ficar bem — disse Ezra para Tru.

Ele ergueu a gola do casaco antes de voltar para as sombras com os outros.

O menino arregalou os olhos e soltou um choramingo apavorado quando se deu conta de que eles realmente o haviam deixado. Peguei seu casaco e o puxei das mãos de West, envolvendo os braços ao redor dele de forma protetora.

— O que você pensa que está fazendo?

West guardou a faca de volta no cinto.

— Precisávamos de poder de barganha. Eu peguei.

Sequei o sangue do pescoço de Tru com a barra da camisa.

— Venha — disse a ele, e comecei a andar, com o braço ao redor do garoto. — Você está bem. Não vamos te machucar.

Ele não pareceu convencido, olhando para o beco escuro por onde Ezra e Murrow haviam desaparecido.

West seguiu à nossa cola, sem parecer nem um pouco abalado. Era tudo muito simples para ele. Ordenar que a tripulação fosse à Constelação de Yuri. Mentir sobre a escritura. Assinar o contrato com Holland. Raptar e ameaçar matar uma criança.

O que mais ele está disposto a fazer?

As palavras de Willa ecoaram em sintonia com meus passos sobre os paralelepípedos.

Auster tinha nos avisado para não confiar nos Roth, mas mesmo assim eu colocara todo o poder na mão deles. Agora, West havia pegado um pouco de volta.

TRINTA E SETE

A COR QUE HOLLAND ESCOLHEU ERA O TOM MAIS ESCURO de esmeralda, os fios de seda se mexendo sob a luz como linhas de vidro verde. Despertou uma lembrança, como sopro em brasas, mas eu não me lembrava de onde.

A costureira passou os dedos cuidadosos sobre a borda da bainha, fixando-a com um alfinete para que o tecido caísse sobre minhas pernas como um suspiro do vento.

Meus olhos continuavam se voltando à porta fechada, à espera de uma sombra. A costureira de Holland já estava esperando quando voltamos ao navio, como prometido, e West tinha subido direto ao tombadilho superior para ajudar Willa a instalar a âncora nova. A tripulação tinha alternado o olhar entre nós e Tru com uma pergunta no ar, o silêncio frio e ensurdecedor.

Eu tinha deixado o menino sob o cuidado de Hamish, que imaginei ser o com menos chance de jogá-lo ao mar.

— Quase terminando — cantarolou a costureira, tirando uma agulha da almofada no punho e passando a linha nela com os dentes.

Ela fixou o canto com três pontos e aparou algumas linhas antes de se levantar, dando um passo para trás.

— Dê uma voltinha — pediu.

Obedeci, relutante, enquanto examinavam cada centímetro de meu corpo.

— Tudo certo — declarou ela.

A costureira pareceu satisfeita, pegando o rolo de tecido e apoiando-o no quadril antes de carregá-lo porta afora.

Eu me voltei para o espelho que os homens de Holland haviam carregado para cima do *Marigold*, passando as mãos na saia com nervosismo. Parecia manteiga derretida, suave e fluida sob a luz de velas. Mas não era isso que me deixava desconfortável.

Engoli em seco, lembrando. Aquele era o vestido que minha mãe usava no retrato no escritório de Holland. Eu estava igual a ela. Estava igual a Holland. Como se me encaixasse em um baile chique ou na cabine privativa da casa de chá.

Mas o *Marigold* era o único lugar onde eu queria me encaixar.

Uma batida soou à porta antes de a maçaneta girar. Quando a abri, West estava na passarela coberta.

— Posso entrar?

Coloquei os braços ao redor do corpo, constrangida, cobrindo a cintura do vestido.

— A cabine é sua.

Ele entrou e deixou o casaco escorregar dos ombros. Não disse nada enquanto o pendurava no gancho, me observando. Eu não gostava de seu olhar. Não gostava da sensação da distância entre nós. Mas West estava completamente fechado. Afastado de mim.

Eu assisti a ele descalçar as botas surradas. O vento que entrava na cabine ficou frio, me fazendo tremer.

— Você é um cabeça-dura — reclamei, baixinho.

A sombra de um sorriso iluminou o rosto dele.

— Você também.

— Você devia ter me contado que assinaria o contrato.

Ele engoliu em seco.

— Eu sei.

Ergui a saia e andei na direção dele, mas West manteve os olhos baixos. Ainda estava distante.

— Não sou mais alguém de quem você tem que cuidar. Você precisa parar de fazer isso.

— Não sei como — admitiu ele.

— Pois é. — Cruzei os braços. — Mas vai ter que descobrir. Preciso confiar em você. Preciso saber que, mesmo se não concordarmos, vamos fazer isso juntos.

— Estamos fazendo isso juntos.

— Não estamos, não. Você está tentando tomar decisões por mim, assim como Saint.

Ele se irritou com minhas palavras.

— Quando fiz aquele acordo com Holland, fiz sozinha. Não era para você ser parte disso — acrescentei.

— Fable, eu te amo — murmurou West, ainda olhando para o chão. — Não quero fazer nada disso sem você.

A raiva que eu sentia foi subitamente substituída por tristeza. West estava fazendo a única coisa que sabia fazer.

— Pode olhar para mim?

Ele finalmente ergueu o rosto.

— Você teria machucado aquele menino? De verdade?

Ele mordeu a bochecha.

— Acho que não.

Era uma resposta honesta, mas eu não gostava.

— Dissemos que não faríamos isso de acordo com as regras. Lembra?

— Lembro.

— Você não é Saint. Nem eu.

Seus olhos me percorreram, tensos.

— Qual é o problema? — questionei.

Ele soltou um suspiro frustrado.

— Isso. — Ele apontou para o ar entre nós e depois para o vestido. — Tudo isso.

Baixei os olhos para as saias, tentando não rir. Virei a cabeça para o lado, estreitando os olhos de brincadeira.

— Está tentando me dizer que não gostou do meu vestido?

Mas ele não estava mordendo a isca.

— Não gostei mesmo — respondeu ele, seco.

— Por que não?

West passou a mão no cabelo, segurando-o para trás do rosto enquanto examinava a seda cintilante. Seu olhar era frio.

— Não parece você. Não tem seu cheiro.

Eu não conseguia deixar de sorrir, embora soubesse que o irritava. Amava vê-lo ali, descalço ao lado da janela, com metade da camisa para dentro. Era o lado de West de que eu tinha apenas vislumbres.

Dei outro passo na direção dele, a cauda da saia arrastada no chão atrás de mim.

— Eu ficaria feliz se nunca mais visse você numa dessas coisas ridículas de novo — declarou ele, finalmente sorrindo.

— Certo.

Ergui a mão e desabotoei os botões um a um até que o vestido ficasse solto o bastante para deslizar de meus ombros, e West observou enquanto caía no chão como uma poça verde. A roupa de baixo era quase tão absurda quanto o vestido, amarrada em faixinhas de seda branca que se encontravam em laços ao lado do quadril.

— Melhor?

— Melhor.

Por um momento, era como se não estivéssemos em Sagsay Holm. Como se nunca tivéssemos vindo ao mar Inominado ou encontrado Holland. Mas seu sorriso se fechou de novo, como se ele estivesse pensando a mesma coisa.

Eu me perguntei se ele estava desejando ter tomado uma decisão diferente naquela noite nas ilhas barreiras. Eu o libertara de Saint, mas o havia arrastado para o mar Inominado e o entregado à mercê de Holland. Eu quase perdera o *Marigold*, e via o efeito que tinha nele, não ter nenhum controle sobre o que aconteceria.

As sombras cobriram suas bochechas e, por um momento, ele parecia um fantasma. Cerrei os dentes, uma pedra se afundando em minha barriga. Sob a raiva, o medo se contorcia. Eu estava com pavor de que ele simplesmente fosse assim. Que tivesse assinado o contrato porque queria ser a pessoa em quem Saint o havia transformado.

Eu podia amar esse West com um passado sombrio. Mas não podia me unir a ele se estivesse voltando a esse passado.

— Preciso te perguntar uma coisa — falei.

Ele cruzou os braços diante do peito largo, como se estivesse se blindando.

— Certo.

— Por que você assinou o contrato? De verdade.

Eu não sabia como perguntar.

— Porque estava com medo — respondeu ele no mesmo instante.

— Do quê?

— Quer mesmo saber?

— Quero.

West piscou, quieto, e me peguei assustada com o que ele poderia dizer.

— Tenho medo de que você passe a querer o que ela pode oferecer a você. O que nunca vou poder te dar. — A vulnerabilidade que faiscou em seus olhos me fez engolir em seco. — Não quero que trabalhe para Holland, porque tenho medo de que você não volte para os Estreitos. Para mim.

Emoção apertou minha garganta.

— Não quero o que Holland tem. Quero *você* — afirmei, vacilante. — Ela nunca vai poder me oferecer o que *você* oferece.

As bochechas de West coraram. Foi difícil para ele ser tão franco.

— Também não quero que você trabalhe para Holland — falei. — Não quero que você seja aquela pessoa de novo.

— Não vou precisar, se amanhã correr conforme o planejado.

— Mesmo se não correr, não quero que você trabalhe para ela.

Dei um passo na direção de West.

— Já assinei o contrato, Fable.

— Não ligo. Me prometa. Mesmo se significar deixar o *Marigold*. Mesmo se significar começar do zero.

Ele contraiu o músculo do maxilar enquanto seus olhos encontravam os meus.

— Tudo bem.

— Jure — exigi.

— Eu juro.

Soltei um suspiro aliviado, a tensão ao meu redor finalmente relaxando. Mas West parecia péssimo. Esfregou o rosto com as duas mãos, passando o peso de um pé para outro com nervosismo.

Eu conhecia esse sentimento. Era a sensação de estar preso. De não ter saída. Eu sabia, porque também a sentia.

— Meu pai disse que o pior erro que ele já cometeu foi deixar Isolde pôr os pés no navio dele — contei, baixinho.

West ergueu os olhos, como se soubesse o que eu estava prestes a dizer.

— Acho que talvez ele odiasse o fato de que a amava — sussurrei.

O quarto ficou em silêncio, os sons do mar e da vila desaparecendo.

— Está me perguntando se sinto o mesmo?

Fiz que sim, me arrependendo no mesmo instante.

West parecia estar me medindo. Tentando decidir se responderia. Se poderia confiar isso a mim.

— Às vezes — admitiu ele.

Mas não senti o terror que eu tinha certeza de que sentiria, porque West não tirou os olhos de mim enquanto pronunciava as palavras.

— Mas não começou naquela noite em Jeval, quando você me pediu passagem para Ceros. Começou muito antes disso. Para mim.

Lágrimas encheram meus olhos enquanto eu os erguia para ele.

— Mas e se...

— Fable.

Ele cortou a distância entre nós, e ergueu as mãos para meu rosto, a ponta dos dedos entrando em meu cabelo. A sensação despertou o calor em minha pele, e funguei, feliz por ele finalmente tocar em mim. Sua boca pairou a centímetros da minha.

— A resposta a essa pergunta sempre vai ser a mesma. Aconteça o que acontecer — disse ele, e apertou as mãos. — Eu e você.

As palavras pareciam votos, mas uma dor brotou em meu peito quando ele as falou, como um encantamento que ganhava corpo.

Minha voz ficou mais grave, esperando que sua boca tocasse a minha.

— Quanto tempo você consegue viver assim?

Ele abriu os lábios. O beijo foi intenso, tirando o ar do ambiente, e as palavras se embargaram em sua garganta.

— Para sempre.

Meus dedos amassaram sua camisa enquanto eu o puxava em minha direção e, em um instante, o espaço que se estendia entre nós minutos antes desapareceu. Sumiu assim que sua pele tocou a minha. Ele também sentia isso. Era perceptível na avidez de seu beijo. Nos dedos que apertavam os cordões de minha roupa íntima até cair sobre meu quadril.

Sorri em sua boca, os pés descalços passando por cima da pilha de seda no chão enquanto West me levava até o catre. Eu me deitei nas mantas, puxando-o comigo para dissolver em seu calor. Envolvi as pernas ao redor de seu quadril enquanto puxava a camisa de West, encontrando a pele com a ponta dos dedos. Sua respiração tremeu em um suspiro enquanto ele pressionava todo o peso em cima de mim.

Os lábios de West desceram por meu pescoço até o calor de sua boca apertar a curva suave sob minha clavícula, depois meu seio. Um som agoniado subiu por minha garganta enquanto eu arqueava as costas, tentando chegar mais perto. Quando entendeu o que eu queria, suas mãos subiram por minhas coxas até segurar meu quadril, e se encaixou em mim, gemendo.

Como o sopro do vento sobre a água, tudo desapareceu. Holland, Saint, a reunião do Conselho de Comércio, meia-noite, os Roth. Poderia ser nossa última noite no *Marigold*, nossa última noite como parte da tripulação, mas, independentemente do que acontecesse no dia seguinte, enfrentaríamos juntos.

Eu e você.

E, pela primeira vez, acreditei nele.

TRINTA E OITO

O SINO DO PORTO ECOOU COMO UM PRESSÁGIO NO SILÊNCIO de Sagsay Holm quando eu estava à janela, observando o nevoeiro se derramar sobre o cais.

West ajeitou os fios rebeldes de cabelo atrás da orelha. Sua atenção estava nos botões da jaqueta, mas eu pensava nele à luz de velas na noite anterior, o brilho quente sobre a pele bronzeada. Eu ainda sentia a ardência dele em mim, e a lembrança fez minhas bochechas corarem. Mas West não parecia envergonhado. Pelo contrário, ele parecia mais tranquilo. Seguro.

Inspirei fundo e devagar, tentando acalmar os nervos. Como se lesse meus pensamentos, West deu um beijo em minha têmpora.

— Pronta?

Fiz que sim, pegando o vestido do chão onde o largamos na noite anterior. Eu estava pronta. West havia me prometido que, mesmo se os Roth nos traíssem, ele não honraria o contrato de Holland. Mesmo que isso significasse deixar o *Marigold* para trás e passar o resto da vida nos campos de centeio ou mergulhando em Jeval.

Na verdade, eu não ligava mais. Tinha encontrado uma família em West e tinha aprendido o suficiente com tudo o que acontecera para saber que trocaria qualquer coisa no mundo por isso.

Willa, Paj, Auster, Hamish e Koy esperavam no convés, todos se endireitando quando saímos para a passarela coberta. Tru estava na proa, brincando de atirar uma moeda no ar e a pegar de volta.

Andei até a amurada a estibordo e joguei o vestido ao mar. Caiu pelo ar, a seda verde ondulando antes de cair na água azul-ardósia.

West estava certo. Holland não entendia os Estreitos. Pensava que riqueza e poder poderiam comprar sua entrada em Ceros, mas ela nos subestimava. Havia uma essência que unia as pessoas que velejavam naquelas águas. O povo dos Estreitos não podia ser comprado.

Mais do que isso, Holland tinha *me* subestimado.

Vi o vestido afundar, desaparecendo sob a espuma branca.

Por mais que minha avó tentasse me fantasiar. Eu não era minha mãe.

— Têm certeza de que não querem que a gente vá junto? — perguntou Paj, claramente incomodado com a ideia de eu e West irmos à reunião do Conselho de Comércio sozinhos.

— Não quero nenhum de vocês perto de Holland — respondeu ele. — Aconteça o que acontecer, preparem-se para zarpar ao anoitecer. E liberem o menino.

Ele apontou com a cabeça para Tru.

Olhei para Koy, depois para os outros.

— Mesmo se tiverem que partir sem nós, levem ele para casa.

Hamish fez que sim, mas a apreensão de Willa era clara em seu rosto enquanto alternava a atenção entre nós. West lançou um olhar tranquilizador para ela, mas não pareceu ajudar. Ela escalou o mastro sem dizer uma palavra.

— Ela está bem — falou Auster. — Nos vemos daqui a algumas horas.

West pegou a escada primeiro, e desci atrás dele. Voltei o olhar para o *Marigold* uma última vez antes de seguirmos para fora do porto, dando meu próprio tipo de adeus.

O distrito dos Conselhos ficava ao pé da mesma ladeira onde estava a Wolfe & Engel. Era cercada por arcadas de bronze decoradas por trepadeiras em espiral que continham os selos das cinco guildas: mercadores de joias e de centeio, veleiros, ferreiros e construtores navais. As pessoas mais poderosas, seja em terra firme ou no mar.

O píer era feito de vigas grossas de mogno envernizado, esculpidas com os mesmos selos que marcavam as arcadas. West se manteve próximo a mim enquanto eu entrava na multidão de vestidos elegantes, cachos penteados e ternos de alfaiataria a caminho do distrito. Era fácil diferenciar os mercadores e comerciantes dos Estreitos, seus cabelos e roupas fustigados pelo mar se destacando entre as cores vibrantes e limpas. Todos se dirigiam às enormes portas à frente.

Holland estava esperando na entrada, as mãos enluvadas na estola de pele animal. Ao nos ver, franziu a testa.

Voltou a cara azeda para minhas roupas quando nos aproximamos.

— O que pensa que está fazendo?

— Ninguém acreditaria que eu era dragadora, muito menos comerciante, naquela fantasia ridícula — resmunguei. — Se quer me usar como isca para o Conselho de Comércio dos Estreitos, não posso parecer uma Sangue Salgado.

Holland me olhou com desdém. Ela sabia que eu estava certa, mas não gostava disso.

— Vou mandar aquele navio para o fundo do mar antes do pôr do sol se algum de vocês atrapalhar o que estou fazendo aqui. — Nenhum indício de raiva transparecia em seus olhos prateados. — Entendeu?

— Entendi — respondi.

— Já era hora — disse uma voz suave atrás de mim, e me virei para dar de cara com Henrik Roth.

Uma gravata-borboleta cor de ameixa estava amarrada ao redor de seu pescoço, seu rosto recém-barbeado. Tentei decifrar sua expressão, torcendo desesperadamente para ele não estragar tudo.

— *O que* você está fazendo aqui? — grunhiu Holland.

Henrik encaixou os polegares nos suspensórios sob o paletó.

— Pensei em dar uma olhada nessa diversão toda.

Havia algo de inquietante em seu sorriso. Como se, a qualquer momento, Henrik fosse abrir os lábios e revelar presas.

— Não dá para entrar sem um anel de mercador ou uma licença de comércio — disse ele. — Por isso, achei que você poderia me levar como seu convidado.

Eu via Holland avaliar as opções. Ela poderia se recusar e correr o risco de um escândalo, que poderia revelar sua conexão com Henrik, ou concordar e correr o risco de que a mesma coisa acontecesse lá dentro. De um jeito ou de outro, ela tinha muito a perder.

Holland deu um passo na direção de Henrik.

— Se tentar qualquer coisa, não vai sair do píer vivo.

— Por mim tudo bem — aceitou ele, e sorriu.

Holland deu um suspiro exasperado antes de nos guiar até a entrada do píer.

— Eles estão comigo — disse tranquilamente enquanto o homem à porta estudava seu anel de mercadora.

Ele respondeu com um aceno, observando Henrik. O guarda o reconheceu, e não seria o único.

Lá dentro, lanternas de vidro estavam penduradas nas vigas, enchendo o teto com o que pareciam fileiras de sóis dourados. Vários pares de olhos se ergueram para pousar em mim e West enquanto seguíamos Holland. Foram muitos os cochichos que quebraram o silêncio.

Holland atravessou os ternos e vestidos elegantes até o piso se abrir em um retângulo cercado por um corrimão, onde duas mesas compridas e vazias foram posicionadas uma de frente para a outra, cada uma disposta com cinco cadeiras. A multidão cercava, enchendo cada centímetro do prédio, e senti um nó na garganta quando entendi o que estavam vendo.

As chaleiras e xícaras de Ezra estavam postas diante de cada cadeira.

Eram exatamente como Holland as concebera, suas formas impressionantes e sua grandiosidade inimaginável. As facetas de cada joia cintilavam, atraindo todos os olhares do salão.

Fileiras sucessivas de assentos marcadas pelos brasões de comércio e pelas insígnias de mercadores estavam voltadas para a plataforma. Holland encontrou sua cadeira na mais próxima das mesas.

Vasculhei as outras cadeiras, em busca do brasão de Saint: uma vela triangular envolta por uma onda se quebrando. Quando finalmente encontrei seu assento, estava vazio. Atrás dele, o brasão de Zola marcava outro lugar.

Ergui os olhos para West. Os dele estavam fixos na mesma coisa.

— Encontrou ele? — murmurei.

West passou os olhos pelo salão, sobre as cabeças ao nosso redor.

— Não.

Toquei o dorso da mão de West antes de passar por ele, encontrando a escada que levava até Holland.

Assumi o lugar ao lado dela, observando o salão. Henrik ficou em pé do outro lado da plataforma, perto de West, com um semblante de puro deleite no rosto. Ezra não dissera que Henrik estaria ali e, se havia algum plano para trair tanto Holland como Saint, estávamos prestes a descobrir.

Uma mulher passou com uma bandeja de taças de *cava*, e Holland pegou duas, entregando uma para mim.

O som de um martelo batendo na mesa me assustou, e a multidão se silenciou no mesmo instante, comprimindo-se ainda mais enquanto as portas da galeria se abriam.

Uma única fileira de homens e mulheres saiu, descendo os degraus para a plataforma e encontrando seus assentos. Seus paletós e vestidos recém-costurados eram enfeitados com ouro e veludo, suas mãos cobertas de anéis cravejados de joias. O Conselho de Comércio dos Estreitos. Mesmo com suas melhores roupas, dava para ver seus traços rústicos. Eles se sentaram à última mesa, seguidos pelo conselho que representava o mar Inominado, cuja opulência era ainda mais grandiosa.

Quando estavam todos posicionados, eles se sentaram juntos. O ruído de cadeiras raspando o chão ecoou no silêncio.

Olhei de novo para o lugar de Saint. Ainda estava vazio.

A mulher que representava a Guilda de Ferreiros dos Estreitos se virou para o mestre da Guilda dos Construtores de Navios, cochichando enquanto dois homens de luvas brancas enchiam as xícaras ornamentadas diante deles. As chaleiras pareciam flutuar na mesa, e dava para ver que Holland gostava da admiração. Tinha sido a intenção.

Ela girou o *cava* na taça, observando os dois conselhos estudarem as peças com um sorriso satisfeito se abrindo em seu rosto. Ela os estava preparando para a proposta.

O martelo bateu de novo quando o mestre da Guilda de Centeio do mar Inominado se levantou. Ele espanou o casaco antes de se virar para a multidão.

— Gostaria de dar as boas-vindas a vocês, em nome do mar Inominado e dos Estreitos, à reunião bienal do Conselho de Comércio.

As portas do píer se fecharam, bloqueando a luz do sol, e o salão ficou em silêncio, fazendo minhas palmas suarem. Vasculhei os rostos em busca de meu pai, procurando com o olhar o azul brilhante de seu casaco.

Ao meu lado, Holland estava relaxada, esperando pacientemente por seu momento.

— Vamos abrir primeiro para novos negócios — ressoou a voz grave do mestre da guilda e seus olhos deslizaram na direção dos assentos de mercadores.

Holland se levantou sem pressa, olhando para o salão. Ela estava gostando daquilo.

— Estimados conselhos, gostaria de apresentar hoje um pedido oficial de licença para expandir minha rota comercial de Bastian para Ceros.

O silêncio ressoou, a atenção dos dois conselhos em minha avó.

Foi a mestra da Guilda de Joias dos Estreitos quem falou primeiro. Ela se levantou, a xícara na mão.

— É a quarta vez em oito anos que você apresenta um pedido de licença, e a resposta sempre foi a mesma.

A mestra da Guilda de Joias do mar Inominado se levantou na sequência.

— O empreendimento bem-sucedido do comércio de Holland beneficiou tanto o mar Inominado quanto os Estreitos. A maioria das pedras comercializadas em suas águas já vem das tripulações de dragagem dela. Apoiamos o pedido de Holland, como fizemos no passado.

Como eu desconfiava, o capitão do porto não era o único nas mãos de minha avó.

— É imperativo que os comerciantes dos Estreitos continuem a operar as rotas deles — respondeu a mestra da Guilda de Joias.

— Eles que continuem — retrucou Holland.

— Todos sabemos que, se seus navios começarem a velejar pelos Estreitos, isso vai afundar o comércio com sede em Ceros.

A mestra da Guilda de Joias do mar Inominado ergueu o queixo.

— Que comércio? Dizem que metade da frota de Zola foi incendiada numa rivalidade mesquinha entre comerciantes, e ele não é visto há semanas. Saint nem se deu ao trabalho de aparecer na reunião de hoje.

Meu pulso acelerou quando olhei de novo para a cadeira vazia. Onde ele estava?

Uma náusea se instalou no fundo de meu estômago, os pensamentos começando a clarear. Se Saint não estava aqui, só podia significar duas coisas. Ou ele não tinha vindo à reunião porque Holland se certificara disso ou... Engoli em seco.

E se ele nunca tivesse pretendido aparecer? E se fosse mais um de seus planos malucos? Pensando apenas em si mesmo. Deixando que eu atraísse a atenção de Holland para que ela não encontrasse *ele*. Talvez Saint tivesse feito o próprio acordo. Àquela altura, podia até estar de volta nos Estreitos.

Mordi o lábio e respirei fundo apesar da dor que rebentava em meu peito. Aquele *desgraçado*.

— Tenho uma proposta que eu acho que vai agradar aos dois conselhos — falou Holland, de novo.

As mestras das duas Guildas de Joias voltaram a se sentar, e todos se viraram para minha avó, ouvindo.

Ela estalou os dedos para mim, fazendo sinal para eu me levantar. Fiquei em pé, sentindo o peso de centenas de olhos pousando sobre mim.

Minha mente acelerou e olhei para as xícaras nas mesas diante de nós. Se Saint não estava ali, havia apenas uma maneira de derrotar Holland. Mas, se fizesse o que precisava ser feito, eu não seria a única que pagaria o preço. West também pagaria.

Eu o encontrei na multidão. Ele estava no canto dos fundos, os olhos cravados em mim. Seus ombros estavam rígidos enquanto ele fazia um leve não de cabeça.

Não faça isso, Fable.

— Gostaria de sugerir minha neta como chefe do meu comércio em Ceros — disse Holland, com o tom melodioso.

Silêncio.

— Ela nasceu em um navio mercante nos Estreitos, onde viveu a vida toda. É uma dragadora, uma comerciante e uma sábia das pedras.

Pisquei. Um silêncio caiu sobre o salão enorme, e tentei não me mexer. A atenção de Holland não se desviou dos conselhos diante de nós, nos quais vários dos mestres do Conselho de Comércio dos Estreitos cochichavam entre si.

— Ela velejará sob meu brasão com uma frota de seis navios e estabelecerá um posto sob a autoridade do Conselho de Comércio dos Estreitos e da Guilda de Joias — continuou Holland. — Nosso estoque se limitará única e exclusivamente a joias.

Todos no salão deviam saber o que isso realmente significava. Ela *começaria* com joias. À medida que suas reservas crescessem, seu estoque também cresceria. Comerciantes menores faliriam e ela estaria lá para juntar os cacos. Em pouco tempo, ela dominaria os Estreitos.

O mestre da Guilda de Centeio do mar Inominado se levantou, colocando as mãos nos bolsos cheios de ouro.

— Vamos convocar uma votação?

Os mestres concordaram, hesitantes, e cerrei os punhos dentro dos bolsos do casaco, o coração acelerado. Ela venceria. Ela teria tudo.

Dei um passo à frente antes que mudasse de ideia, minha pele gelando. Mas, assim que abri a boca, a porta nos fundos do píer se escancarou, enchendo o salão de luz do sol. Pisquei furiosamente, ajustando os olhos para ver uma silhueta nítida atravessar a multidão.

— Peço desculpas. — A voz grave de meu pai ressoou pelo salão, e soltei uma respiração dolorosa, engolindo em seco. — Estou atrasado.

O Conselho de Comércio do mar Inominado olhou para Saint com desconfiança enquanto ele subia para a plataforma entre as mesas.

Não olhou para mim a caminho da cadeira, abrindo o casaco antes de se sentar.

— Agora, o que perdi?

TRINTA E NOVE

NINGUÉM PARECIA MAIS CHOCADO OU INDIGNADO DO que Holland. Ela era uma estátua de gelo ao meu lado.

— Vamos votar a proposta de Holland para abrir a rota dela em Ceros — respondeu a mestra da Guilda de Joias dos Estreitos.

Ela parecia quase aliviada por vê-lo.

— Ah. — Saint tirou o cachimbo do bolso, passando o polegar no fornilho liso, como se estivesse pensando em acendê-lo. — Não vai acontecer, infelizmente.

A fachada de calma impecável de Holland se rompeu.

— Como é?

Saint se inclinou para a frente, para encará-la nos olhos através da fileira de cadeiras.

— Esse anel de mercadora não vai continuar no seu dedo por muito mais tempo. Seria uma pena desperdiçar pergaminho numa licença comercial.

Holland se voltou para ele, fixando o olhar mortífero em Saint.

— Você só pode estar...

— Eu gostaria de prestar uma queixa formal — declarou Saint. Ele voltou a se levantar, pegando a abertura do casaco.

Um risco vermelho-vivo subia por sua gola até o queixo. Sangue. Parecia que ele tinha tentado limpar. E eu não via nenhuma ferida, o que significava que não era dele.

— Contra Holland e sua operação de joias licenciada.

— E qual é a queixa? — questionou a mestra da Guilda de Joias do mar Inominado.

— Fabricação e venda de joias falsas — respondeu Saint.

O salão todo prendeu o fôlego, e a mestra da Guilda de Joias do mar Inominado se levantou de um salto.

— Espero que o senhor entenda a gravidade dessa acusação.

— Entendo — afirmou Saint, com falsa formalidade. — Holland vem sistematicamente escoando pedras falsas nos carregamentos para os Estreitos, e eu gostaria de solicitar a revogação do anel de mercadora dela, bem como sua licença para negociar no mar Inominado.

Holland estava tremendo ao meu lado, tão furiosa que precisou se segurar na grade para não cair.

— Isso é ridículo! A acusação é falsa!

— Imagino que tenha provas? — perguntou o homem na ponta da mesa, olhando para Saint com desconfiança.

Aquilo não era apenas prejudicial para o comércio. Era prejudicial para o mar Inominado.

— Já está em suas mãos. — Ele apontou devagar para as mesas. — Vocês estão segurando as mesmas falsificações que ela vem escoando para os Estreitos.

O homem baixou a xícara, que tilintou com força no prato. Ele olhou para ela como se tivesse sido picado.

— Você não pode estar falando sério.

— Você é maluco. Não há nenhuma falsificação naquelas peças! — gritou Holland, de olhos arregalados. Ela cambaleou para a frente, segurando-se no braço da cadeira. — Confiram vocês mesmos!

A mestra da Guilda de Joias do mar Inominado virou o chá de sua xícara no chão, dirigindo-se à vela mais próxima e erguendo-a sob a chama.

Ela a inspecionou com cuidado, virando-a para que a luz se mexesse nas pedras.

— Peguem uma lamparina de joias para mim. Agora!

— Enquanto esperamos... — Saint se sentou no canto da mesa, erguendo a perna. — Tenho mais uma queixa a prestar.

— Outra? — rosnou Holland.

Saint confirmou, tirando um pergaminho do casaco.

— Seis dias atrás, o *Luna*, a capitania da operação comercial de Zola em Ceros, atracou em Bastian. Não foi visto desde então. Tampouco seu timoneiro.

Holland ficou imóvel.

— Na noite seguinte, ele foi assassinado no baile de gala da Casa Azimute.

Se algum pingo de calor restava no salão, acabou naquele momento.

— Que eu me lembre, conspirar para matar outro comerciante é um crime que implica a revogação de uma licença comercial.

Era *isso* que ele estava fazendo. Cobrindo todas as possibilidades. Caso os Roth não cumprissem o combinado e colocassem joias autênticas nos jogos de chá. Mas Saint estava correndo um risco enorme ao fazer uma acusação daquelas. Não havia nenhum comerciante no salão que não poderia acusá-lo do mesmo crime.

Paralisei, meus olhos encontrando West na multidão. Aquilo não era verdade. Porque Saint nunca fizera o próprio trabalho sujo. Ele nunca estava presente nas ocasiões.

Era por isso que ele tinha West.

— Gostaria de apresentar a declaração sob juramento do navegador de Zola, que testemunhou com os próprios olhos a morte de seu timoneiro no baile.

Uma cabeleira loira apareceu na multidão, e Clove subiu na plataforma. Meu queixo caiu. Eles derrotariam Holland com o plano que eles mesmos haviam orquestrado.

291

— E então? — questionou a mestra da Guilda de Joias do mar Inominado.

— É verdade — respondeu Clove. — Vi com meus próprios olhos. Holland ordenou o assassinato de Zola no escritório dela. Depois despedaçou e afundou o *Luna* na baía de Bastian.

— Ele está mentindo! — gritou Holland, em pânico. Ela desceu os degraus para a plataforma, as saias apertadas e amassadas nas mãos. — Eles planejaram isso juntos. Os dois — insistiu, e sua voz se desintegrou.

— Não.

A palavra saiu alta de meus lábios, ecoante. Eu havia falado sem planejar. Estava inebriada pelo espetáculo. Pela pura genialidade do plano.

— Não planejaram. Eu estava lá.

Holland se virou para mim, os olhos arregalados e vazios.

— É verdade — insisti.

Gritos eclodiram quando um homem ofegante apareceu no vão aberto da porta do píer, uma lamparina de joias nas mãos grandes. Ele subiu para a plataforma, colocando-a em cima da mesa.

A mestra da Guilda de Joias dos Estreitos pegou a xícara e a bateu contra a mesa. Eu me encolhi enquanto ela batia de novo, fazendo uma das pedras se soltar. O homem acendeu o pavio na lamparina e a mestra da guilda tirou o casaco, colocando a pedra sobre o vidro. Todos observaram no mais completo silêncio.

A joia raspou no vidro enquanto ela a virava, o maxilar ficando tenso.

— É verdade — confirmou a mestra. — São falsificações.

Um clamor geral se deflagrou, envolvendo tudo no salão.

— Impossível! — exclamou Holland. — O artesão! Ele deve ter...

— Foram fabricadas em seu armazém, não? — perguntou Saint, que arqueou a sobrancelha para ela.

Holland não tinha escapatória. Perderia o anel por encomendar trabalho de um mercador ilegal se contasse a verdade sobre a origem das peças. Estava encurralada.

Todos os membros do conselho se levantaram naquele momento, suas vozes se somando ao caos enquanto gritavam uns com os outros em cima da plataforma. Era uma queda que afetaria todo o mar Inominado.

Holland se deixou cair nos degraus da plataforma, as mãos tremendo no colo enquanto a mestra da Guilda de Joias avançava na direção dela.

— Seu anel será revogado. E, se não encontrarmos Zola antes do pôr do sol, sua licença também será.

Holland se atrapalhou com o anel, tirando-o antes de deixá-lo na mão da mestra.

— Você não entende. Eles... *eles* fizeram isso.

Ela a ignorou, fazendo sinal para os dois homens que aguardavam atrás dela. Eles deram um passo à frente, esperando, e Holland se levantou, passando por eles na direção das portas.

O martelo bateu de novo, silenciando as vozes. Aturdido, o mestre da Guilda de Centeio o mexeu entre as mãos.

— Infelizmente, vamos ter que nos reunir em outro momento...

— Não tão cedo — interrompeu Saint, ainda no centro da plataforma. — Tenho novos negócios a propor.

O homem o encarou.

— Novos negócios? Agora?

— Isso mesmo. — Ele tirou outro pergaminho do casaco. — Gostaria de apresentar uma solicitação de licença para negociar no porto de Bastian. — Sua voz ecoou. — Em nome de minha filha e seu navio, o *Marigold*.

Prendi a respiração, todas as gotas de sangue congeladas em minhas veias.

Minha filha.

Nunca na vida eu o tinha ouvido dizer aquelas palavras.

Saint se virou para mim, seus olhos encontrando os meus. E todos os rostos no salão desapareceram, restando apenas ele. E eu. E a tempestade de tudo entre nós.

Talvez, pensei, ele estivesse pagando pelo que devia. Compensando o que eu havia feito por ele. Talvez estivesse cuidando para que não houvesse nenhuma dívida a ser cobrada.

Mas isso era a licença. Não as palavras. Não era por isso que ele havia me chamado de filha.

Puxei o ar apesar da dor na garganta, sem conseguir impedir que as lágrimas caíssem. Elas deslizaram em silêncio por minhas bochechas enquanto eu o fitava. E o olhar de meu pai ganhou vida, como uma faísca de pederneira. Forte e firme e orgulhosa.

Saint estava entregando a arma mais afiada a fosse lá quem pudesse usá-la contra ele. Mas, mais do que isso, estava me assumindo.

— Concedida.

A voz me tirou do transe, trazendo-me de volta ao salão. Onde todos os olhos alternavam entre nós.

Timoneiro. Dragadora. Comerciante. Órfã. Pai.

Filha.

QUARENTA

O MAR PARECIA DIFERENTE NAQUELA MANHÃ.
Parei no fim da rua, olhando para o porto de Sagsay Holm. Ainda estava escuro, mas eu via o azul dançar nas ondas.

O *Dragomar* não estava mais no cais. Um homem se pendurava em uma rede ao lado de outro navio, raspando o brasão de Holland do casco. Quando a notícia chegasse aos outros portos do mar Inominado, ele desapareceria. Como se todos aqueles anos e joias e navios nunca tivessem existido. Porém, um vácuo seria deixado quando Holland sumisse do mapa. Um vácuo que teria um impacto gigantesco.

A silhueta de um casaco comprido apareceu nos paralelepípedos ao lado de minha sombra. Eu a observei se mexer ao vento por um instante antes de me virar para ele.

Saint tinha se barbeado, os olhos azuis brilhando sobre as maçãs do rosto altas.

— Chá?

Sorri.

— Claro.

Andamos lado a lado no meio da rua, nossas botas pisando nos paralelepípedos em um ritmo sincronizado. Eu nunca tinha andado com ele assim. Nunca havia estado ao lado dele ou conversado com ele exceto no *Lark* ou em seu posto. As pessoas nos observavam passar, e fiquei pensando se o viam em mim ou me viam nele. Se havia algum eco visível entre nós que dizia às pessoas quem éramos. Era uma sensação estranha. Boa.

Pela primeira vez na vida, eu não estava me escondendo, e ele também não.

Saint parou sob a placa pendurada de uma taverna e abriu a porta antes de entrarmos.

O taverneiro se levantou do banco em que estava escrevendo nos registros e apertou as alças do avental.

— Bom dia.

— Bom dia — cumprimentou Saint, sentando-se a uma mesinha diante da janela maior. Tinha vista para a rua, como ele gostava. — Um bule de chá, por favor.

Eu me sentei ao lado dele, desabotoando o casaco e apoiando os cotovelos na mesa. Meu pai não disse nada, olhando pela janela com as sobrancelhas franzidas enquanto a luz dourada crescia atrás do vidro. Ele não carregava mais aquele estranho nó de tensão de sempre.

Quando o taverneiro serviu um prato de torradas, Saint pegou uma faca e passou manteiga meticulosamente.

Era um silêncio tranquilo. Confortável. Todas as perguntas que sempre quis fazer rodaram em minha cabeça, girando tão depressa que eu mal conseguia separar uma da outra. Mas elas não chegaram à minha língua em momento algum. De repente, parecia que eu não precisava delas. De repente, nada disso importava.

Um bule de porcelana azul pousou entre nós e o taverneiro serviu duas xícaras e pires, tomando cuidado para ficarem bem-arrumados na mesa. Quando estava satisfeito, saiu com um aceno sério.

Peguei o bule e enchi a xícara de Saint primeiro. O vapor do chá preto subiu diante dele. Eu estava mais familiarizada com meu pai assim, escondido atrás de uma espécie de véu. Nunca totalmente em foco.

— Eu estava com medo de você não aparecer ontem.

Empurrei o pires para ele.

Saint pegou a colher do lado do prato e mexeu o chá devagar.

— Achou mesmo que eu não iria?

— Não — respondi ao me dar conta.

Parte de mim sabia que ele viria. E eu não entendia bem por quê; afinal, não tinha motivo para confiar nele.

Em toda a minha vida, Saint nunca tinha dito que me amava. Tinha me alimentado, me vestido e me dado um lar, mas havia limites a quanto dele pertencia a mim. De qualquer forma, depois de todos aqueles anos em Jeval, havia um cordão que me prendia ao meu pai. Que me fazia sentir que ele era meu. E foi a isso que me apeguei naqueles minutos, olhando para as portas do píer e esperando que ele passasse por elas.

— Deu certo trabalho pegar os registros do capitão do porto — disse ele, a título de explicação.

Eu me lembrei do risco de sangue em seu pescoço.

— Como você conseguiu?

— Quer mesmo saber?

Eu me recostei na cadeira.

— Não.

Saint ficou em silêncio enquanto tomava seu chá. A xícara parecia pequena em sua palma, a tinta azul refletindo a luz e brilhando ao longo da borda. Ele levou a mão ao bolso antes de colocar um pergaminho dobrado em cima da mesa.

— Sua licença.

Eu a encarei por um momento, com certo medo de tocar nela. Como se pudesse desaparecer assim que eu lesse as palavras. De novo, o impulso de chorar apertou minha garganta.

— Naquela noite — começou ele, sua voz cortando o silêncio. Mas Saint não ergueu os olhos para mim. — Não sei bem como a perdi.

Eu me endireitei, a xícara tremeu em minha mão e a apoiei na mesa.

— Ela estava lá num momento e, depois... — murmurou ele. — Uma tempestade atingiu o navio e Isolde simplesmente se foi.

Não deixei de notar que ele havia dito o nome dela. Não deixei de notar como soou em sua voz. Como uma prece. Atravessou meu coração, puxando os pontos.

— Não te abandonei em Jeval porque não te amava.

— Saint — chamei, tentando detê-lo.

Mas ele me ignorou.

— Te abandonei lá porque...

— Não importa.

— Importa. — Ele olhou para mim, o azul em seus olhos cercado de vermelho. — Deixei você lá porque nunca amei nada na vida como te amo. Nem Isolde. Nem o comércio. Nada.

As palavras queimaram, enchendo a taverna e me envolvendo com tanta força que eu não conseguia respirar. Esmagaram-me até eu assumir uma forma estranha e irreconhecível.

— Eu não planejava ser pai. Não queria. Mas no momento em que segurei você nos braços... você era tão pequena. Eu nunca havia sentido tanto medo de nada na vida. Parece que mal durmo desde a noite em que você nasceu.

Sequei uma lágrima no queixo.

— Entende o que estou dizendo?

Fiz que sim, sem conseguir emitir um som. Sua mão se abriu entre nós sobre a mesa, buscando a minha, mas não a peguei. Em vez disso, eu me envolvi em seus braços com firmeza, aninhando-me nele. Enfiei o rosto em seu casaco como fazia quando era pequena, e ele me abraçou. Fechei os olhos e lágrimas quentes escorreram por minhas bochechas. Por ele. Por mim. Por Isolde.

Não havia como desfazer isso. Não havia dinheiro ou poder capaz de voltar no tempo até aquela noite no Laço de Tempestades ou ao dia em que Isolde apareceu, pedindo um lugar na tripulação de Saint. Era uma longa rede de nós tragicamente belos que nos uniam.

E o mais comovente de tudo era que, de certa forma, depois de tudo, por algum golpe sombrio, eu ainda me orgulhava de ser filha de Saint.

Seu peito subiu e desceu, o abraço apertando antes de soltar. Sequei o rosto, fungando, enquanto ele colocava a mão no bolso.

O brilho de uma corrente de prata cintilou em seus dedos. O colar de minha mãe.

— Ela gostaria que ficasse com você — disse, com a voz trêmula.

Eu o peguei pela corrente, deixando que o pingente caísse em minha mão. O dragão marinho de abalone verde refletiu a luz e se transformou em ondas de azul e roxo. Eu a sentia nele. O espírito de minha mãe enchia o ar.

— Tem certeza? — sussurrei.

— Tenho.

Fechei a mão ao redor do colar, e o zumbido ressoante me envolveu.

O sino do porto tocou enquanto eu o guardava no bolso.

— Hora de ir — falei, rouca.

A tripulação estaria esperando.

Saint serviu mais uma xícara de chá.

— Vai para Ceros?

— Vou — respondi, levantando-me. Um sorriso se abriu em meus lábios. — Nos vemos lá?

Ele pegou a xícara, olhando para o chá.

— Nos vemos lá.

Passei pela porta, erguendo a gola do casaco para me proteger da manhã fria. A vila já estava movimentada, a rua cheia de carroças e vitrines abertas. Fixei o olhar na água e andei, a caminho do porto.

Quando o reflexo de violeta atravessou o vidro diante de mim, parei, meu olhar atraído para o outro lado da rua. Holland estava no vão arqueado da porta de Wolfe & Engel, os olhos incisivos sobre mim. A gola de seu casaco de pele branca soprou ao vento, tocando seu queixo, as joias brilhantes penduradas em suas orelhas visíveis sob o cabelo.

Ela ainda era glamorosa. Bela. Mesmo tendo perdido o anel e a licença, ainda tinha seu dinheiro. Nunca passaria necessidade, e algo me dizia que ela acharia um jeito de recuperar sua parcela de poder em Bastian. De qualquer forma, seu domínio nunca chegaria aos Estreitos.

Ela ficou imóvel como pedra, impassível, antes de entrar.

Quando olhou para trás, desaparecendo na casa de chá, eu poderia jurar que a vi sorrir.

QUARENTA E UM

SAGSAY HOLM DESAPARECEU COMO A LEMBRANÇA ENEVOADA de um sonho.

Eu estava no alto do mastro de proa, amarrando as cordas enquanto o vento enchia as velas. Elas se estendiam contra o céu azul em arcos redondos, o som da brisa salgada na lona me fazendo fechar os olhos. Puxei o ar para dentro dos pulmões e me apoiei no mastro, pensando que não queria sair nunca mais daquele navio.

Quando baixei o rosto, West estava no convés, me observando. Estava envolto por dourado, estreitando os olhos sob a luz. O vento soprou a camisa ao redor de seu corpo de uma forma que me fazia querer sumir com ele dentro de sua cabine à luz de velas.

Desci, pisando no convés quente com os pés descalços.

— Quer conferir? — perguntou ele, arregaçando as mangas.

— Quero.

Ele pegou minha mão quando me desviei, puxando-me de volta. Assim que me virei, West me beijou. Um de seus braços envolveu minha cintura, e me recostei nele até ele soltar. Seus dedos se desprenderam dos meus enquanto eu seguia na direção da passarela coberta e entrava em sua cabine, onde Hamish estava sentado à escrivaninha de West, dois livros de registros abertos diante de si.

Ele ergueu os olhos para mim por sobre os óculos.

— Montei para você aqui.

Ele apontou para a lamparina de joias. Ao lado dela, um bauzinho de pedras preciosas esperava.

Com as repercussões do suposto esquema de Holland, todos os mercadores dos Estreitos até o mar Inominado reforçariam suas operações, conferindo duas, três vezes as pedras que vendiam para não terem o pescoço cortado pelo Conselho de Comércio.

Eu me sentei no banco, riscando um fósforo e acendendo a vela sob a lente. Quando se acendeu, peguei a primeira joia entre os dedos, uma água-marinha. Eu a segurei para que a luz transparecesse, conferindo a cor como minha mãe me ensinara. Depois a coloquei sobre o vidro da lamparina de joia e espiei pela lente, notando a estrutura da pedra. Ao terminar, eu a deixei de lado e peguei outra.

Tudo tem uma linguagem. Uma mensagem.

Foi a primeira coisa que minha mãe me ensinou quando me tornei sua aprendiz. Mas a primeira vez que entendi o que ela queria dizer foi quando entendi que até *ela* tinha uma canção. Era a sensação que eu tinha toda vez que Isolde estava por perto.

Estava lá no escuro quando ela se inclinava sobre mim na rede para encostar os lábios em minha testa. Eu a sentia, mesmo quando mal via o brilho da luz da lanterna em seu colar pairando sobre mim.

Aquilo estava encravado no fundo dos meus ossos.

Isolde.

Olhei para trás, para onde tinha pendurado o pingente de dragão do mar em um prego ao lado da cama, que balançava com o movimento do navio. Eu me levantei e atravessei a cabine, pegando-o do gancho e segurando-o diante de mim.

Tivera a mesma sensação no posto de Saint no Apuro, o espírito de minha mãe me chamando através do colar. E sentira de novo enquanto mergulhava no escolho, onde pedaços dela pareciam emanar através das águas azuis.

Passei o polegar pela face do abalone, observando as tonalidades violeta ondulares sob as ondas verdes. A cadência era tão clara, irradiando em minha palma. Como se, de alguma forma, Isolde ainda existisse dentro dele. Como se...

Minha respiração parou de repente, um leve tremor atravessando meus dedos.

Hamish soltou a pena.

— O que foi?

— E se não foi ela? — sussurrei, as palavras fracas.

— Como?

— E se não foi ela que senti no escolho?

Ergui os olhos para ele, mas Hamish estava confuso.

Segurei o pingente sob a luz que atravessava a janela, estudando com atenção o trabalho de joalheria. Não havia nenhuma imperfeição ao longo do bisel, os detalhes do dragão marinho perfeitos. Eu o virei.

Meu queixo caiu quando vi. O emblema dos Roth. Estava gravado na superfície lisa. Era minúsculo, mas estava lá: algo que eu nunca teria reconhecido se não tivesse visto em Bastian.

Não era nenhum acidente que Saint o tivesse feito em Bastian. Não era nenhuma coincidência que tivesse sido feito pelos Roth. E não foi nenhum sentimentalismo que o fez voltar ao *Lark* para encontrá-lo.

Abri a gaveta da escrivaninha de West e a revirei até encontrar uma faca. Eu me sentei no chão, colocando o pingente diante de mim. Quando ergui a lâmina no ar, Hamish ergueu a mão para mim.

— Fable...

Bati com um estalo, acertando o cabo da arma na face do pingente. O abalone rachou e, com mais um golpe, se estilhaçou em pedaços.

A faca escorregou de meus dedos quando eu levei a mão à boca, meus olhos se arregalando.

A face preta reluzente e suave nos encarou de baixo da casca quebrada. Mesmo sob a luz fraca, eu via a espiral violeta dentro dela.

— Mas o que...

Hamish se engasgou, dando um passo para trás. Aquela sensação que me envolvia sempre que estava perto de minha mãe não era Isolde. Era o *colar* que ela nunca tirava.

Saint não sabia onde encontrar a meia-noite, mas sabia *como* encontrá-la. Era por isso que ele o havia dado para mim. Era uma pista que só uma sábia das pedras entenderia.

Não era minha mãe que eu havia sentido no escolho. Era meia-noite.

QUARENTA E DOIS

O ESCOLHO DE FABLE ERA COMO UM GIGANTE DORMINDO no escuro.

O contorno do ilhéu rochoso estava quase invisível sob o céu noturno quando ancoramos.

Eu sentia da proa do navio, com o vento do mar soprando ao meu redor. O escolho de Fable não tinha recifes para dragar, mas a meia-noite estava lá. Tinha que estar.

Talvez fosse um acidente que Isolde a tivesse encontrado. Ou talvez tivesse seguido a canção da pedra preciosa como uma mariposa em busca de luz.

Queria saber quanto tempo ela levara para entender o que havia feito. O quanto a pedra valia. Quanto tempo havia levado para decidir trair a própria mãe.

Saint me dera o colar porque era uma chave. Se eu tivesse a meia-noite, se soubesse a sensação, poderia encontrá-la. Eu conhecia a canção da joia como o ritmo de meu próprio coração. Provavelmente a sentiria até de olhos fechados.

West me entregou o cinto antes de encaixar o dele. Fechei a fivela com os dedos ágeis, sem me dar ao trabalho de conferir as ferramentas. Cada centímetro de minha pele estava pulsando, os braços arrepiados.

Willa se debruçou na amurada, olhando para a água escura.

— Acha mesmo que está lá embaixo?

Eu sorri.

— Sei que está.

West subiu na amurada, e fiz o mesmo. Não esperei. Assim que cheguei ao lado dele, nós dois pulamos. O preto nos envolveu por inteiro e a mão quente de West me encontrou na água enquanto eu batia os pés para a superfície. O *Marigold* se elevava sobre nós, o escolho às nossas costas.

Medi a altura de longe.

— Lá. — Apontei para o ponto mais alto da rocha. — Tem uma caverna perto da saliência.

West olhou, inseguro. Ele devia estar pensando o mesmo que eu. Que, se mergulhássemos dentro da caverna, não havia como saber onde ela se abriria, nem mesmo *se* abriria. Mas Isolde havia conseguido, então devia haver um caminho.

— Corda! — gritou West para o *Marigold*, e um rolo de corda caiu na água um segundo depois.

West a encaixou ao redor de um ombro de modo a envolver seu peito e suas costas. Quando ele começou a treinar os pulmões, fiz o mesmo, puxando e soltando o ar.

Puxando e soltando. Puxando e soltando.

A tensão em meu peito relaxou a cada respiração, até eu sentir meus pulmões flexíveis a ponto de segurar todo o ar de que eu precisava. Fechei os lábios e fiz sinal para West antes de mergulhar e bater as pernas. A corda o fazia descer mais rápido, e nadei atrás dele, mantendo o ritmo lento para não me cansar rápido demais.

O luar descia em raios através da água, iluminando West em clarões sob mim enquanto descíamos. A caverna se apresentava diante de nós, um enorme buraco preto na face da rocha. O som das joias emanava tão alto através da água que eu sentia até nos dentes. Estava ali, todo aquele tempo. Tão perto de Bastian.

West pegou a corda e me passou a ponta. Eu a encaixei ao redor de uma pedra, torcendo com força até estar tão apertada que nem um puxão firme a faria ceder. Ele amarrou a extensão ao redor da cintura, dando um nó antes de me passar a ponta, e fiz o mesmo.

Apertei seu punho quando estava pronta e saí nadando na direção da abertura larga da caverna. Assim que entramos, a escuridão transformou a água em piche. Tão preta que eu mal via minhas mãos enquanto nadava com elas estendidas diante de mim.

Quanto mais avançávamos, mais fria ficava a água. Deixei que algumas bolhas de ar escapassem por meu nariz e continuei nadando, apertando os olhos para ver, mas não havia nem vestígio de luz à frente.

Algo duro bateu em minha testa e ergui a mão, percebendo que havia batido no alto da rocha. A passagem estava se estreitando. Soltei um pouco mais de ar para afundar e fui me afastando enquanto uma leve ardência se acendia em meu peito. Engoli por instinto, mas o movimento só me induziu a pensar que eu estava respirando por um segundo e a dor se reavivou. Quando olhei ao redor, não enxerguei West, mas seu peso ainda puxava a corda atrás de mim.

Tateei a parede de pedra fria, prestando atenção para ouvir a cadência que emanava através da água. Estava ficando mais forte. Mais clara.

A acidez que emanava de dentro de mim era um aviso de que o tempo estava quase acabando. Meu coração batia forte nas costelas, pedindo ar, e uma leve dormência despertou na ponta de meus dedos.

Eu senti West parar atrás de mim enquanto considerava. Se fôssemos mais longe, não conseguiríamos voltar a tempo de tomar ar. Mas, se não estivéssemos longe da abertura... estreitei os olhos, examinando a escuridão. E vi. O leve brilho.

Tomei impulso na parede e nadei. Uma luz verde crescia no escuro e, quando chegamos mais perto, ela descia em uma faixa, como uma parede de cristal na água. Eu fui avançando pela superfície rochosa, procurando pontos de apoio para chegar até lá. Quando minhas mãos encontraram a borda, eu me puxei para cima e saí para fora com uma tomada de fôlego que trouxe tanto ar como água para dentro dos pulmões.

Tossi, segurando-me à beira enquanto West subia atrás de mim. O som de sua respiração ofegante encheu o silêncio vazio. Eu mal conseguia enxergar. Apenas o reflexo de seu cabelo loiro estava visível, e estendi os braços, procurando por ele até suas mãos me encontrarem.

— Tudo bem? — perguntou ele, ofegante.

Respondi entre uma respiração e outra:

— Tudo.

Acima, uma veia fina de luar se desenhava por uma abertura estreita no alto da caverna. O espaço tinha uns três ou quatro metros de largura, no máximo, e as paredes se afunilavam enquanto subiam ao que parecia ser uma fresta de uns dez metros de altura sobre nós.

Tirei uma perna da água e a apoiei na pedra lisa. Meu coração estava disparado, batendo furiosamente no peito, e minha garganta queimava até o estômago. West subiu ao meu lado, saindo da água. Conforme minha visão se acostumava, seus contornos foram tomando forma no escuro.

— Você está sangrando.

West ergueu a mão e tocou minha testa com delicadeza, levantando meu queixo para que a luz caísse sobre meu rosto.

Eu sentia onde a pele úmida latejava. Quando olhei para os dedos, estavam cobertos de sangue.

— Não é nada.

O canto de aves marinhas soou sobre nós, e ergui os olhos para a fatia de céu, onde seus vultos esvoaçavam sobre a abertura na terra.

Eu me levantei. A caverna estava silenciosa exceto pelo som da água que pingava da ponta de meus dedos e batia na pedra, e congelei quando algo cintilou no escuro. Esperei, encarando o vazio até ver de novo. Um clarão. Como o facho de um farol. Dei um passo na direção dele, estendendo a mão diante de mim.

Minhas mãos vagaram pelo luar difuso até encontrarem a parede e tateei meus dedos para achar as pontas afiadas e vítreas de algo escondido nas sombras.

A vibração me atravessou.

Meia-noite.

West ergueu os olhos, girando em um círculo, onde as facetas da pedra cintilavam sob a luz inconstante acima de nós. Estava por toda parte.

— Foi aqui que ela encontrou — sussurrei, tirando o cinzel do cinto.

Tateei a rocha antes de encaixar a ponta sob uma fenda e peguei o macete. Saiu inteira com três golpes, caindo pesada em minha mão. Eu a ergui sob o luar entre nós.

As inclusões violeta dançavam dentro dela, e paralisei quando o reflexo iluminou as paredes da caverna como um céu de estrelas roxas.

Eu sentia minha mãe perto. Espreitando ao nosso redor. E talvez ela estivesse. Isolde poderia ter jogado a pedra no mar, mas não. Ela a havia guardado, mesmo nunca tendo voltado ao escolho. E eu não podia deixar de pensar que talvez ela a tivesse guardado para mim. Que talvez tivesse me dado meu nome para que um dia eu a encontrasse.

West pegou a pedra da minha mão, virando-a para que reluzisse.

— Nunca vi nada parecido.

— Ninguém viu — sussurrei.

Ele se voltou para mim com uma pergunta nos olhos.

— O que quer fazer?

A meia-noite era o amanhecer de um novo mundo. Mudaria tudo. Eu não sabia se os Estreitos estavam prontos para isso. Não sabia se *eu* estava pronta para isso. Um sorriso triste se abriu em meus lábios quando ele colocou a pedra de volta na minha mão.

— E se não fizermos nada? — sugeri.

— Como assim?

A meia-noite havia chamado minha mãe. No momento certo, também havia me chamado.

— E se deixarmos aqui? Como ela fez.

— Para sempre?

Gotas de luz se moveram sobre o rosto de West.

Olhei ao nosso redor, para as paredes cintilantes da caverna.

— Até precisarmos.

E precisaríamos.

Ele considerou, segurando o cabelo molhado para trás com uma mão.

— Temos o *Lark*.

— Temos o *Lark* — repeti, abrindo ainda mais meu sorriso.

Era mais do que precisávamos para começar nossa rota comercial. Mais do que precisávamos para estocar o casco do *Marigold* e estabelecer um posto.

West deu um passo em minha direção e, quando ergui a cabeça, ele me beijou com delicadeza.

— De volta aos Estreitos?

O gosto de sal lambeu minha língua quando repeti as palavras em seus lábios.

— De volta aos Estreitos.

EPÍLOGO

OS MASTROS RANGERAM SOB A PRESSÃO DO VENTO, AS velas do *Marigold* se abrindo como asas.

Eu estava à proa, observando a água azul-escura correr sob o navio. Estávamos planando tão depressa que, quando ergui os olhos, Jeval já se encontrava diante de nós.

— Vamos atracar! — gritou West do leme. — Arriar todas as velas!

Paj e Auster subiram nos mastros, soltando as carregadeiras para que o navio perdesse velocidade, e Hamish destravou a manivela da âncora.

Peguei a corda que se estendia do pé do mastro de proa e a prendi, meus olhos nas ilhas barreiras. Eram como dentes pretos e pontudos. As ondas azuis se quebravam nelas, avançando sob os ventos fortes. O cais que eu conhecia em meu tempo em Jeval não existia mais, substituído por um pequeno porto. Grandes vigas de madeira saíam da água, formando doze docas de navios.

Ao longe, vi que um pequeno esquife vinha da costa.

West observava da proa com as mãos nos bolsos. Ele sempre ficava assim quando atracávamos em Jeval, os ombros tensos e o maxilar trincado.

Desenrolei as cordas de amarração e fui a bombordo enquanto o *Marigold* se aproximava das rochas. Uma fila de jevaleses já esperava com as mãos estendidas, prontos para evitar que o navio raspasse.

Eu me equilibrei nos caixotes enquanto ele diminuía a velocidade e joguei os cabos de amarração para o menino na ponta da doca. Ele os amarrou um de cada vez e Auster estendeu a escada bem quando Koy apareceu no porto com a mão no ar.

— *Marigold*! — gritou Koy. — Vocês só estavam planejados para chegar na semana que vem!

Ele olhou para o livro de registros em suas mãos.

Paj me lançou um olhar cúmplice do leme. Koy estava certo. Mas West sempre tinha um motivo para precisar voltar a Jeval antes.

— Não me diga que vieram fugidos da tempestade! — gritou voz de Willa.

Vasculhei as docas, à procura dela.

West se debruçou na amurada, sorrindo ao encontrar a irmã, e relaxou no mesmo instante.

Willa estava indignada, passando pela multidão de dragadores e imediatamente examinando o navio. Ela parou perto da proa, apertando a mão sobre uma fenda mal consertada.

West observou enquanto ela olhava com reprovação.

— Tem algumas coisas que precisam de cuidado.

— Quando você vai arranjar um novo contramestre? — resmungou ela.

— Ainda não encontramos ninguém — disse West.

Lá de baixo, Koy olhou para mim, e sorri. Tentamos seis contramestres diferentes nos últimos oito meses, e West demitira todos.

Desci a escada, pisando no poste para pular ao lado de Koy. Ele havia contratado e pagado apenas jevaleses para reconstruir o cais com seu dinheiro do mar Inominado e, agora, o estava administrando como capitão do porto.

Algumas semanas depois de terminar, ele convidou Willa para montar um negócio de reparação naval. Vendo os dois na doca, eles pareciam pertencer. Juntos.

Meu pai tinha rido quando contei que montaríamos uma rota de três portos que terminaria em Jeval. Mas, como Koy previra, as ilhas barreiras estavam cheias de navios. Em mais um ano, estaríamos usando nossa licença para negociar em Bastian.

Nada de joias. Nada de chaleiras extravagantes de prata, ou pentes de cabelo ou seda para vestidos elegantes.

Vendíamos uísque de centeio e verbasco, mercadorias feitas pela escória dos Estreitos.

O brilho da meia-noite ainda tremeluzia em meus sonhos. Assim como a voz de minha mãe. Mas não tínhamos voltado ao escolho de Fable. Não ainda.

Eu e West nos deitamos lado a lado na praia, no escuro, as ondas tocando nossos pés descalços. As vozes da tripulação flutuavam ao vento enquanto bebiam uísque de centeio ao redor da fogueira, e observei uma única estrela traçar uma faísca pelo céu.

Quando me virei para West, a luz da mesma estrela cintilava em seus olhos. Peguei a mão dele e a levei à minha bochecha, lembrando a primeira vez que o vira no cais. A primeira vez que o vira sorrir. A primeira vez que vira sua escuridão e todas as vezes que ele vira a minha.

Éramos sal e areia e mar e tempestade.

Éramos feitos dos Estreitos.

GLOSSÁRIO NÁUTICO

Adernar — pender sobre um dos bordos (embarcação), seja pelo deslocamento da carga, seja pelo impulso do mar ou do vento.

Amurada — parte da lateral interna de um navio que se estreita para formar a proa e que serve de parapeito à tripulação.

Antepara — estrutura vertical que separa os diversos compartimentos a bordo de uma embarcação.

Aparelhar/aprestar — ato de se preparar e amarrar, seja a tripulação ou a carga. Necessário à segurança do navio para facilitar o movimento de tudo o que for relativo à manobra e à navegação.

Arriar velas/amainar — fazer baixar, pouco a pouco, a vela de uma embarcação, ou a bandeira de um mastro, por exemplo.

Atol — ilha de corais formada sobre bancos de areia ou formações vulcânicas. Trata-se de uma ilha de formação biológica.

Bombordo — lado esquerdo de uma embarcação, olhando-se de ré para vante.

Bujarrona — a maior das velas de proa, de forma triangular.

Calado — distância vertical entre a parte inferior da quilha (o ponto mais baixo do navio) e a linha-d'água.

Cana do leme — haste que se encaixa no leme em pequenas embarcações.

Carregadeira — cabo delgado usado especialmente para carregar vela latina.

Cavilha — haste de metal ou madeira que une peças da construção de um navio.

Clíper — veleiro comprido e estreito, de grande superfície de vela, veloz, com três ou mais mastros altos e velas redondas nos mastros principais.

Contramestre — responsável por coordenar e auxiliar na arrumação de carga no convés, assim como a segurança da embarcação. Também determina as providências necessárias para as embarcações.

Cordame — conjunto dos cabos de um navio.

Cunho — peça usada para bloquear um cabo.

Dragador — mesmo que coletor.

Dragar — coletar amostras ou peças na exploração de recursos minerais do mar e da terra. Significa escavar para prospectar e extrair minerais.

Escolho — ou abrolho, é um recife ou baixio perigoso para grandes embarcações.

Enxárcias — conjunto de cabos e degraus roliços feitos de cabo ou corda, que sustentam mastros de embarcações a vela e permitem acesso às vergas.

Enxó — instrumento que consiste em uma chapa de metal cortante e um cabo curvo, usado especialmente em carpintaria e tanoaria para desbastar peças grossas de madeira.

Escota — cabo que serve para caçar ou folgar as velas.

Espicha — vara de madeira que é colocada transversalmente entre o punho da amurada e o punho da pena de uma vela de espicha, para mantê-la aberta.

Estai — cabo que sustenta parte da embarcação.

Estibordo — lado direito de uma embarcação, olhando-se de ré para proa.

Fossa oceânica — fossas oceânicas, ou abissais, são as regiões mais profundas dos oceanos.

Gávea — cada um dos mastaréus dispostos acima dos mastros reais. Nas embarcações com três velas é a que se situa ao centro.

Ginga — remo que fica na popa da embarcação.

Ilhas barreiras — ilha formada por uma faixa arenosa, estreita e comprida, geralmente paralela à linha da costa.

Ilhas de coral — ou atóis, são uma formação geológica criada por recifes de coral que se fixam em rochas submersas.

Ilhó — aro de metal, ou outro material, pelo qual se enfia uma fita, um cordão, ou um cabo ou corda.

Lorcha — pequena embarcação mercante.

Mezena — vela latina triangular. O mastro da mezena é o de ré nos navios de três ou mais mastros, em que se enverga a mezena.

Navegador — perito em navegação marítima instruído para bem conduzir embarcações, efetuando os cálculos necessários.

Ovém — cada um dos cabos que sustentam mastros e mastaréus para os bordos e para a ré, formando as enxárcias.

Popa — a parte posterior da embarcação, oposta à proa.

Proa — parte dianteira de uma embarcação.

Retranca — peça horizontal longa, de madeira ou metal leve, que tem uma extremidade presa à parte inferior de um mastro e a outra presa a uma adriça de vela latina.

Rizar — ação para diminuir a área da vela por meio de rizes (pequenos cabos que se passam por ilhós nas velas). É necessária quando o vento está muito forte, para reduzir a velocidade da embarcação.

Taifeiro — profissionais responsáveis pelas tarefas de alimentação e de alojamento de uma embarcação.

Timoneiro — aquele que controla o timão de uma embarcação.

Tombadilho superior — a parte mais elevada do navio que vai do mastro da mezena até a popa.

Traquete — mastro que fica na proa de uma embarcação.

Vela de asa — ou vela de pele dupla, é uma estrutura aerodinâmica de curvatura variável que é montada em uma embarcação marítima no lugar de velas convencionais.

AGRADECIMENTOS

TODO MEU AMOR À MINHA PRÓPRIA TRIPULAÇÃO: JOEL, Ethan, Siah, Finley e River. Obrigada por me deixarem viver no mundo dos Estreitos e do mar Inominado enquanto eu contava essa história. Qualquer que seja a aventura, vocês são sempre o melhor lar para o qual voltar.

De novo, um agradecimento enorme à minha equipe da Wednesday Books. Obrigado a Eileen Rothschild, minha editora incrível e xará da família Roth. Obrigada a Sara Goodman, DJ DeSmyter, Alexis Neuville, Brant Janeway, Mary Moates, Tiffany Shelton e Lisa Bonvissuto por tudo o que fazem pelos meus livros. Obrigada, Kerri Resnick, por mais uma capa maravilhosa.

Obrigada a Barbara Poelle, minha agente, que mantém minha cabeça no lugar e meus olhos no horizonte.

Obrigada à minha família incrível, estranha e divertida, especialmente à minha mãe, a quem este livro é dedicado. Amo vocês!

Este livro, assim como *Albatroz*, não teria sido possível sem a contribuição de Lille Moore, que atuou como consultora em tudo relacionado a navegação, mar e comércio. Muito obrigada por me ajudar a criar estas histórias! Agradeço também a Natalie Faria, minha corajosa leitora beta extraordinária.

Para minha parceira de crítica, Kristin Dwyer, você quase não ajudou neste livro porque estava ocupada realizando seus próprios sonhos. Contemplar você no topo dessa montanha é uma coisa linda de ver, e estou contando os dias até podermos segurar seu livro nas mãos. Não se esqueça de minha quebra de linha.

Obrigada à minha comunidade de autores e escritores, que me levam adiante mesmo quando eu perco o rumo. E obrigada aos meus amigos fora do mundo literário, que têm a tarefa delicada de garantir que eu permaneça humana. Amo todos vocês.

MINHAS IMPRESSÕES

Início da leitura: ____ / ____ / ____

Término da leitura: ____ / ____ / ____

Citação (ou página) favorita:

Personagem favorito: _____

Nota: ☆ ☆ ☆ ☆ ☆ ♡

O que achei do livro?

Nem deu tempo de o editorial comprar um barco
e este livro já foi impresso pela Reproset, em 2025,
para a Editora Pitaya, mas tudo bem, retornar
para este universo supriu o desejo de velejar.
O papel do miolo é pólen natural 70 g/m²,
e o da capa é cartão 250g/m².